Elisabeth Thielemann:

Das Geheimnis der Marionette

herausgegeben von Wilko Müller jr.

Edition SOLAR-X 2020

Elisabeth Thielemann

Das Geheimnis der Marionette

Ein Familienroman

Edition SOLAR-X

Dieser Roman der Erinnerungen und gegen das Vergessen ist meiner Familie gewidmet sowie allen Menschen, denen durch Unrechtsregimes Leid zugefügt wurde und Jenen, die nicht weggesehen und Widerstand geleistet haben.

Impressum

1. Auflage

Printed in Germany
Titelbild: © Aniela Adams (www.die-fotografin-in-muenchen.de)

ISBN 978-3-945713-71-6
Preis: 19,95 Euro

Der Abend in Sofies Arbeitszimmer

Es war Nacht jetzt. Der Mond leuchtete voll vom Himmel und warf ein fahles Licht auf die Bäume im Garten, die ihre Äste in die Finsternis reckten. Noch waren nicht alle Blätter gefallen, die Herbststürme bisher ausgeblieben, ungewöhnlich um diese Jahreszeit.

Sie spürte ein leichtes Brennen im Gesicht, hatte wohl ein wenig zu lange am Chiemsee in der Sonne gesessen, während Entenpaare, Schwäne und Wasservögel an ihr vorbeigeschwommen waren und das Geglitzer Millionen kleiner Punkte auf der Wasseroberfläche ihre Augen geblendet hatte. Als angenehm hatte sie die Temperaturen an diesem Nachmittag noch empfunden, obgleich in anderen Jahren warme Kleidung bereits angebracht gewesen wäre. Sofie hatte sich diesen letzten Sonnenstunden des Jahres hingegeben, als wäre das eine kleine Demonstration gegen den nahenden Winter, einer Jahreszeit, die sie am liebsten im Süden verbracht hätte. Sie hasste die Kälte. Und während sie hinaus in Nacht blickte, dachte sie für sich: ›Was für eine gegensätzliche Stimmung an diesem heutigen Tag!‹

Nun war es ruhig um sie. Sie saß an ihrem Schreibtisch, auf dem sich ein Stapel von Unterlagen türmte, und sie fühlte, dass etwas mit ihr geschah in dieser Nacht! Es schien ihr, als würde irgendeine sonderbare Macht ihre Gedanken, ihre Bewegungen, ja sogar ihren Atem steuern. Das machte sie unruhig. War es Zufall, dass gerade in dieser Sekunde ihr Blick auf das Foto ihrer Eltern fiel, das in einem Holzrähmchen neben den Unterlagen stand, und dass sie nicht mehr davon loskam? Und dass sofort Erinnerungen in ihr hochkamen, Erinnerungen an einen Nachmittag mit ihren Eltern, den sie wohl nie vergessen würde?

Sie sah sich in Gedanken an jenem Nachmittag ins Wohnzimmer ihrer Eltern treten und hatte sofort wieder den Geruch des Nusskuchens in ihrer Nase, den ihre Mutter nach einem alten Rezept ihrer Großmutter im Wasserbad zu kochen pflegte und erinnerte sich an das kleine Gefäß mit steifgeschlagener Sahne, das immer daneben stand. Sofie liebte diesen Kuchen und den Kaffeetisch ihrer Mutter, der stets schon gedeckt war, wenn sie bei ihren Eltern eintraf.

Sie sah in der Erinnerung ihren Vater, der an diesem Tag überaus gute Laune versprühte und besonders redselig war und ihre Mutter, von der sie freudig begrüßt wurde, denn schließlich hatten sie sich einige Zeit nicht gesehen. Und sie hörte zum wiederholten Male die vielen Geschichten ihres Vaters aus der Vergangenheit, die er so gern immer wieder erzählte. Geschichten über die Zeit, als er noch Kind war, über seine Familie und natürlich, wie er Lene, ihre Mutter, kennenlernte. Es waren Geschichten über Liebe und Leid, manchmal auch über Erlebnisse aus dem 2. Weltkrieg, die ihn besonders ergriffen hatten, aber eher traurig stimmten. Meistens hörte sie ihn über Dinge erzählen, an die er sich lieber erinnerte. Und obwohl Sofie seine Geschichten schon so oft gehört hatte, interessierte sie sich jedes Mal wieder dafür. Es drängte sie danach, mehr zu erfahren, tiefer in die Vergangenheit einzudringen und Fragen zu stellen. Immer eröffnete sich Neues für sie, kamen Einzelheiten ans Licht, die wiederum Fragen aufwarfen.

Vaters Miene erhellte sich jedes Mal besonders, wenn er von den Besuchen bei seinen Großeltern mütterlicherseits erzählte, die einen Gasthof mit Metzgerei und Fremdenzimmern im Erzgebirge besessen hatten. Sofie erinnerte sich an sein glückliches Gesicht, wenn er seine Kindheit aufleben ließ und ausmalte, wie er und sein Bruder Ernst das Gelände rund um den Gasthof der Großeltern unsicher machten. Bei diesen Erzählungen gab es jedes Mal viel zu lachen. Und es war gerade diese Heiterkeit, die das Zusammensein immer so schön machte, so dass sie sich alle wünschten, solche Nachmittage sollten nie zu Ende gehen.

Sie hörte ihn auch über die Eltern seines Vaters erzählen, über ihren Urgroßvater Paul, der ein Lehrer und Kantor gewesen und leider früh gestorben war und über ihre Urgroßmutter Greta, dessen Witwe, die in Mutzschen lebte und die er des Öfteren besucht hatte.

Gerade jetzt, an ihrem Schreibtisch sitzend, wurde Sofie so richtig bewusst, dass sie von diesen Urgroßeltern väterlicherseits eigentlich sehr wenig wusste und sie fragte sich: ›Warum eigentlich habe ich so wenig nachgefragt? Es gibt so Vieles, das ich jetzt so gerne wissen würde. Die Gelegenheit nachzufragen habe ich verpasst. Es gibt noch so viele Fragen, die ich heute nicht mehr stellen kann!‹

Wie schon an jenem Nachmittag spürte sie jetzt noch einmal deutlich, wie ganz plötzlich die Stimmung in der Stube kippte. Der Blick ihres Vaters hatte sich von einem Moment auf den anderen verändert.

Sofie hatte noch seine Stimme in den Ohren, wie er zu ihr sprach: »Es bleibt nicht mehr unendlich viel Zeit. Viele unserer Lieben sind bereits von uns gegangen und bald werden wir auch nicht mehr da sein!«

Bei diesen Worten hatte sie einen heftigen Stich verspürt, der in ihre Brust eingedrungen war und der sich auch jetzt wiederholte.

Ihr Mund fühlte sich trocken an und etwas verengte ihre Kehle. Sie musste schlucken. Als wäre es in diesem Augenblick, sah sie, wie ihr Vater sich langsam von seinem Lieblingsplatz, der Couch neben dem Ölofen, erhob und aus dem Zimmer ging. Es war ihr damals unmöglich gewesen, auch nur Wort zu sagen und sie sah in Gedanken ihre Mutter im Lehnsessel sitzen, ebenfalls verstummt. Schwere lag in der Luft! Und Enge in ihrer Brust!

Sofie dachte daran, wie ihr Vater nach einer Weile mit einem Stapel von Schriftstücken zurückkam, an sie herantrat und ihr in die Augen blickte.

Dann sagte er: »Die will ich dir geben, weil ich fühle, dass du mehr über unsere Familie wissen möchtest. Vielleicht findest du ja darin Antworten auf Fragen, die du noch nicht gestellt hast und die ich dir irgendwann einmal nicht mehr beantworten kann.«

Erneut spürte sie bei diesen Gedanken jene Stiche in ihrem Herzen!

Sie erinnerte sich, wie er fortfuhr: »Lange genug habe ich diese Schriftstücke verwahrt und denke, dass es nun an der Zeit ist, sie weiterzugeben. Ich bin mir sicher, dass sie gut bei dir aufgehoben sind. Hab deine Freude beim Lesen und mach damit, was du für richtig hältst. Die Marionette, die dich immer so fasziniert hat, habe ich dir ja bereits geschenkt.«

»Sie fasziniert mich immer noch und wird es tun, solange ich lebe!«, hatte sie damals geantwortet und die Unterlagen an sich genommen, indem sie ihrem Vater nicht eindringlich genug sagen konnte: »Du weißt gar nicht, wie sehr ich dir danke! Ich freue mich grenzenlos! Dies ist ein unschätzbares Geschenk für mich.«

Ihre Stimme klang belegt, als sie das sagte und sie bemerkte, dass auch jetzt ihre Augen feucht geworden waren, so wie damals! Und wieder musste sie mehrmals schlucken. Etwas Seltsames, fast Feierliches hatte an jenem Nachmittag den Raum erfüllt, es war ein Moment tiefen Vertrauens und uneingeschränkter Liebe!

Sofie erinnerte sich, wie sie sich vorbeugte und ihren Vater auf die Wange küsste. Nie würde sie vergessen, was damals in ihr vorging. Sie fühlte, welch große Ehre ihr zuteil geworden war und dass das, was sie da in der Hand hielt, ein Schatz für sie war. Ein Schatz, der schwer wog in ihren Händen! Noch ahnte sie nicht, welche Bedeutung dieses Geschenk für sie erlangen sollte.

Viele Jahre waren seitdem vergangen, viel geschehen. Der Tod ihrer Eltern, mit dem auch ihr Zuhause nur noch Erinnerung geworden war. Sie fühlte noch immer große Trauer, aber auch ebensolche Dankbarkeit für alles, was sie gemeinsam erleben durften.

Wie oft hatte sie schon an die Worte ihres Vaters gedacht, die er an sie gerichtet hatte, als er ihr die Unterlagen in die Hände legte. Antworten auf ihre Fragen sollte sie darin finden? Hatte er damit etwas Bestimmtes gemeint oder war eine Vorahnung der Grund seiner Worte?

Gerade heute, in der Nacht dieses neunten Novembers, fühlte sie sich sonderbar getrieben, die Unterlagen nochmals anzusehen und die alten Geschichten aufleben zu lassen.

Als sie die Schriftstücke zur Hand nahm, fand sie Aufzeichnungen ihres Vaters Christian, seines Vaters Friedrich und dessen Mutter, ihrer Mutzschener Urgroßmutter, der Witwe Greta. Zwischen den Blättern befanden sich zudem einige alte Fotografien und Briefe. Es überraschte sie erneut, dass es in ihrer Familie so viele Personen gegeben hatte, die es wohl geliebt hatten, ihre Geschichten zu Papier zu bringen. Die beiden Hefte ihres Großvaters Friedrich mit der Aufschrift »Liebe« und »Erinnerungen an eine schwere Zeit« waren noch in altdeutscher Schrift verfasst und ihr wurde klar, wie weit sie sich gedanklich in eine andere Zeit zurückversetzen musste.

Mutterseelenallein saß sie nun an ihrem Schreibtisch. Alle schliefen schon. Eigentlich ideale Bedingungen dafür, um zu beginnen, hätte da nicht eine seltsame Energie von ihr Besitz ergriffen und den gesamten Raum eingenommen! Es schien ihr, als wäre sie nicht allein in ihrer Schreibstube, als wäre da etwas. Etwas, das sie nicht sehen, nur fühlen konnte und das sie sehr unruhig machte!

Sofie blickte auf. Zwei Augen durchdrangen sie. Von der Wand hing eine schmächtige, barfüßige Mädchengestalt, in Fetzen gekleidet. Ängstlich, aber auch mit viel Liebe, blickten sie diese Augen an. Sie rührten ihre Seele. Über die Stirn des Wesens zog sich eine tiefe Kerbe, die ihr Rätsel aufgab. Seine Glieder hingen an Fäden, es schien gelähmt! Mystisches ging von dieser alten Marionette ihres Vaters aus.

Sie konnte es nicht deuten, aber sie hatte in dieser Nacht zum ersten Mal das Gefühl, dass ihr die Puppe etwas mitteilen wollte. Ihre Regungslosigkeit bewegte Sofie, besonders ihr Blick!

Unverwandt und fesselnd zugleich empfand sie ihn und Sofie fragte sie, als wäre das kleine Wesen leibhaftig: »Warum nur ziehst du mich so magisch an?«

Ihr schien, als würde sich im nächsten Moment der Mund der Marionette öffnen, doch er blieb verschlossen.

»Eigenartig!«, murmelte Sofie vor sich hin, als wolle sie sich selbst beruhigen. »Es ist doch nur eine Puppe!«

Doch sie spürte, da war etwas! Etwas, was sie nicht erklären konnte. Eine Ahnung, dass der Schlüssel für dieses Geheimnis möglicherweise in den Unterlagen vergraben lag, beschlich sie. Sie musste in die Vergangenheit eintauchen, die ihr plötzlich wie eine Spur auf einem langen Weg erschien. Eine innere Stimme drängte sie jetzt förmlich danach: »Mach dich endlich auf den Weg und folge der Spur!«

Bevor sie jedoch zu lesen anfing, klebte sie noch einen kleinen, gelben Notizzettel auf das oberste Blatt, auf dem sie festhielt: »Vaters Familiendokumente, Beginn: 9. November 2013«.

Sie begann mit den Erinnerungen ihres Vaters Christian, der anfangs einen ganz besonderen Tag in seiner Jugend schilderte, welcher sein weiteres Leben maßgeblich beeinflussen sollte.

Und so vertiefte sich Sofie in seine Geschichten. Schnell erzeugten diese Bilder in ihrem Kopf, die plötzlich eine Eigendynamik zu entwickeln schienen. Alles lief vor ihren Augen ab wie ein Film und die Figuren begannen zu leben ...

Teil I: Christian und Magdalene
Ein ereignisreicher Tag im Sommer 1937

Gerade noch stand Christian im Arbeitszimmer seines Vaters und legte ihm das Buch zurück auf den Schreibtisch, das er sich am Vorabend geborgt hatte.

Sonnenstrahlen erhellten den Raum und Christian überkam ein unüberwindliches Verlangen, nach draußen zu gehen, hinaus in den Sonnenschein und an die frische Morgenluft. Es dauerte keine fünf Minuten, da hatte er schon das Haus verlassen.

Pfeifend schlenderte er durch die Wiese, die das elterliche Grundstück umgab. Die Vögel zwitscherten und die Sonne schien vom wolkenlosen Himmel. Noch vor dem Frühstück hatte es ihn aus dem Haus getrieben, gierig danach, die Farbenvielfalt und den Duft der Sommerblumenwiese zu genießen und die frische Morgenluft einzuatmen.

Es war Samstag, er musste nicht zur Arbeit und konnte sich seinen Träumen hingeben. Träume vom fernen Amerika, dessen Weiten und Landschaften, die sein Lehrer im Internat einst so anschaulich geschildert hatte und von anderen fremden Ländern, deren Völkern und Kulturen. Wie winzig und eng erschien ihm doch da sein Dorf, der langgezogene sächsische Ort in der Nähe von Chemnitz, wo sich Haus an Haus entlang der kopfsteingepflasterten Hauptstraße aneinanderreihte.

An einem leicht abfallenden Hang am Ortsrand, von Wiesen umgeben, weitab der Hauptstraße, sah er die wenigen Bürgerhäuser, wie das des Apothekers, des Arztes und das seiner Eltern, wo er, als Sohn des örtlichen Oberlehrers Friedrich Thierach, zu Hause war. Von fern konnte er die Erker seines Elternhauses innerhalb des eingezäunten Areals erkennen.

Als er seinen Blick senkte, bemerkte er, dass sich ein Grashüpfer auf seinen Schuh verirrt hatte. Behutsam setzte er ihn zurück ins Grün mit den Worten: »Geh deinen eigenen Weg, kleiner Grashüpfer, alles Gute«, und sah ihm nach, bis dieser in der Wiese verschwunden war.

›Auch ich muss jetzt meinen Weg gehen‹, dachte er für sich, ›egal wie steinig er werden mag.‹ Er hatte gegen seinen Willen eine kaufmännische Ausbildung antreten müssen, weil sein Vater Friedrich das so bestimmt hatte. ›Viel lieber wäre ich Ingenieur geworden oder bildender Künstler‹, sinnierte er, während er weiter ging. ›Aber was soll's, wenigstens werde ich später einmal mein Auskommen haben und wer weiß, was die Zeiten noch so alles bringen werden und mein Leben ist ja noch lang!‹

Bald war er am Gut des Großbauern angekommen. Neben dem Misthaufen tummelten sich Hühner und ein Gockel unter aufgeregtem Gegacker. Er liebte den Geruch des dampfenden Stallmistes und das Spiel der jungen Kätzchen, die mit ihrer Katzenmutter im Hof herumtobten. Und er sog all dieses Vertraute in sich hinein, lächelte und war einfach nur glücklich. Stets verweilte er einige Zeit vor der Hofeinfahrt, um diesen Moment auszudehnen und setzte dann anschließend seinen Weg fort.

Bald hatte er den Feldweg erreicht, den Weg zurück zum Elternhaus und freute sich auf den Kaffee seiner Mutter und auf die Milchbrötchen, die einen ganz besonderen Geschmack hatten und welche es nur beim ortsansässigen Bäcker zu kaufen gab.

Er trat durch das Eingangstor und dachte: ›Vater hätte auch lieber Gärtner werden sollen‹, als er an den bunten Blumenrabatten im Vorgarten vorbeiging, die Friedrich, sein Vater, wie auch den Gemüsegarten hinter dem Haus, fachmännisch hegte und pflegte. Der Duft der voll in Blüte stehenden Rosen wirkte betörend.

Förmlich hüpfend erklomm er die Stufen des Vorhäuschens und erreichte schließlich die Haustür. Beim Eintreten ins Haus strömte ihm der Geruch von altem Holz, vermischt mit dem Aroma von Hefeschokoladenkuchen entgegen. An Tagen wie diesem, an denen seine Eltern Besuch im Hause erwarteten, befand sich dieser Kuchen, eine Spezialität seiner Mutter, stets abgedeckt mit einem blütenweißen Leinentuch, zwischen den zwei oberen Treppenabsätzen. Schon allein der Geruch weckte in ihm jedes Mal ein starkes Verlangen danach, ein Stück zu verzehren.

»Hallo Mutter«, rief er, »ich bin wieder da!«

Er hörte sie zurückrufen: »Da kannst du ja gleich mit uns frühstücken. Übrigens, Ernst ist nicht da. Er ist ein paar Tage in Annaberg bei Tante Trude.«

»Da müssen wir heute wohl auf ihn verzichten«, meinte Christian und dachte an seinen jüngeren Bruder Ernst, der im Gegensatz zu ihm eher etwas verhalten war. Das hatte er früher nicht nur bei den gemeinsamen kindlichen Mutproben bemerkt, aus denen er immer als der Forschere hervorging. Es spiegelte sich im ganzen Verhalten seines Bruders wider. Ernst ging stets jedem Risiko aus dem Weg und tat alles mit übertriebener Vorsicht. Es kostete Christian nicht selten viel Überredungskraft, ihn zu einem bestimmten Tun zu ermutigen. Er bedauerte dies in manchen Situationen, da Ernst dadurch mancher Spaß, Dinge, die Freude machten, Glücksgefühle, aber auch ein Zugewinn an Erfahrungen, versagt blieben. ›Wie unterschiedlich wir beide doch sind‹, dachte er oft für sich, obwohl er seinen »kleinen« Bruder über alles liebte.

Nun saß er mit seinen Eltern am Tisch und nahm mit ihnen das Frühstück ein. Da musste es aus ihm heraus: »Was für ein Sommertag heute! Die Luft draußen ist so herrlich!«, wobei sich ein Lächeln auf seinem Gesicht breitmachte.

»Da hast du recht. Aber leider habe ich heute noch einiges zu tun«, bemerkte seine Mutter Bertha. »Habe ich dir eigentlich schon gesagt, dass sich für heute Abend die Hergerts und die Fürsts zum Skat angekündigt haben? Da müsste noch einiges besorgt werden.«

Darauf warf sein Vater Friedrich ein: »Das kann doch Christian übernehmen. Damit hat er sogleich Gelegenheit, sich in sein geliebtes Automobil zu setzen und loszubrausen. Habe ich das richtig erkannt, mein Sohn?«

Christian antwortete: »Das mache ich wirklich gern!« Er griff nach der Hand seiner Mutter Bertha, die ihm eine Liste der benötigten Lebensmittel und einen Beutel entgegenstreckte.

»Ich brauche frische Wurst und sieh zu, dass du rechtzeitig beim Bäcker bist, sonst sind die Milchbrötchen wieder aus«, sagte sie.

»Ich fahr gleich los und besorge dir die Sachen, mach dir keine Sorgen«, erwiderte er und erhob sich. Eiligen Schrittes ging er zum Wagen, voller Stolz, mit seinen vierundzwanzig Jahren schon ein Auto zu besitzen. Dies war eigentlich ursprünglich für den Schrottplatz bestimmt gewesen. Jedoch war es ihm in mehrmonatiger

Bastelei gelungen, es wieder fahrtüchtig zu machen. Und wie es da stand, blankpoliert, war es jedes Mal wieder ein Leckerbissen für seine Augen!

In dem Bewusstsein, dass der Besitz eines eigenen Wagens für die meisten jungen Männer des Ortes etwas Besonderes war, öffnete er voller Elan die Wagentür und schwang sich lässig hinter das Lenkrad, nicht ahnend, wie dieser Tag sein Leben verändern würde.

Er fuhr die Hauptstraße des Dorfes entlang in Richtung des Hotels Amadeus, in dessen Nähe sich der Fleischerladen befand, ein Laden, dessen Produkte für Güte und Geschmack im Ort und weit darüber hinaus bekannt waren. Aus diesem Grunde war das Geschäft stets gut besucht und meistens, wenn Christian eintrat, stand schon eine längere Warteschlange vor der Theke. Er parkte sein Auto gegenüber der Fleischerei und trat ein.

Auch an diesem Tag war schon ziemlich viel Betrieb und er musste sich hinten anstellen. Eine Person nach der anderen verließ den Laden, immer neue Kunden traten ins Ladeninnere und reihten sich hinten in die Schlange.

Frau Hertlein, die Frau mit dem roten Hut, war auch wieder da. Und wie immer erzählte sie ihrer Freundin Helene Wimmer den neuesten Dorfklatsch. Interessant daran war, dass sich die beiden Frauen Nase an Nase in einem Flüsterton unterhielten, den jeder mithören konnte. Christian wartete gespannt darauf, wann ihre Nasen zusammenstoßen würden.

Herr Langer, der Junggeselle aus dem Eckhaus, kaufte wie üblich seine zwei Scheiben Rotwurst, jeweils 3 cm dick, und ein kräftiges Fräulein schnäuzte so laut, dass man es durch den ganzen Laden hören konnte, so, als hätte jemand in eine Posaune geblasen.

Plötzlich zuckte Christian zusammen, weil hinter ihm etwas laut zu Boden krachte. Er wandte sich um und erblickte eine junge Frau, die die Hand vor den Mund schlug und ihn erschrocken ansah.

»So eine Rücksichtslosigkeit«, stammelte sie. »Rempelt mich einfach an, reißt mir auch noch meinen Korb vom Arm und verschwindet, ohne sich zu entschuldigen!«

Offensichtlich hatte es ein Mann sehr eilig gehabt und war durch die Enge im Raum mit ihr zusammengestoßen. Hierdurch hatte er ihr den Einkaufskorb vom Arm gerissen und alles kullerte nun zu ihren Füßen herum.

Gebannt folgte er ihrem Blick bis auf den Boden, auf dem einige Kartoffeln, drei Tomaten, ein Päckchen mit Butter sowie andere Dinge umherlagen. Die Begegnung hatte seine Welt von diesem Moment an verändert. Obwohl er ein leidenschaftlicher Beobachter war, nahm er nun die Betriebsamkeit der Menschen um sich herum gar nicht mehr wahr, wähnte sich ganz allein im Laden, nur mit ihr.

Erst jetzt erhob er seine Augen und ihre Blicke trafen sich. Ihm blieb der Atem weg, ein Beben ergriff seinen Körper. So ein Mädchen hatte er in diesem Ort noch nie gesehen. Es war ihm nicht möglich, sich dem Blick aus ihren blauen Augen zu entziehen, er war wie gebannt! Sie wirkte so unschuldig und doch irgendwie wie eine Gefahr, wie eine Fessel. Er fühlte sich zum ersten Mal verunsichert, jedoch fasziniert zugleich. Was hatte diese junge Frau, deren blondes Haar leicht gewellt über die Schultern fiel, in diesem kurzen Moment nur mit ihm angestellt?

Er war es nicht gewohnt, aus der Fassung zu geraten, doch ihr war das von einer Sekunde auf die andere gelungen. Übermannt von Gefühlen, die ihm unbekannt waren, spürte er sich hilflos ihr gegenüber, wie sie da stand, in ihrem geblümten, taillierten Sommerkleid mit weitem Rock, worüber sie ein Bolero mit halblangen Ärmeln trug und den Pumps, die ihr ein elegantes, damenhaftes Aussehen verliehen. Und wie jung sie war! Sie konnte höchstens achtzehn Jahre alt sein. Warum war sie ihm in diesem Ort, der doch gar nicht so groß war, noch nie aufgefallen? War er ihr überhaupt schon einmal begegnet?

Endlich gelang es ihm, seinen Blick von ihr loszureißen und er begann ohne Worte, mit ihr die heruntergefallenen Sachen aufzusammeln und wieder in den Korb zu legen. Als sie beide nach dem, auf dem Boden liegenden Butterpäckchen griffen, berührten sich ihre Hände für den Bruchteil einer Sekunde. Ihm war, als hätte er etwas verspürt, das einem Stromschlag glich und er fühlte wieder dieses Beben in sich, nur diesmal noch viel intensiver.

Ziemlich verlegen, was eigentlich gar nicht seine Art war, blickte er in diesem Moment direkt in ihre Augen. Christian hatte das Gefühl, dass dieser Blick, der auch sie erröten ließ, nicht nur Wallungen bei ihm ausgelöst hatte, einen Sturm von Gefühlen, als hätten sich zwei hochgeladene Nadelspitzen berührt, ein Blick, der auch sie bannte und erstarren ließ. Es war ihm unmöglich, sich von diesen Augen zu lösen in diesem Moment der Hochspannung!

Als er wieder in der Lage war, sich zu sammeln, bemühte er sich, auch die restlichen Dinge in ihren Korb zurückzugeben. Er erkannte, dass er diese Gelegenheit, sie in ein Gespräch zu verwickeln, unbedingt nutzen musste.

»Verzeihen Sie, ich habe mich noch gar nicht vorgestellt«, stammelte er schnell und etwas verwirrt, »Christian Thierach«, und streckte ihr die Hand entgegen, die sie ergriff und erwiderte:

»Magdalene Loose! Schon lustig, wie wir uns auf so eine Art und Weise kennenlernen. Danke jedenfalls für Ihre Hilfe. Wirklich nett, dass Sie mir geholfen haben.«

Ihre Worte entspannten die Situation ein wenig.

Er fragte: »Eigenartig, ich habe Sie hier im Ort noch nie gesehen. Kommen Sie von auswärts?«

»Nein«, antwortete Magdalene. »Ich wohne am Ortsende Richtung Chemnitz, ungefähr eine halbe Stunde zu laufen von hier. Meistens fährt ja mein Vater auf seinem Motorrad zum Einkaufen. Da muss ich die Sachen dann nicht heimschleppen. Hat ja schon ein ganz schönes Gewicht, so ein voller Korb.«

»Ja, da haben Sie recht. Oh, entschuldigen Sie, kann ich Ihnen den Korb abnehmen? Geben Sie nur her!«, sagte er und nahm ihr den Korb ab, wofür er ein Lächeln von ihr erntete.

Er war so aufgeregt und mit ihrem Anblick beschäftigt, dass er zusammenfuhr, als er eine Stimme rufen hörte: »Na, Herr Thierach, was darf's denn bei Ihnen sein?«

Als wäre er aus einem tiefen Traum erwacht, begriff er erst jetzt, dass alle Kunden vor ihm bereits den Laden verlassen hatten und er jetzt an der Reihe war. Gezwungenermaßen riss er seinen Blick von ihr los, wandte sich in Richtung Ladentheke und gab seine Bestellung auf.

In diesem Moment hörte er Magdalene, die offensichtlich auf die große, runde Uhr an der Wand geblickt hatte, vor sich hin murmeln: »Oh je! Bin ich schon spät und ich muss noch zum Bäcker!«

Nach seinem Einkauf dachte Christian gar nicht daran, sich einfach von ihr zu verabschieden und fortzugehen. Er wartete. Wartete, bis Magdalene ebenfalls ihre Sachen hatte und fragte sie: »Zum Bäcker müssen Sie noch? Da muss ich auch hin. Wenn Sie möchten, nehme ich Sie gerne in meinem Wagen mit dorthin.«

»Mit dem Auto und keinen Korb schleppen? Da sage ich nicht Nein!«, antwortete Magdalene. »Das ist wirklich nett von Ihnen.«

Und so verließ er mit ihr den Fleischerladen, nicht ohne Stolz auf sein Prachtstück, das da auf der Straße auf ihn wartete und ihm die Möglichkeit bot, ihre Gesellschaft noch länger genießen zu können.

Nach dem Einkauf im Bäckerladen bot er Magdalene an: »Ich kann Sie doch unmöglich den weiten Weg mit Ihrem schweren Korb nach Hause laufen lassen! Wenn es Ihnen recht ist, fahre ich Sie gerne bis vor die Haustür.«

Es war nicht zu übersehen, wie sich ihre Miene aufhellte und er freute sich, als sie sein Angebot dankend annahm. Er genoss es, nochmals eine Weile länger in ihrer Gegenwart verbringen zu können, außerdem war er begierig darauf, zu erfahren, wo sie wohnen und wie sie wohl leben mochte.

Wieder saß er mit ihr im Wagen. Er erzählte ihr von seiner kaufmännischen Ausbildung, ein wenig von seiner Familie und von seinem Zuhause. »Wo arbeiten Sie eigentlich?«, fragte er.

»Ich arbeite als Schnittdirektrice bei Bose, dem großen Bekleidungsbetrieb am Ortsende. Den kennen Sie bestimmt. Ist praktisch für mich, da habe ich zur Arbeit nicht weit zu laufen. Und mein Beruf macht mir wirklich Spaß«, hörte er sie antworten.

Seine ganze Aufmerksamkeit galt nur noch ihr, die nun lockerer mit ihm plauderte. Da fasste er all seinen Mut zusammen und fragte sie: »Ich finde es richtig nett, dass wir uns heute so zufällig kennengelernt haben. Hätten Sie nicht Lust, am Abend mit mir tanzen zu gehen? Sie kennen doch bestimmt ›Die Birke‹, das kleine Tanzlokal in der Ortsmitte. Die haben eine gute Kapelle. Wir könnten uns weiter unterhalten und vielleicht noch ein bisschen besser kennenlernen. Also, ich würde mich sehr freuen, wenn Sie mitkämen!«

»Wäre wirklich sehr nett«, stimmte sie ihm zu. »Allerdings nur, wenn es meine Eltern erlauben und das ist höchst zweifelhaft.«

Sie hatte vorab schon einmal fast Ja gesagt und alles andere interessierte ihn im Moment nicht. Und sie schien sich über seine Einladung sogar gefreut zu haben. Er konnte die Aufregung, die ihn ergriffen hatte, kaum unterdrücken.

Nun bog er in die Straße ein, in der sie wohnte. Er hörte sie sagen: »Halt, hier rechts ist es, da wohne ich!«, und sah sie auf ein bescheidenes Häuschen mit gepflastertem Hof und kleinem Vorgarten deuten.

Christian hielt an und sah einen Mann, der im Hof an einem Möbelstück herumhantierte. Dieser blickte erstaunt auf, als er Magdalene aus einem fremden Auto steigen sah und schaute mit skeptischer Miene in ihre Richtung.

Als Christian mit ihr ausgestiegen war und sie zu dem Mann begleitet hatte, sagte sie: »Hallo Papa! Darf ich dir Christian Thierach vorstellen. Wir haben uns gerade im Fleischerladen kennengelernt, wo er mich aus einer Ungeschicklichkeit gerettet hat und dann war er auch noch so nett, mich mit meinem schweren Korb heimzubringen!« Der Vater lauschte der ganzen Geschichte, die ihm Magdalene nun in aller Ausführlichkeit berichtete.

Christian ergriff die Hand, die ihm Magdalenes Vater daraufhin zum Gruß entgegenstreckte »Danke, dass Sie meiner Tochter geholfen haben, das war sehr freundlich von Ihnen!«, sagte dieser.

In diesem Moment fühlte sich Christian wie ein hilfsbereiter Kavalier dem Vater gegenüberstehen und eine innere Stimme drängte ihn: ›Jetzt oder nie! Nutze diesen Moment!‹ Und so wandte er sich an den Vater: »Würden Sie mir erlauben, Ihre Tochter heute Abend in ›Die Birke‹ auszuführen? Ich verspreche Ihnen auch, gut auf sie aufzupassen!«

Er beobachtete, wie ihn der Vater abwägend eine Weile musterte, von einem zum anderen blickte, überlegte und schließlich antwortete: »Sie scheinen ja wirklich ein netter Junge zu sein. Wenn Sie mir versprechen, dass Lene spätestens vor Mitternacht wieder heil zu Hause ist und gut auf sie achtgeben, werde ich mal nicht so sein und in diesem Fall mal ein Auge zudrücken! Normalerweise hätte ich das nicht erlaubt, das muss Ihnen schon klar sein.« Auch ein leichtes Zwinkern, das der Vater ihm zuwarf, entging ihm nicht. Das hatte sogleich ein Strahlen in Christians Gesicht gezaubert.

Er erwiderte: »Ich verspreche es, Sie können sich hundertprozentig auf mich verlassen! Aber jetzt muss ich mich verabschieden. Meine Eltern bekommen heute Abend Besuch und meine Mutter wartet sicher schon auf mich und die Sachen, die ich für sie besorgen sollte. Sie will noch Essen für ihre Gäste vorbereiten. Also, dann sehen wir uns heute Abend. Ich freue mich sehr! Ist es recht, wenn ich um halb acht vorbeikomme?«

Hierauf antwortete Magdalene: »Das passt prima!«

Er verabschiedete sich von beiden, stieg in sein Auto und fuhr langsam los, während er Magdalene noch kurz zuwinkte. Freudestrahlend und singend fuhr er dahin.

Als er zu Hause ankam, erblickte er seine Mutter bereits in der Haustür. »Wo bleibst du denn so lange?«, rief sie, als er, wie auf Wolken schwebend, näherkam. »Zum Fleischerladen ist es doch nur ein Katzensprung mit dem Auto!«

Sie trat dichter an ihn heran und musterte ihn eine Weile, so als bemerke sie eine Veränderung an ihm. »Ist irgendetwas vorgefallen?«, fragte sie. »Diese Überschwänglichkeit und dieser verträumte Blick? Komisch!«, murmelte sie vor sich hin.

Und noch bevor sie weiter nachfragen konnte, platzte es förmlich aus ihm heraus und er erzählte ihr die ganze Geschichte, die er soeben erlebt hatte. Er bemerkte Freude in ihrem Blick, aber es entging ihm auch nicht ein kleines Maß an Skepsis.

»Ich freu mich ja für dich, aber überlege dir schon, in welches Abenteuer du dich da einlassen willst, mit einer fremden Frau, deren Charakter wir beide nicht kennen.«

Sie nahm ihn lächelnd beim Kopf und sagte: »Das muss ja eine Traumfrau gewesen sein, in die du dich da verguckt hast. Du bist ja völlig durcheinander! Na, dann wünsche ich dir einen schönen Abend mit ihr, aber sei trotzdem vorsichtig. Du kennst sie zu wenig, um zu wissen, mit wem du dich da triffst. Aber ich denke, ich kann dir da schon vertrauen.«

Er war von einer sonderbaren Unruhe und Erregtheit ergriffen. Fast hätte er überhört, als seine Mutter weiter meinte: »Ich hatte zwar gedacht, dass du heute Abend zu Hause bist, aber ich kann natürlich verstehen, dass du lieber mit einem hübschen Mädchen ausgehst. Bin schon gespannt, was du mir morgen alles zu erzählen hast!«

Ihre Worte verklangen in seinen Ohren, als höre er sie aus einer weiten Entfernung. Sein ganzes Fühlen und Denken drehte sich nur noch um Magdalene.

Und er strahlte den ganzen übrigen Tag. Einem Tag, der ihm plötzlich eine neue, unbekannte Welt eröffnete. Wenn er an Magdalene dachte, waren seine Gefühle außer Kontrolle, sie spielten einfach verrückt! Sein ganzer Körper vibrierte. Er konnte den Abend und die vereinbarte Uhrzeit kaum erwarten. Den Abend, an dem seine Eltern und ihre Gäste dieses Mal auf seine Gesellschaft verzichten mussten.

Der Abend mit Magdalene

Dann war sie endlich da, die Uhrzeit, die er so sehr herbeigesehnt hatte. Mit frisch gewaschenen Haaren, verführerisch duftend stand er nun vor dem Spiegel, der an der Innenseite seines Kleiderschrankes angebracht war. Es war ihm wichtig, für Magdalene heute besonders gut auszusehen. So hatte er sich auch mit der Kleidung besondere Mühe gegeben und eine sportlich-elegante Kombination ausgewählt, die ihm sowohl leger als auch vornehm erschien und in der er sich wohlfühlte.

Plötzlich schossen ihm jedoch viele Gedanken durch den Kopf. Würde er alles richtig machen? Was, wenn ihm kein Gesprächsstoff einfällt? Wird sie sich in seiner Gesellschaft wohlfühlen? Um Himmels Willen, sie nur nicht langweilen! Was, wenn er diese Chance vertun wird?

»Schluss jetzt damit!«, sagte er zu sich. »Ich geh jetzt dorthin, es wird schon alles gut gehen!« Er betrachtete sich nochmals im Spiegel und fuhr mit einem kleinen Kamm durchs Haar. Aufregung und Unsicherheit tobten in seinem Inneren, aber die Freude auf das Wiedersehen besiegte alle Zweifel.

Durch das Eintreffen der Gäste seiner Eltern auf dem Flur wurde er jäh aus seinem Gefühlschaos gerissen. Er trat aus dem Zimmer, begrüßte alle noch kurz, dann verließ er das Haus. Voller Ungeduld ging er entschlossen zu seinem Auto und fuhr los. Fuhr los, hinein in den Abend, ratternd über das Kopfsteinpflaster der unebenen Straße in Richtung Magdalenes Wohnhaus.

Endlich dort angekommen, stieg er aus seinem Auto und ging durch das Gartentor. An der Haustür blieb er einen Moment stehen und nahm noch einen tiefen Atemzug, bevor er den Türklopfer betätigte. Schon bald vernahm er ein Klappern von Schuhen. Gespannt blickte er noch einmal an sich herunter. Die Tür öffnete sich und Magdalene stand vor ihm. Sie sah reizend aus in ihrem locker über die Hüften fallenden Rock und mit dem engen, schmalen Oberteil, dessen Ärmel bis zum Ellenbogen reichten. Um ehrlich zu sein, blieb ihm erneut erst einmal die Luft weg, bis er sagen konnte: »Guten Abend Magdalene, da bin ich! Hübsch sehen Sie aus!« Er sah, wie sich dabei ihre Wangen etwas röteten, aber auch ihr Lächeln.

»Danke, Sie aber auch!«, erwiderte sie, worauf sie ihn hereinbat mit den Worten: »Schön, dass Sie da sind! Kommen Sie doch mit nach oben. Meine Eltern möchten Sie auch gerne begrüßen.«

Er folgte ihr durch das dämmrige Treppenhaus in den ersten Stock des alten Hauses, bis beide vor einer hölzernen Tür standen, die in die Wohnstube führte. Sie traten ins beleuchtete Wohnzimmer, das mit einem Kohleofen beheizt war. Er bemerkte viele weiße, gehäkelte Deckchen auf den dunklen Tischen und Kommoden. Magdalenes Eltern saßen wartend in ihren Sesseln.

»Das ist Herr Thierach, Mama«, stellte ihn Magdalene ihrer Mutter vor. »Und ihr beide kennt euch ja schon«, sagte sie, als der Vater ihn begrüßte. Alle Augen waren jetzt auf Christian gerichtet. Er rang im Moment nach den richtigen Worten und war dankbar, als Magdalenes Vater das Wort ergriff.

»Jetzt setzen Sie sich doch erst mal, junger Mann. So, Sie möchten also heute Abend unsere Magdalene ausführen! Sie wissen ja, dass ich eine Ausnahme gemacht habe. Aber weil Sie so hilfsbereit waren, haben Sie was gut bei mir.«

Nun mischte sich auch die Mutter ins Gespräch. »Mein Mann und Magdalene haben mir alles erzählt. Wissen Sie, nichts gegen

Sie, aber wenn man jemanden so gar nicht kennt, muss man einfach vorsichtig sein. Magdalene ist ja noch so jung. Aber in Ihrem Fall waren wir uns dann doch einig.«

Er fühlte, dass ihm die Eltern einerseits Vertrauen ausgesprochen, andererseits Verantwortung auferlegt hatten und dass er sie auf keinen Fall enttäuschen durfte. »Sie können ganz beruhigt sein. Ich verspreche Ihnen, Magdalene keine Sekunde aus den Augen zu lassen und ich werde sie auch heil und rechtzeitig wieder zurückbringen! Ihr Wohl liegt mir genauso am Herzen wie Ihnen, das können Sie mir glauben«, entgegnete er und es schien ihm, dass er mit seinen Worten ihre Zweifel nun endgültig beseitigt hatte.

»Wo wohnen Sie denn?«, wollte Magdalenes Mutter wissen und er beantwortete ihr die Frage, wie auch noch viele andere Fragen nach seiner Familie, etwaigen Geschwistern und anderen Dingen. Er erzählte ein wenig von zu Hause, dass er einen Bruder hätte und von seiner Mutter. Dabei fiel ihm auf, wie sehr Magdalenes Mutter davon angetan war, dass er so liebevoll über seine Mama sprach.

Nun mischte sich der Vater ins Gespräch. »Ein schönes Auto haben Sie da. Sie müssen ja ganz schön tüchtig sein, dass Sie sich das in Ihrem Alter schon leisten können. Was arbeiten Sie denn?«

»Ich bin kaufmännisch angestellt in einem großen Betrieb für optische Geräte in Chemnitz. Dort sitze ich in der Buchhaltung. Mein Vater kennt nämlich den Besitzer. Eigentlich habe ich die Stelle nur Vater zuliebe angenommen. Viel mehr interessiere ich mich für Technik und Mechanik. Und das Auto war von unserem Nachbarn. Ich habe es vor dem Schrottplatz gerettet, monatelang nach Ersatzteilen gesucht und daran herumgebastelt, bis es wieder fuhr. Dann etwas aufgewienert und jetzt sieht es sogar ganz manierlich aus. Normalerweise hätte ich mir so ein Auto von meinem Gehalt nicht leisten können.«

Mit diesen Worten hatte er sich eine Portion Anerkennung erworben, nicht nur von Magdalenes Eltern, sondern auch von ihr, das konnte er ihren Mienen ablesen. Es drängte ihn trotzdem danach, irgendwann mit Magdalene die Stube verlassen zu können, um mit ihr allein zu sein. Doch hatte er nicht den Mut, das Gespräch mit den Eltern, das ja eigentlich ganz gut lief, zu unterbrechen.

Da sagte Magdalene: »Ich denke, wir sollten jetzt los. Ihr könnt ja ein andermal weiterreden.« Die Eltern nickten und Magdalene griff nach dem Schal, welchen sie mit Grazie über ihre Schultern streifte, dann nahm sie ihr Handtäschchen. Sie verabschiedeten sich und verließen die Wohnstube.

Draußen herrschten an diesem Abend angenehme Temperaturen, die Luft war mild, obwohl die Nacht bereits angebrochen war. Gespannt auf den Abend bestieg er mit Magdalene das Auto und ab ging die Fahrt in Richtung Tanzlokal. Dort spielte an zwei Wochentagen eine Kapelle, so auch an diesem Abend.

Christian fühlte sich erleichtert über den Verlauf des ersten Kontaktes mit den Eltern und unterhielt sich während der Fahrt nun recht entspannt mit Magdalene. Sie sprachen über alle möglichen Dinge und er entdeckte dabei, dass es Gemeinsamkeiten gab, die sie verbanden, ob es nun der Kleidungsstil, die Musik oder die Freude am Tanzen war. Es kam sogar ein kurzes Gespräch über fremde Länder auf. Ein Thema, das auch Magdalene zu interessieren schien. Außerdem war da eine gemeinsame Liebe zur Natur, wobei Christian heraushörte, dass Magdalene eine besondere Vorliebe für Katzen hegte, die er ja selbst immer so gerne in der Hofeinfahrt des benachbarten Bauern beobachtete.

Am Lokal angekommen, stieg Christian aus, öffnete die Beifahrertür und half Magdalene beim Aussteigen. Beim Eintreten in das Lokal entging es ihm nicht, dass sie die Aufmerksamkeit einiger bereits anwesender Gäste erregt hatten, was er auf seine attraktive Begleiterin zurückführte und er konnte einen kleinen Anflug von Stolz nicht unterdrücken.

Trotzdem schon viele Besucher im Lokal versammelt waren, fand er einen Tisch, an dem sie sich gut unterhalten konnten, die Kapelle im Blickfeld hatten und einen nicht zu weiten Weg zum Tanzparkett zurücklegen mussten. Der Raum war in gedämpftes Licht getaucht. Auf jedem der Tische flackerte eine Kerze, die diese neben kleinen Blumengestecken dekorierte. Er bot Magdalene Platz an und setzte sich ihr gegenüber.

»Was möchten Sie gerne trinken? Wollen wir zusammen eine Flasche Wein nehmen oder haben Sie einen besonderen Wunsch?«, fragte er und reichte Magdalene die Getränkekarte.

Sie antwortete: »Das mit dem Wein ist eine gute Idee. Ich hätte jetzt große Lust auf ein kühles Schlückchen Weißwein, aber unbedingt ein Wasser dazu.«

»Prima, dann haben wir ja den gleichen Geschmack«, sagte er und machte sich bei der Kellnerin bemerkbar, um zu bestellen.

Nun saßen sie gemeinsam an diesem Tisch und ihre Unterhaltung bekam immer mehr Tiefe. Und niemand, der sie sah, wäre je auf den Gedanken gekommen, dass ihre Bekanntschaft erst an diesem Morgen begonnen hatte.

Als die Kapelle ansetzte zu spielen, bemerkte er, dass Magdalenes Blick sehr verträumt wurde und sie glänzende Augen bekam.

Da fragte er: »Wollen wir tanzen?«

»Ja, sehr gerne!«, antwortete sie.

Sie erhoben sich und gingen wie viele andere Paare auf die Tanzfläche.

Es war das erste Mal, dass er sie in den Arm nahm, ihr so nah war. Er merkte, dass auch sie das genoss, indem sie keiner seiner Bewegungen auswich. Magdalene schien sich bei ihm geborgen zu fühlen, seinen Geruch zu mögen und die Art, wie er sich bewegte und sie beim Tanz führte, das spürte er einfach. Jede Berührung erregte ihn. Die Musik wurde langsamer und er zog sie fester an sich. Er fühlte, wie sie sich enger an ihn schmiegte. Seinen Kopf an den ihren gelehnt tanzten sie und ihnen war, als würden sie schwerelos über Wellen gleiten. Er blickte ihr in die Augen und war wieder von dieser Magie ergriffen, wie beim ersten Mal.

Er spürte in diesem Moment eine unendliche, gegenseitige Vertrautheit und flüsterte ihr ins Ohr: »Mir ist, als würde ich Sie schon ein ganzes Leben lang kennen. Ich habe Sie sehr, sehr gern.«

»Mir geht es genauso«, hörte er Magdalene erwidern und er bemerkte, wie sie sich noch enger an ihn schmiegte. Ohne Worte tanzten sie den ganzen Abend, der viel zu schnell verging.

Nach dem letzten Tanz mahnte die Uhr und er sagte zu ihr: »Magdalene, wir haben Ihrem Vater versprochen, dass Sie vor Mitternacht zu Hause sind. Schade, dass es schon so spät ist, ich könnte jetzt ewig mit Ihnen so weitertanzen. Aber ich glaube, wir müssen jetzt los!«

Sie nickte und sie gingen Hand in Hand zum Tisch zurück und machten sich zum Aufbruch bereit. Wieder tauschten sie Blicke aus und spürten bis tief in ihre Körper hinein, wie gut jeder dem anderen tat. Es fiel Christian schwer, jetzt den Heimweg antreten zu müssen, aber die Zeit drängte nun. Es war so mit Magdalenes Vater abgesprochen und er wollte unbedingt beweisen, dass er verlässlich war und es ernst mit ihr meinte. Nachdem er bezahlt hatte, verließen sie das Tanzlokal.

Er half ihr beim Einsteigen und wollte losfahren, doch auch nach mehreren Versuchen sprang der Motor nicht an. »Nein, das kann jetzt wirklich nicht sein!«, rief er ihr zu und sah in zwei besorgte Augen.

»Was sollen wir bloß machen, wir müssen pünktlich sein!«, sagte sie.

»Bleiben Sie ruhig, ich schau mal nach. Das gibt's doch nicht, es funktionierte doch alles prima«, antwortete er, stieg aus und öffnete die Motorhaube. Die Laterne spendete nur fahles Licht und er tastete auf Verdacht alle Kabel ab, fixierte nochmals alle Steckverbindungen und stieg wieder ein. Er startete, aber es bewegte sich nichts.

»Oh mein Gott!«, rief sie. »Ich habe richtig Herzklopfen. Mein Vater wird außer sich sein, wenn ich bis Mitternacht nicht zu Hause bin.«

»Mir klopft auch das Herz bis zum Hals«, erwiderte er »Und ich kann jetzt gar nichts tun, es ist finster, was sollen wir bloß machen? Am besten, wir beruhigen uns erst mal. Es hat ja keinen Sinn, dass wir uns fertigmachen. Im Grunde genommen können wir doch gar nichts dafür, wenn der Wagen streikt!«

»Doch«, antwortete Magdalene. »Wir hätten einfach früher gehen müssen!«

»Ja, da haben Sie auch recht, aber wer konnte denn sowas ahnen?«, antwortete Christian. »Ich schlage vor, wir lassen den Wagen hier stehen und ich schaue morgen nach, was fehlt. Kommen Sie, ich bringe sie jetzt nach Hause. Wir müssen den Weg eben zu Fuß machen.« Er bot Magdalene seinen Arm und sie gingen los.

Da Magdalene Schuhe mit hohen Absätzen trug, kamen sie nur gemächlich voran. Als sie die Hälfte des Weges hinter sich hatten, hörten sie die Turmuhr 12 Uhr schlagen, es war Mitternacht.

»So das war's jetzt mit unseren Verabredungen«, meinte Magdalene. »Mein Vater versteht mit sowas überhaupt keinen Spaß!«

»Es tut mir so leid«, erwiderte Christian. »Er wird jetzt glauben, dass ich kein verlässlicher Mensch bin und dass man mir nicht vertrauen kann. Aber so ist es nicht! Ich konnte doch nicht ahnen, dass ausgerechnet in dieser Nacht mein Auto streikt. Es lief doch ganz einwandfrei. Ich muss mir irgendwas einfallen lassen. Aber jetzt ist es sowieso, wie es ist! Wir können im Moment nichts daran ändern. Ich habe den Abend mit Ihnen so sehr genossen, wie noch keinen anderen in meinem Leben. Noch sind wir zusammen! Und ich hab Sie sehr, sehr lieb.«

Sie blieben stehen und blickten sich in die Augen. Ihre Augen sagten das Gleiche wie die seinen. Er zog sie an sich und sie küssten sich. Irgendetwas schweißte sie in diesem Moment zusammen und ließ die Angst vor dem Vater verblassen, ja fast in Vergessenheit geraten.

Er flüsterte ihr ins Ohr: »Ich habe mich vom ersten Moment an in dich verliebt. Sowas ist mir noch nie passiert. Du bist jetzt meine Lene! Ich will dich nie wieder gehen lassen.«

»Mir geht es genauso. Du bist jetzt mein Chris!«, kam es von ihr zurück.

Den übrigen Weg setzten sie eng umschlungen fort, indem sie sich ihren Gefühlen zueinander hingaben und diese Zweisamkeit genossen, solange es ihnen noch möglich war, bis die Ängste vor ihrem Vater sie wieder einholten.

In Magdalenes Elternhaus

»Nun lauf doch nicht ständig auf und ab wie ein Tiger im Käfig!«, fuhr Lenes Mutter ihren Mann an und legte ihre Stickerei zur Seite. Sie bemerkte, wie seine Stirnfalten tiefer wurden und sich seine Augenbrauen zusammenzogen. »Es ist doch gerade erst Mitternacht. Sie werden bestimmt gleich da sein.«

Er sah sie mit einem Blick an, der nichts Gutes verhieß, und brummte: »Das interessiert mich nicht! Sie haben versprochen, vor Mitternacht hier zu sein und das hat dieser Thierach einfach einzuhalten. Weitere Treffen mit Lene kann er sich jetzt an den Hut stecken! Ich bin maßlos enttäuscht und wütend. So kann man sich täuschen in einem Menschen!« Sein Gang wurde schwerer, seine Schritte nahmen an Lautstärke zu.

Die Mutter fuhr ihn an: »Warum bist du immer gleich so ungehalten, wenn irgendetwas nicht nach deinem Kopf läuft? Du weißt doch gar nicht, ob etwas vorgefallen ist. Ich hoffe nur, dass du nicht gleich losbrüllst, wenn sie kommen. Hör dir bitte wenigstens an, was sie zu sagen haben. Herr Thierach machte mir nicht den Eindruck, ein Luftikus zu sein und ein bisschen Menschenkenntnis glaube ich schon zu haben. Immer gleich diese Wut, ehrlich gesagt regst du mich gerade mehr auf.«

»Das musst du mir sagen. Wie oft muss ich mir dein Geschimpfe anhören, wenn ich einmal nicht pünktlich zum Essen da bin. Das regt mich auf!«, fuhr er sie an.

Sie beobachtete ihn und hatte das Gefühl, dass er gleich platzen würde. Da sagte sie mit ruhiger Stimme: »Weißt du was, ich habe eigentlich gar keine Lust, jetzt mit dir mitten in der Nacht herumzustreiten, nur weil du schlechte Laune hast. Ich bin müde und gehe jetzt zu Bett. Es reicht, wenn einer durchdreht!« Damit erhob sie sich ohne ein weiteres Wort und verließ die Wohnstube.

Magdalenes und Christians Ankunft

Als sie an Magdalenes Elternhaus ankamen, brannte an der Haustür Licht und sie erblickten die Gestalt des Vaters, der im Dunklen vor dem Haus auf seine Tochter wartete. Sobald er die Beiden erblickt hatte, trat er aus dem Dunkel hervor und kam auf sie zu. »Ich bin zutiefst enttäuscht von Ihnen, junger Mann. Das hätte ich nicht von Ihnen erwartet!«, rief er Christian zu.

»Es tut mir entsetzlich leid, Herr Loose. Glauben Sie mir, ich wollte Sie nicht enttäuschen und Magdalene pünktlich heimbringen. Sie sehen ja, dass wir zu Fuß gekommen sind. Mein Auto hat plötzlich gestreikt. Es steht vor ›Der Birke‹ und springt nicht mehr an. Und ich konnte den Fehler nicht finden in der Finsternis. Bitte verzeihen Sie mir! Ich bin kein unzuverlässiger Mensch und ich meine es ernst mit Magdalene. Ihre Sicherheit ist mir genauso wichtig wie Ihnen.«

Und Magdalene bestätigte: »Vater, es war wirklich so, wie Herr Thierach das sagt, wir sind beide unschuldig an der Verspätung. Wir haben das Lokal rechtzeitig verlassen, um nach Hause zu fahren. Aber es war einfach zu spät, um zu Fuß heimzugehen. Wer konnte schon ahnen, dass der Wagen nicht anspringt. Wir waren richtig verzweifelt und haben uns furchtbar aufgeregt.«

Darauf meinte der Vater: »Genug für heute, möchte gar nichts mehr hören! Ich schlage vor, Sie gehen jetzt, Herr Thierach. Ich will mit meiner Tochter allein sprechen. Und Sie können sich ja jetzt auf ihrem langen Heimweg noch einmal Gedanken darüber machen, ob Sie Zwischenfälle solcher Art nicht hätten einplanen müssen und ob es richtig war, die Zeit so sehr auszureizen und erst im letzten Moment die Heimfahrt anzutreten.« Er nahm Magdalene beim Arm und ging mit ihr ins Haus, ohne sich noch einmal umzudrehen.

Christian fühlte sich niedergeschlagen und schuldig, obwohl er eigentlich unschuldig war. Mit diesem Gefühl trat er wieder hinaus in die Nacht. Nur das Licht der Sterne und des Mondes leuchteten hell wie ein Hoffnungsschimmer und die Gewissheit, dass Lene ihn liebte, gab ihm Zuversicht.

Auf seinem Heimweg ließ er den ganzen Tag noch einmal vor seinen Augen passieren und er dachte: ›Wie schön hatte doch dieser Morgen begonnen!‹ Er schüttelte seinen Kopf und ging seinen Weg, wie er ihn gehen musste.

Spät nach Mitternacht erreichte er sein Elternhaus, in dem es bereits still und finster war. Er fiel sofort in sein Bett. Und obwohl ihn der Fußmarsch ermüdet hatte, konnte er lange nicht einschlafen. Die Gedanken an Lene und an das Auseinandergehen mit ihrem Vater hielten ihn wach. Mit dem Vorhaben, gleich am Morgen nach seinem Wagen zu sehen und unbedingt noch einmal das Gespräch mit Lenes Vater zu suchen, was ihm Unbehagen und Kopfzerbrechen bereitete, schlief er endlich ein.

Ein Donnerschlag riss ihn aus dem Schlaf und er war sofort wieder da, der Gedanke an Lene und an das, was gewesen war. Die Uhr zeigte ihm bereits den späten Morgen an und sein Blick aus dem Fenster verlor sich in einem wolkenverhangenen Himmel. Es regnete, draußen wütete ein Morgengewitter, ein grauer Sonntag und er hoffte, dass dies kein Omen war, für das, was ihn heute noch alles erwarten würde. Der Gedanke, Lenes Vater enttäuscht zu haben, quälte ihn erneut. Er hatte das Bedürfnis, die Sache so schnell wie möglich aus der Welt schaffen zu können, aber keinen Plan dafür, der ihm vernünftig erschien.

›Erst mal aufstehen und frühstücken‹, dachte er, ›und dann überlegen, was ich tun kann. Vielleicht hat ja Mutter einen Rat für mich.‹

Der Frühstückstisch war noch für ihn gedeckt, obwohl er seine Mutter bereits in der Küche abwaschen hörte. »Guten Morgen, Mutter«, rief er durch die angelehnte Tür zur Küche.

»Morgen! Na, hast du gut geschlafen? Ich trockne nur noch schnell die Tassen ab, dann komm ich mal rüber zu dir. Bin doch neugierig, wie dein gestriger Abend verlaufen ist«, hörte er Bertha antworten.

Sie musste sich wohl sehr beeilt haben, denn schon wenige Minuten später sah er sie eintreten. Es erleichterte ihn, dass er nun seiner Mutter alles erzählen konnte. Bertha, die aufmerksam zuhörte, konnte sich gut in ihn hineinversetzen.

Obwohl sie sich für ihn freute, schmerzte es sie aber auch ein wenig, dass es nun eine Frau gab, die sein ganzes Fühlen und Denken beherrschte, die im Moment das Allerwichtigste für ihn bedeutete. Als sie ihn aber nun dasitzen sah wie ein Häufchen Elend, tat er ihr leid, wie er zusammengesunken und unglücklich über den Ausgang des Vorabends in seine Kaffeetasse starrte.

»Ich kann es gar nicht mit ansehen, wie traurig du dasitzt! Du hast dich richtig in dieses Mädchen verliebt, stimmt's?« Er nickte und sie sagte weiter: »Das freut mich natürlich für dich. Aber wie ihr Vater reagiert hat, das wundert mich schon ein bisschen. Schließlich war das Versagen deines Autos ja nicht vorhersehbar. Schließlich hast du diese Lene doch gut nach Hause gebracht, indem ihr den ganzen Weg in der Nacht zu Fuß gelaufen seid.«

Etwas nachdenklich sprach Bertha weiter: »Was sind denn das für Leute, diese Eltern?«

Darauf entgegnete Chris: »Die sind eigentlich ganz nett, sie haben mich sehr freundlich aufgenommen, als ich kam. Nur der Vater ist etwas streng und ein wenig unbeweglich in seinen Prinzipien, habe ich das Gefühl.«

»Hat dich Lene bei ihrem Vater wenigstens verteidigt?«, fragte seine Mutter, worauf er antwortete:

»Natürlich hat sie das versucht, aber der Vater war richtig außer sich! Was soll ich denn jetzt machen? Ich will Lene unbedingt wiedersehen!«

Er sah, wie Bertha überlegte, dann sagte sie: »Jetzt kümmerst du dich erst mal um dein Auto, dass das wieder fährt und dann sprichst du nochmal bei den Eltern vor. Geh ganz ruhig da hin, nimm der Mutter ein paar Blumen aus unserem Garten mit und dem Vater eine Flasche von unserem selbstgemachten Kirschlikör aus dem Keller. Und stelle die ganze Sache nochmal klar. Natürlich hättet ihr etwas früher gehen sollen, wenn diese Eltern schon so festgefahren sind. Aber es war euer erster Abend und ihr habt euch verliebt. Irgendwie kann ich euch da auch wieder verstehen. Entschuldige dich einfach noch einmal bei Lenes Eltern, mehr kannst du sowieso nicht tun. Dann sehen die schon, dass es dir leidtut. Außerdem würdest du sicher nicht noch einmal hingehen, wenn dir Lene egal wäre. Wenn sie dann ihren Standpunkt immer noch nicht ändern, dann überlege dir, ob das wirklich die richtigen Leute für uns sind.«

Chris antwortete. »Eigentlich ist es ja nur der Vater, die Mutter ist viel zugänglicher. Und ich liebe Lene und will sie nicht gleich wieder verlieren. Die kann ja auch nichts dafür, dass er so streng ist. Aber Danke für deinen Rat. Ich gehe auf alle Fälle da nochmal hin. Das ist eine gute Idee mit den Blumen und dem Likör. Vielleicht kann ich sie damit rumkriegen und doch noch umstimmen. Ich breche nachher gleich auf, das lässt mir keine Ruhe!«

Er stand auf, küsste Bertha auf die Wange und wollte ihr noch helfen, den Tisch abzuräumen, worauf sie ihm zurief: »Geh du nur, ich sehe doch, wie dich das fertig macht, ich mach das schon!« So gingen sie an diesem trüben Morgen auseinander.

Nun stand er erneut vor Lenes Haustür, nachdem er es zum Glück geschafft hatte, seinen Wagen wieder fahrbereit zu bekommen. Bevor er den Türklopfer endgültig betätigte, zog er nochmals seine Hand zurück. Sein Herz klopfte wild, denn ihm war bewusst, er musste die richtigen Worte finden, wenn er gleich dem Vater gegenüberstehen würde. Und es musste sein, nun entschlossen zu handeln, wenn er Lene je wiedersehen wollte.

Das Geräusch des Türklopfers sagte ihm, nun gibt es kein Zurück! Und schon hörte er das Geklapper von Schuhen auf der Treppe zum Flur. Die Tür öffnete sich und Lenes Mutter stand vor ihm. In ihren Augen konnte er lesen, dass sie ihn nicht ablehnte, als ihr Blick an ihm herunter glitt, wie er da stand mit Mutters Blumen in der einen und der Flasche Kirschlikör in der anderen Hand.

»Guten Tag Herr Thierach«, sagte sie, »ich habe von Lene schon gehört, was gestern Nacht vorgefallen ist. Aber kommen Sie doch erst mal rein und mit nach oben. Mein Mann ist furchtbar aufgebracht. Das ist er immer, wenn es um Lene geht. Ihre beiden Schwestern sind ja schon aus dem Haus. Sie können mir glauben, da habe ich einiges mitgemacht. Aber so, wie Lene mir die Sache geschildert hat, trifft Sie keine Schuld.«

»Es tut mir trotzdem leid«, antwortete Chris. »Wir hätten einfach früher gehen sollen, es kann ja immer was passieren. Irgendwie haben wir an sowas gar nicht gedacht. Aber nehmen Sie erst mal die Blumen, die sind für Sie aus unserem Garten.«

»Danke, die sind aber schön«, antwortete Lenes Mutter und nahm die Blumen entgegen. »Jetzt reden Sie noch einmal mit meinem Mann, vielleicht können Sie ihn doch noch umstimmen.«

Sie gingen nach oben in die Stube. Lenes Vater saß mit finsterer Miene in einem der Sessel und begrüßte Christian mit den Worten: »Da sind Sie ja wieder, junger Mann. Darf ich fragen, was Sie hier noch wollen?«

»Vater«, sagte Lenes Mutter, »jetzt sei nicht so ungerecht, Herr Thierach möchte sich nochmals bei dir entschuldigen. Wir waren doch auch einmal jung und verliebt, so gib ihm noch eine Chance!«

Christian fühlte sich verlegen und erstarrt, seine Kehle war wie ausgetrocknet. Er brachte kein Wort heraus, was ihm eigentlich normalerweise so nie passierte. Aber jetzt war der Moment gekommen, er musste reden. Es ging um seine große Liebe, es ging um Lene!

»Ich bin noch einmal gekommen, um Ihnen zu sagen, dass mir die Sache von gestern Nacht sehr peinlich ist und leidtut. Und ich habe darüber nachgedacht, was Sie mir mit auf den Weg gegeben haben. Sie haben recht. Wir hätten einfach etwas eher aufbrechen sollen. Ich kann zwar nichts dafür, dass mein Auto gestreikt hat, aber ich hätte mehr Zeit für den Nachhauseweg einplanen müssen, es kann ja immer etwas dazwischenkommen. Bitte verzeihen Sie mir. Ich habe einen Fehler gemacht. Ich verspreche Ihnen, sowas wird nie wieder vorkommen. Ich liebe Lene wirklich und meine es ernst mit ihr.«

Er stand noch immer vor dem Vater mit der Flasche Kirschlikör in der Hand und wagte sich nicht, diese dem Vater zu überreichen. Nur nicht einen zweiten Fehler machen! Also wartete er ab.

Christian fühlte, wie der Blick des Vaters ihn abtastete, als würde er einen Fehler an ihm suchen. So, wie er selbst es tat, wenn er bei seinem Auto ein verborgenes Manko aufspüren wollte. Sekunden, die ihm unerträglich und nicht endend erschienen.

Dann stand Lenes Vater auf und ging auf ihn zu. Er trat dicht an ihn heran, sah ihm in die Augen und sagte: »Ich weiß nicht, ob das jetzt ein Fehler ist und warum, aber irgendwie glaube ich Ihnen und will Ihnen nochmals eine Chance geben.«

Christian nahm die ihm entgegengestreckte Hand und fühlte, wie ein tonnenschwerer Stein von ihm fiel. »Danke Herr Loose, sie glauben gar nicht, wie erleichtert ich jetzt bin. Ich hätte es nicht überlebt, Lene nie wieder sehen zu dürfen. Darf ich Ihnen diese Flasche Kirschlikör geben. Er ist nach einem Rezept meiner Mutter zubereitet und schmeckt vorzüglich. Die Kirschen, aus denen er gemacht ist, wachsen in unserem Garten.«

Der Vater nahm die Flasche an und dankte kurz. Dann rief er nach Lene.

Nach einigen Minuten sah Christian Lene in die Stube treten. Ihre Augen sahen verweint aus, erhellten sich aber, sobald sie ihrem Vater und ihm in die Augen gesehen hatte. Sie begriff sofort, Christian hatte es geschafft, sich mit ihrem Vater auszusöhnen.

Es folgten unzählige Verabredungen zwischen Lene und Christian, sie waren unzertrennlich geworden. Allerdings überschatteten die Geschehnisse, die sich im Land in den Jahren nach 1938 ereigneten, ihr Glück. Bei den Alten wie bei den Jungen breitete sich eine quälende Kriegsangst aus, die wie eine schwarze Wolke jeden neuen Tag verdunkelte. Die meisten Menschen hatten nur ein einziges Sehnen, nämlich, dass sie von einem Krieg verschont blieben! Und es gab noch andere Dinge, die Christian Sorgen bereiten sollten.

Natürlich war seinen Eltern sein Glück nicht verborgen geblieben. Besonders in seiner Mutter Bertha hatte er stets eine aufmerksame Zuhörerin. Sie sog es förmlich auf, wenn er von Lene erzählte. Sie war immer seine Ratgeberin gewesen, ihm sehr nahe. Er spürte, dass es ihr guttat, ihn jetzt so glücklich zu erleben. Aber er bemerkte auch ihre besorgte Miene in den Momenten, in denen er begeistert von Lene schwärmte. Seine Mutter und ihn hatte stets ein unendliches Vertrauen verbunden, sie war immer der wichtigste Mensch in seinem Leben und er hielt viel von ihrem Urteilsvermögen. Auch bewunderte er ihren wachen Verstand.

Daher konnte er ihre Zweifel in Bezug auf Lene nicht nachvollziehen, als sie immer wieder einwandte: »Christian, du bist noch so jung! Binde dich nicht jetzt schon zu fest. Ich vergönne dir ja dein Glück, aber überlege doch mal, du stehst erst am Anfang deines Lebens. Da kommt noch so viel. Ich meine es wirklich nur gut mit dir!«

Sein Vater hatte dazu weniger zu sagen, kein Wunder, ihm erzählte er ja auch eigentlich nichts. Der Vater bemerkte zwar, dass Christian glücklich war und jetzt eine Freundin hatte, war aber so mit seinem eigenen Alltag beschäftigt, dass er nie Fragen stellte. Und wenn Christians Herz überlief, hatte er ja seine Mutter, die darin aufging, seine Vertraute zu sein.

Irgendwann platzte sie förmlich vor Neugier, Lene endlich einmal zu Gesicht zu bekommen und sie fragte Christian: »Willst du Vater und mir die Lene nicht einmal vorstellen? Ich möchte ja schon gern einmal wissen, was du dir da für ein Mädchen angelacht hast.«

»Klar, das machen wir bald mal«, sagte Christian, worauf Bertha antwortete: »Ich überlege mir, wann es am besten passen würde.

Moment mal, eigentlich wäre der Sonntag sehr günstig. Da haben wir noch gar nichts vor und es hat sich auch kein Besuch angemeldet. Außerdem wollte ich da sowieso einen Braten machen. Da koche ich gleich ein bisschen mehr, dann könnten wir alle zusammen essen. Und für den Nachmittag könnte ich ein Blech Hefekuchen machen, den du und Vater so gerne esst. Am besten, du fragst deine Lene mal wegen Sonntag und sagst mir Bescheid.«

Christian entgegnete: »Ja gern, wenn du meinst. Ich treffe sie heute Nachmittag sowieso, da kann ich gleich fragen, ob sie Sonntag Zeit hat. Sie ist, glaube ich, auch neugierig auf euch und mein Elternhaus. Wann dachtest du denn, sollen wir da sein?«

»Kommt am besten um Zwölf, da essen wir immer, Vater ist das so gewohnt«, sagte Bertha, worauf er antwortete: »Prima, ich denke, das könnte klappen. Dann sehe ich zu, dass wir Sonntag um Zwölf da sind, wenn Lene einverstanden ist.«

Er freute sich darauf, endlich Lene mit zu seinen Eltern nehmen zu können, zumal er glaubte, dass er auch Lenes Wunsch damit erfüllen könnte. Er hoffte nur, dass seine Mutter Lene nicht zu sehr unter die Lupe nahm und sich die beiden Frauen mochten.

Lene reagierte erst einmal erschrocken, als er ihr den Vorschlag seiner Mutter unterbreitete.

»Du hast doch nicht etwa Angst vor meinen Eltern?«, fragte er sie.

»Angst nicht, ich hab mir ja auch gewünscht, sie kennenzulernen, aber jetzt kommt das doch ein wenig plötzlich und natürlich bin ich da aufgeregt. Schließlich kenne ich sie ja überhaupt nicht und möchte doch gerne einen guten Eindruck machen.«

»Mach dir keine Sorgen, die sind eigentlich ganz nett und außerdem hast du ja mich an deiner Seite, was soll denn da schon schiefgehen«, beruhigte er sie.

»Na gut, irgendwann muss ich ja sowieso in den sauren Apfel beißen, dann haben wir es wenigstens hinter uns. Hol mich am Sonntag um halb Zwölf hier ab«, meinte sie.

Dann redeten sie über andere Dinge und genossen ihren restlichen Tag.

Lenes erster Besuch in Christians Elternhaus

Es war Sonntag und die Uhr ging auf halb Zwölf, als Christian vor Lenes Haus vorfuhr, um sie abzuholen. Sie öffnete mit einem Ruck die Eingangstür und stand schon abfahrbereit vor ihm.

»Ich geh jetzt, bis später!«, rief sie nach oben. Christian glaubte große Nervosität aus ihrer Stimme herauszuhören, so als hätte sie ihn bereits mit Ungeduld erwartet.

»Macht's gut!«, vernahm er von oben. »Und vergiss die Blumen nicht, die liegen auf dem kleinen Tischchen im Flur«, hörte er die Stimme ihrer Mutter.

Dann ging alles ganz schnell. Ein kurzer Begrüßungskuss, anschließend drückte sie ihm den Strauß Sommerblumen in die Hand mit der Bitte, ihn für sie zum Auto zu tragen. Irgendwie wirkte sie heute fahrig, aufgeregt, anders als sonst und er wusste nicht so recht, was er in dieser Situation sagen oder machen sollte, um ihr die Anspannung ein wenig zu nehmen.

»Gut siehst du aus«, sagte er dann einfach, weil ihm gerade nichts anderes einfiel.

Sie erwiderte: »Danke, hoffentlich gefalle ich deinen Eltern auch.«

»Mach dir keine Sorgen, warum solltest du das nicht. Du wirst sehen, alles wird gut!«, versuchte er sie zu beruhigen. Dann gingen sie zum Wagen.

Während der Fahrt redete hauptsächlich Lene. Sie wirkte wie »aufgezogen«, so als müsste diese Unruhe, die sie völlig kribbelig machte, irgendwie aus ihr heraus. Instinktiv griff er nach ihrer Hand und bemerkte, wie ihr das gut tat, wie sie ruhiger wurde, als sie seine Hand in der ihren spürte. Dies schien ihr wenigstens in diesem Moment ein Gefühl von Sicherheit und Geborgenheit zu geben.

Als sie den Feldweg, die schmale Straße, die auf der linken Seite von mehreren kleinen einfachen Häuschen eingesäumt war, erreicht hatten, sagte er: »Schau mal, in dieser Straße wohne ich.« Gegenüber, auf der leichten Anhöhe, befanden sich die wenigen großzügigeren Bürgerhäuser innerhalb ausgedehnter Grundstücke, wo auch seine Familie lebte. Sie bildeten im Ort die letzte Häuserreihe.

Lenes Gesichtsausdruck sagte ihm, dass sie angetan war von dem Blick in die grüne Landschaft, die sich hinter den Gärten ausdehnte. »Hier ist es aber schön«, sagte sie. Aber er bemerkte auch ihre Anspannung im Hinblick auf das, was sie gleich erwartete.

Es dauerte nicht lange, da standen sie vor dem stattlichen Haus seiner Eltern mit seinen Erkern und großen Fenstern. Es war das letzte der Häuserreihe und befand sich inmitten des Gartens, der im Osten an das Nachbargrundstück des örtlichen Arztes angrenzte. Im südlichen Teil des Gartens vor dem Haus erhob sich ein mächtiger Kirschbaum, der alljährlich reichlich Kirschen trug, die von seiner Mutter Bertha eingekocht und gerne als Kompott zum Nachtisch gereicht wurden. Alles leuchtete in diesem Sommer um das Wohnhaus herum und es duftete süß, als sie den Garten betraten. Im Nordteil des Grundstückes säumten sich Bäume und Haselnussbüsche den Gartenzaun entlang und bildeten einen dichten Sichtschutz. Dort befand sich neben dem Gartenhaus unter schattigen Bäumen ein großer Freisitz. In dieser »grünen Oase« verbrachte Christians Familie häufig, oft im Kreise von Gästen, so manche gemütliche Stunde.

Schon war er mit Lene an der Treppe angekommen, die hinauf zur Hauseingangstür führte. Er sah, wie sie sich noch einmal umdrehte und ihren Blick über den ganzen Garten schweifen ließ, als könnte sie sich gar nicht sattsehen.

»Das ist Vaters Werk. Er ist eigentlich der geborene Gärtner«, sagte Christian und bat sie herein, indem er ihr die Haustür öffnete. Sie traten ein und erreichten das Treppenhaus, das alle Etagen verband.

»Was riecht denn hier so gut?«, fragte Lene.

»Ich rieche das auch so gerne. Es ist das alte Holz und natürlich Mutters Schokoladenkuchen auf der Treppe. Den musst du heute unbedingt probieren. Der schmeckt nämlich wie er riecht«, sagte er mit einem Unterton von Vorfreude.

Er sah, wie Lene tief einatmete und nickte. Nun erreichten sie den ersten Stock und schon kamen ihnen Bertha und Friedrich entgegen und begrüßten sie. Es blieb ihm nicht verborgen, wie der Blick seiner Mutter Lene förmlich zu ergründen suchte. Er beobachtete seine Mutter und ihm schien, als ob sie Lene ein wenig zu lange musterte. Das hatte anscheinend auch Lene bemerkt, die leicht verunsichert den Blumenstrauß mit lieben Grüßen ihrer Mutter überreichte, den Bertha lächelnd dankend, aber mit einer gewissen Distanz entgegennahm. Er hätte zu gern gewusst, was in diesem Moment im Kopf seiner Mutter vor sich ging, in dieser Situation, in der er sich ein wenig hilflos fühlte. Sie war neu, neu für sie alle!

»Kommen Sie, lassen Sie uns in die Wohnstube gehen«, sagte sein Vater und seine Mutter ermunterte die beiden: »Kommt bitte herein!«

»Danke für Ihre Einladung«, erwiderte Lene. »Es ist schön für mich, dass ich heute hier sein darf.«

Nun begaben sie sich alle in die gute Stube. Er bemerkte, dass Lene beeindruckt war von der gediegenen Einrichtung, die aus dunklen Jugendstilmöbeln bestand, als sie das ausgedehnte Wohn- und Esszimmer betrat, in dem an der Ostseite das elegante Klavier aus Ebenholz stand, das nicht selten für ein kleines, vierhändiges Konzert gemeinsam von seinen Eltern bespielt wurde. Christian führte Lene an die große Tafel, die mit einem weißen Brokattischtuch belegt war, bot ihr Platz an und sah, wie ihr Blick hinüber schweifte zum kleinen Erker an der Südseite des Zimmers, der mit seinem großen Fenster Sicht hinunter auf die Straße bot. Er verfolgte ihren Blick, wie dieser weiter wanderte zum mächtigen Buffet, in dessen aufgesetzter Vitrine sich Jugendstilporzellan mit filigraner Rosenbordüre und Weinkelche aus farbigem, geschliffenem Kristallglas aneinanderreihten. Alle Stellflächen auf und in den Schränken waren mit handgefertigten, zum Teil geklöppelten, weißen Spitzendeckchen diverser Jugendstilmotive belegt, was einen hübschen Kontrast zum dunklen Holz bot und das Kostbare und Edle der Einrichtung unterstrich. Und als Lene dann noch die weiße Porzellanvase in die Augen fiel, die mit einer roten Schleife durchzogen war, schwärmte sie: »Welch schöne Vase dort in der Vitrine!«

»Ja, die ist von meinen Großeltern aus Sehma. Ich freue mich so, wenn es dir bei uns gefällt«, antwortete er und lächelte sie liebevoll an.

Seine Mutter war aus dem Zimmer geeilt mit den Worten: »Unterhaltet euch inzwischen mit Vater, ich habe noch kurz in der Küche zu tun. Friedrich, du kannst ja schon mal zu Trinken anbieten. Ich komme gleich mit der Suppe«, und sogleich war sie verschwunden.

Täuschte er sich oder spürte er da ein leichtes Unbehagen Lenes, wie sie da zwischen ihm und seinem Vater saß, an der großen Tafel, vor funkelnden Kristallgläsern, blitzblank poliertem Silberbesteck, das auf monogrammbestickten Damast-Servietten lag und dem edlen Porzellan?

Das Inventar des Hauses ließ erahnen, wie großzügig Berthas Vater, der Gasthofbesitzer aus Sehma, seine Tochter mit der Mitgift bedacht hatte. Lene wirkte auf Christian irgendwie ein wenig verloren mit den ganzen neuen Eindrücken und zwischen den Männern.

Sein Vater schien das auch bemerkt zu haben und wandte sich nun an sie: »Ich finde es sehr schön, dass Christian Sie heute mitgebracht hat. Er hat schon viel von Ihnen erzählt, aber das meiste weiß ich von meiner Frau. Sie hängt ja ständig mit ihm zusammen. Wissen Sie, ich habe immer zu tun mit den Hausaufgaben meiner Schüler und nicht selten gebe ich auch noch Nachhilfe, aber auf meinen Mittagsschlaf verzichte ich deshalb nie. Erzählen Sie mir doch ein wenig von sich. Ich finde Sie übrigens sehr apart und nett, Fräulein Loose!«

Nun begann Lene ein wenig aus ihrem Leben zu erzählen, von ihrem Beruf, ihrem Zuhause, den Schwestern und entspannte sich allmählich. Und als der Vater auch noch einige humorvolle Geschichten aus seinem Oberlehreralltag zum Besten gab, konnten sie sogar miteinander lachen.

In diesem Moment kam Bertha mit der Suppenterrine ins Zimmer. »So, hier bin ich wieder. Habt ihr euch gut unterhalten? Ja, als Hausfrau hat man immer eine Menge zu tun, damit es der Familie gut geht. Ich hoffe, dass es euch schmeckt«, sagte sie und begann, die Suppe auszugeben.

Beim Essen beobachtete Christian seine Mutter, wie sie den Löffel heute besonders gesittet zum Mund führte und ihn zuspitzte, während sie die Suppe zu sich nahm. Friedrich dagegen kam ihm heute sehr entspannt vor, so, als genösse er die Gegenwart der hübschen Lene. Bertha jedoch war nicht allzu gesprächig. Sie stellte Lene einige Fragen, die diese bereits dem Vater schon beantwortet hatte.

Es schien Christian, als ging in seiner Mutter irgendetwas vor, was sie zu unterdrücken versuchte, während sie Lene zuhörte. So kannte er sie gar nicht. Eigentlich zeigte sie immer Humor, war redselig und herzlich, wenn sie Besuch hatten. Was war nur heute los mit seiner Mutter? Er fragte sich, ob es an Lene oder an ihm lag oder was überhaupt der Grund dafür sein konnte. Hatte er irgendetwas falsch gemacht? Darum war er bemüht, besonders aufmerksam und lieb zu Lene zu sein. Sie sollte sich auf gar keinen Fall unwohl fühlen bei ihrem ersten Besuch. Vielleicht bildete er sich das auch alles nur ein. Vater stand ihm ja gottseidank zur Seite, er schien diesen Tag wirklich zu genießen.

Nun folgten noch zwei Speisengänge. Seine Mutter hatte alles perfekt vorbereitet. Das Essen und auch der Nachtisch schmeckten einfach köstlich. Nach dem Essen bot Lene seiner Mutter ihre Mithilfe an, den Tisch abzuräumen und ihr in der Küche zu helfen. Doch Bertha lehnte ab mit dem Hinweis, dass das allein Sache der Hausfrau sei. Lene solle sich wohlfühlen und unterhalten, schließlich sei sie ja der Gast. Ob dieser Hinweis zu Lenes Wohlbehagen beigetragen hatte, bezweifelte Christian stark.

Seine Mutter war wieder in ihrer Küche verschwunden. Und obwohl sein Vater und er sich um Lene bemühten, lag doch irgendeine Spannung in der Luft, die sich Christian nicht erklären konnte.

»Ihr entschuldigt mich bitte, ich gehe kurz zur Toilette«, sagte Friedrich plötzlich und verschwand aus der Tür. Nach kurzer Zeit trat er wieder ein und mit ihm Bertha, die den Kaffee und ihren Schokoladenkuchen servierte.

Diesmal nahm sie sich Zeit und setzte sich mit an den Tisch. Er bemerkte, dass sie bemüht war, ein nettes Gespräch mit Lene zu beginnen, indem sie auf Lene einging und versuchte, ihr Wärme entgegenzubringen. Er spürte förmlich, wie Lene jetzt etwas aufatmete, jedoch fühlte er auch, dass irgendetwas nicht echt war.

Der darauffolgende Tag

Am darauffolgenden Morgen war es ruhig im Haus. Friedrich hatte bereits das Haus verlassen und Christian saß mit Bertha am Frühstückstisch.

Sie sagte: »Na, hast du gestern deine Lene gut und rechtzeitig nach Hause gebracht?«

»Ja, das habe ich. Sie hat sich übrigens sehr gefreut, euch kennenzulernen. Sag mal, magst du sie eigentlich, gefällt sie dir? Du hast kein Wort darüber verloren«, sagte Christian. Es drängte ihn, zu ergründen, wie Bertha zu Lene stand. Besonders, da sie dieses eigenartige Verhalten Lene gegenüber gezeigt hatte, ein Verhalten, das er an ihr so nicht kannte.

»Ich hatte viel zu tun, wir hatten ja noch gar keine Gelegenheit zu reden«, wich sie ihm aus.

»Nun sag mal ehrlich, magst du sie?«, fragte er noch einmal.

Bertha antwortete: »Sie ist eine sehr hübsche und auch nette Frau. Mehr kann ich jetzt auch nicht sagen, dazu kenne ich sie zu wenig. Ich finde, sie ist auch noch sehr jung.«

Christian spürte, dass ihr diese Unterhaltung unangenehm war. Warum sprach sie nicht an, was sie an Lene störte? Erneut unternahm er einen Versuch: »Also Mama, jetzt sag mir endlich, was los ist. Ich kenne dich. Da stimmt doch was nicht! Außerdem habe ich bemerkt, dass Vater mit dir gesprochen hat. Es war eine Ausrede, als er gestern zu Lene und mir sagte, er müsse zur Toilette. Er ging, um mit dir zu sprechen.«

Bertha saß wortlos da und schaute ins Leere. Dann sah sie ihm in die Augen und fing an, langsam zu reden: »Weißt du, das alles ist nicht so einfach für mich. Glaub mir, ich finde Lene wirklich nett, aber irgendwie ist es auch schwer für mich, dass da jetzt ein anderer Mensch ist, der deine ganze Aufmerksamkeit und Liebe bekommt. Bisher war doch ich die wichtigste Person in deinem Leben. Du bist doch nicht nur mein Sohn für mich, sondern auch mein bester Freund und mein Vertrauter. Ich habe Angst, dass Lene jetzt meinen Platz einnimmt. Ich will dich nicht verlieren. Das täte mir verdammt weh. Ich liebe dich zu sehr.« Bertha hatte feuchte Augen bekommen, als sie diese Worte sprach.

Christian nahm ihren Kopf in seine Hände und erwiderte: »Mama, du glaubst doch nicht wirklich, dass du mich jemals verlieren wirst! Deinen Platz wird niemals irgendeine andere Person einnehmen. Dafür liebe auch ich dich viel zu sehr! Sieh die Sache doch mal so: Es kommt jetzt endlich ein zweites weibliches Wesen in dieses Männerhaus. Lene könnte eine neue Freundin und Vertraute für dich werden, wenn du dich ein bisschen bemühst, sie zu akzeptieren. Dann hast du mich und Lene und mein Bruder ist ja schließlich auch noch da. Also, für Eifersucht besteht wirklich überhaupt kein Grund. Auch Lene wird sich glücklich schätzen, eine so liebe Mutter dazu zu bekommen. Ihre leibliche Mama starb ja, als Lene noch ein Kind war. Also, sei so klug, wie ich es von dir gewohnt bin und gib ihr eine Chance!«

Bertha hatte die Fassung wiedererlangt und sagte: »Eigentlich hast du ja recht. So habe ich das überhaupt noch nicht gesehen. Ich verspreche dir, ich werde mich bemühen. Tut mir leid, dass ich so reagiert habe. Ich hoffe, Lene hat das nicht allzu sehr gemerkt oder gar darunter gelitten. Trotz allem möchte ich sie erst einmal langsam kennenlernen, einfach, weil du mir sehr wichtig bist. Das verstehst du doch?«

»Natürlich«, antwortete Christian, »das ist auch richtig und vernünftig so. Aber ich bin sicher, du wirst sie mögen und irgendwann gar nicht mehr missen wollen aus deinem Haus. Sie ist nämlich ein wunderbarer Mensch und das sage ich, obwohl ich sie erst seit kurzer Zeit kenne. So, nun muss ich aber weg, sonst komme ich zu spät zur Arbeit.« Er umarmte seine Mutter und küsste sie noch zum Abschied, dann verschwand er.

Die folgende Zeit

Lene war nun öfter Gast im Haus. Je besser Bertha sie kennenlernte, desto mehr bemerkte sie, dass Lene keine Bedrohung für sie war. Ganz im Gegenteil, ihr Verhältnis zu Christian wurde dadurch nur noch inniger. Mit Lene, die Bertha nun des Öfteren ins Vertrauen zog und bei ihr Rat suchte, konnte sich vielleicht sogar Freundschaft entwickeln. Mit der Zeit mochte sie Lene richtig gern und erlaubte ihr sogar, ab und zu im Haus über Nacht zu bleiben. Schließlich stand ja das Gästezimmer im Dachgeschoß zur Verfügung.

Lene wiederum freute das und sie fühlte sich langsam bei Christians Familie immer wohler. Als sie an einem kalten Abend müde das Bett im Gästezimmer aufsuchte, bemerkte sie, dass es bereits von einer sehr heißen, kupfernen Wärmflasche vorgewärmt war. Sie wusste sofort, dass Bertha hinter dieser Annehmlichkeit steckte, die für sie nicht selbstverständlich war. Sie fühlte Dankbarkeit ihr gegenüber. Auch dafür, dass sie sich am Morgen an den gedeckten Frühstückstisch setzen konnte, wo sie frische Brötchen vorfand, die Bertha schon frühmorgens besorgt hatte.

Eines Morgens sagte sie zu Bertha: »Wie schaffst du das nur? Du gehst als Letzte schlafen und stehst morgens als Erste bereits wieder in deiner Küche und der Frühstückstisch ist auch schon gedeckt, während alle noch schlafen. Ich muss dich wirklich bewundern! Und danke auch für die Wärmflasche gestern. Es war so angenehm, als ich mit meinen kalten Füßen ins Bett schlüpfte. Auch daran hast du gedacht!«

Bertha antwortete: »Keine Ursache, hab ich gern gemacht. Ich bin es gewohnt, dafür zu sorgen, dass sich alle im Haus wohlfühlen. Bin so erzogen worden und wurde als junges Mädchen schon auf eine Hauswirtschaftsschule geschickt. Das war früher so. Aber ich freue mich natürlich, wenn sich jemand so lieb bedankt bei mir wie du und sowas sieht. Für die anderen ist alles was ich mache schon selbstverständlich geworden. Ich bin zwar gerne Hausfrau, aber manchmal komme ich mir schon vor wie eine Maschine, die nie stillsteht.«

Lene antwortete: »Das soll sich jetzt ändern. Jetzt hast du mich. Ich werde dir helfen und dir einiges abnehmen. Wir Frauen müssen doch zusammenhalten!« Sie ging auf Bertha zu und drückte sie. Das war der Moment, in dem sich ihre Bekanntschaft in Freundschaft umwandelte.

Ein Oktobernachmittag

Es war an einem Oktobernachmittag, als sich die Familie wieder einmal am Kaffeetisch versammelt hatte. Auch Christians Bruder Ernst war zurück von seiner Reise und erzählte aufgeregt, was Menschen im Zug berichtet hatten.

»Stellt euch vor, eine Frau erzählte während der Fahrt von schrecklichen Dingen, die sie erfahren hat. Adolf Hitler soll angeblich

Lager errichten, wo jüdische Menschen und solche, die ihm nicht genehm sind, hingebracht werden. Keiner weiß so genau, was dort geschieht, aber es soll nichts Gutes sein. Ich kann das gar nicht fassen. Alles hat doch so positiv angefangen mit den Arbeitsplätzen, Straßenbau und den ganzen Dingen. Und jetzt sollen da so schreckliche Sachen passieren? Die Leute im Zug haben die unterschiedlichsten Geschichten erzählt.«

»Ja, mir hat beim Bäcker eine Frau hinter vorgehaltener Hand erzählt, der jüdische Rechtsanwalt, der am Ortsende seine Praxis hatte, sei von einem Tag auf den anderen verschwunden«, gab Bertha in die Runde. »Männer hätten ihn abgeholt und keiner hätte ihn je wieder gesehen. Die Praxis ist nun geschlossen und von seiner Familie ist auch keiner mehr da. Was geschieht da nur?«

»Und die Leute haben fürchterliche Angst vor einem Krieg!«, warf Friedrich ein.

»Das höre ich auch überall«, sagte Christian.

Lene sah ihn besorgt von der Seite an und sagte: »Es wäre ganz furchtbar, wenn es Krieg gäbe und du und Ernst ins Feld ziehen müsstet. Nicht auszudenken! Ich würde sterben vor Angst! Lieber Gott, bitte lass das nie geschehen!«

Entsetzen stand allen ins Gesicht geschrieben, je mehr Einzelheiten über das Agieren des Regimes ans Tageslicht kamen und weil sie sich bewusst waren, dass man keinem Menschen mehr trauen konnte.

»Was sollen wir nur tun?«, fragte Friedrich. »Wir sind machtlos. Trotzdem müssen wir wachsam sein. Ich möchte dieses Spiel nicht mitspielen und ich will mich nicht manipulieren lassen, aber ich weiß auch nicht, was wir tun sollen!«

Gemeinsames Schweigen, Ratlosigkeit und Angst in den Gesichtern beherrschten die Runde.

Oktober 1938 Kriegsangst im Land

Im Oktober 1938 und in den darauffolgenden Monaten griff die Angst vor einem Krieg bei vielen Bürgern immer mehr um sich, auch in den Familien von Lene und Chris. Sie hassten die Kriegsparolen, welche überall zu hören waren. Trotz allem musste das Leben weitergehen und die Menschen versuchten, diese Gedanken aus ihrem Alltagsleben zu verdrängen und sich abzulenken, jedoch wurden sie immer wieder davon eingeholt.

Die Angst wurde von Tag zu Tag beherrschender. Mehr und mehr Einzelheiten über das Unrecht, welches das Regime Adolf Hitlers ganz offensichtlich beging, sickerten durch. Auch die Anhängerschaft des selbsternannten »Führers« nahm mehr und mehr zu. Wem sollte man noch trauen?

Mit der nun folgenden Entwicklung waren viele sehr unglücklich und schämten sich dafür. Die Angst um ihr und das Leben ihrer Familien lähmte sie, machte sie handlungsunfähig. Trotzdem gab es mutige Persönlichkeiten, die dagegen ankämpften und handelten. Die meisten wurden dafür ermordet. Eine schwarze Zeit nahm ihren Lauf. Neben der vermeintlichen »heilen Welt« in den Familien schrieb die schreckliche Chronologie des Holocaust in Deutschland Geschichte. Seit dem Beginn des Regimes von Adolf Hitler am 30.1.1933 bis zu dessen Selbstmord im Führerbunker am 30.4.1945 wurden Millionen jüdischer Menschen und solche, die dem Regime des »Führers« nicht genehm waren, von seinen Befürwortern in den Konzentrationslagern und an anderen Orten ermordet. Menschen wurden gedemütigt, erniedrigt und Familien auseinandergerissen. Lähmende Angst beherrschte die Seelen. Diese Schreckensherrschaft breitete sich aus wie ein böser Virus, der das gesamte Land überfällt und alle Grenzen überschreitet. Dazu kamen fortwährende gezielte Hetzkampagnen gegen die jüdische Bevölkerung und Minderheiten. Leider zeigten diese bei einem großen Teil der Bevölkerung Wirkung und schürten großen Hass. Eine Zeit der Menschenverfolgung und unermesslichen Leidens hatte in Deutschland begonnen.

Friedrich, Bertha und ihre beiden Söhne verfolgten die Ereignisse mit großer Besorgnis. Innerhalb der Familie wurde diskutiert und Stellung bezogen. Auch Lene, die nun wie ein Familienmitglied im Haus ein- und ausging, teilte die Meinung und Sorgen. Sie waren alle sehr unglücklich darüber, was in ihrem Land ablief, denn es hatte ja diverse wirtschaftliche Verbesserungen zu Beginn des Regimes gegeben, alle waren so hoffnungsvoll gewesen. Entsprachen die schrecklichen Dinge, die sich die Leute heimlich erzählten, wirklich der Wahrheit? Alle waren in ihrer Angst gefangen, außerhalb der Familie zu hinterfragen oder Stellung zu beziehen. Jeder misstraute jedem, also verdrängten und schwiegen sie.

Chris verlobt sich mit Lene
Ausbruch des 2. Weltkrieges

Durch die enge Beziehung der Kinder machten sich irgendwann auch Lenes und Christians Eltern miteinander bekannt. Und es war an einem Abend im März 1939, an dem Bertha Lenes Eltern zum Essen eingeladen hatte.

Nach dem Essen, als alle locker plauderten und Friedrich einige lustige Anekdoten aus seinem Lehreralltag erzählt hatte, erhob sich Christian plötzlich von seinem Platz und verließ die Stube.

Als er wieder hereinkam, hatte er ein kleines Kästchen in der Hand. Er klopfte gegen sein Weinglas. Alle Augen waren nun auf ihn gerichtet. Da überraschte er die Runde, indem er vor Lene trat und sagte: »Lene, du weißt, dass ich dich von Herzen liebe. Ich möchte dich nie wieder gehen lassen und mit dir eine Familie gründen. Daher will ich dich heute vor unseren Eltern fragen, willst du meine Frau werden?« Aus dem Kästchen, das er vor ihr öffnete, blitzten zwei Verlobungsringe.

Lene war, wie die Anwesenden, überrascht und gerührt zugleich und hatte ganz glänzende Augen bekommen. Sie sah ihn an und antwortete: »Ja! Natürlich will ich deine Frau werden. Ich liebe dich doch genauso!« Sie sprang auf und fiel in seine Arme, sie küssten sich.

Die Eltern freuten sich mit dem jungen Paar und es wurde an diesem Abend noch kräftig angestoßen und das Ereignis gebührend gefeiert. Lene war somit ein festes Mitglied der Familie geworden.

Leider währte diese glückliche Zeit der beiden nicht lange, da schon im September 1939 der Zweite Weltkrieg ausbrach und das Schreckensszenario, vor dem sich alle so gefürchtet hatten, Wahrheit geworden war.

Chris, der stets das Leben und die Menschen liebte und »keiner Fliege etwas zuleide tun« konnte, musste, wie seine Freunde und Cousins, in den Krieg ziehen. Es fiel ihm unendlich schwer, Lene und die Familie verlassen zu müssen in der Ungewissheit, ob er alle je wiedersehen würde. Große Sorgen machte er sich auch um seinen jüngeren Bruder Ernst, der ebenso eingezogen wurde. Ihm war, als hätte er damals schon geahnt, dass dieser nach dem Krieg auch noch in russische Gefangenschaft geraten würde und lange Zeit keiner wusste, ob er überhaupt noch lebte.

Es machte Chris unendlich traurig, welch großes Leid sich in vielen Familien abspielte und dass er die Gräueltaten, die über Jahre hinweg unschuldigen Menschen angetan wurden, nicht verhindern konnte. Auch alles, was er während seiner Militärzeit im Feld miterleben musste, erdrückte ihn. Er fühlte eine schwere Last, von der er sich, wie viele andere, ein Leben lang nicht erleichtern konnte.

Sooft es ihm möglich war, ließ er Lene, Bertha und Friedrich eine Nachricht aus dem Feld zukommen, da er wusste, dass sie jedes Mal aufatmeten, wenn sie von ihm hörten, einfach nur, weil sie dann wussten, dass er noch am Leben war.

Die langen Zeiten der Ungewissheit lösten bei Lene, Bertha und Friedrich grenzenlose Besorgnis aus und oft vergossen sie zusammen Tränen, wenn sie von Christian und von Ernst sprachen.

Viele von Christians Bekannten und Verwandten mussten den Schmerz und die Trauer über den Tod ihrer Söhne und Angehörigen ertragen und auch er konnte es kaum verkraften, wenn wieder ein Freund oder Verwandter gefallen war. Dazu kam die Angst vor jedem nächsten Tag, der den eigenen Tod bringen konnte. Es war ihm unmöglich, an etwas anderes denken zu können und doch war er gezwungen, stets zum Tagesablauf übergehen zu müssen. Sein Leben, wie das Leben innerhalb der Familien, musste weitergehen.

Er sah dann im Geiste seine Eltern am Klavier sitzen und hörte sie gemeinsam ein Stück von Bach spielen, das er leise vor sich hin summte oder er dachte an ein schönes Erlebnis mit Lene, um die harte Realität und seine Ängste wenigstens für einige Momente vergessen zu können.

Im März 1940 bekam er einige Tage Urlaub und konnte zu Lene und den Eltern zurückkehren. Diese kurze Zeit des Heimaturlaubes nutzte er, um am 3.4.1940 seine geliebte Lene zu heiraten.

Die Hochzeit, die inmitten des zweiten Weltkrieges stattfand, wurde im engsten Kreise der Familie gefeiert. Da die Lebensmittel rationiert waren, griff die Familie zur Gestaltung des Hochzeitsmahles hauptsächlich auf das zurück, was sie in ihrem Garten angebaut hatte.

Chris war erstaunt über das reichhaltige Buffet, das seine Mutter Bertha gezaubert hatte. Er entdeckte darauf gefüllte Eier, Salate, Eingemachtes, Mehlspeisen, allerlei Süßes und Saures, aber auch Wurst und Gebratenes. Dies wurde noch angereichert durch das Mitgebrachte der Gäste. Alle Eingeladenen beteiligten sich, es sollte ein schönes und unvergessliches Fest werden. Das bunte Allerlei bot schließlich etwas für jeden Gaumen. Christian und Lene boten den Gästen Bowle, selbstgemachten Wein und Säfte an und die Gäste waren glücklich, mit ihnen dieses Fest feiern zu können.

Für Chris hatte dies alles jedoch nicht die größte Priorität. Als wichtig empfand er, dass er noch lebte und sich mit seiner geliebten Lene für immer verbinden konnte. So wurde trotz der schrecklichen Geschehnisse des Krieges und der Einschnitte, die das tägliche Leben so schwer machten, seine große Liebe zu Lene besiegelt!

Chris war während der Zeit seines Aufenthaltes sehr ernst und gefühlsmäßig hin- und hergerissen. Einerseits freute er sich unbeschreiblich über die Vermählung mit Lene und die gemeinsame Zeit, andererseits liefen furchtbare Bilder in seinem Unterbewusstsein ab.

Er hatte stets vor Augen, dass er bald ins Feld zurückkehren musste und wollte gar nicht darüber nachdenken, dass er im Krieg fallen könnte, was Lene zur Witwe machen würde. Krampfhaft versuchte er, diese Gedanken und Bilder auszublenden, was ihm jedoch nicht gelang, da er zu schreckliche Dinge gesehen und erlebt hatte. So wie den Tod eines Freundes, der in seinen Händen gestorben war und den vieler Kameraden, die er nicht davor bewahren konnte. So waren Freud und Leid in diesen Tagen stets seine gemeinsamen Begleiter.

Da Lene nun fest zur Familie gehörte, war sie zu Bertha und Friedrich gezogen. Leider dauerte es nach der Hochzeit nur kurze Zeit, da musste Chris wieder in den Krieg ziehen. Erneut zermürbte die Ungewissheit die Herzen. Er bekam noch einige Kurzurlaube, die er mit seiner Lene teilen konnte.

Im Mai 1942 kam ihr gemeinsamer Sohn Michael und im Juni 1944 ihr zweites Kind, Tochter Rieke, zur Welt. Lene entband beide Kinder im Haus ihrer Schwiegereltern. Eine Hebamme und Bertha standen ihr zur Seite und es ging zum Glück alles gut.

Das Leben war nicht einfach zu bewältigen, da es an allem fehlte. Lene bekam für die Familie kaum Lebensmittel und auch Stoffe und Kleidung waren Mangelware. Da sie aber zum Glück eine gute Hausfrau war und durch ihre beruflichen Kenntnisse in der Textilbranche nähen konnte, fertige sie aus allem, an das sie kommen konnte, Kleidung und nützliche Dinge, die die Familienangehörigen benötigten. Da war es egal, ob es Decken, Vorhänge, Fallschirmseide oder altes Leder war, sie konnte alles verwerten. Lene achtete darauf, dass ihre Kinder immer ordentlich gekleidet waren.

Da ein befreundeter Großbauer in ihrer Nachbarschaft wohnte, der sie und die Kinder mochte, kam sie auch an Milch, Eier und Butter, was ein großer Vorteil war. Aus diesen Zutaten in Verbindung mit Mehl und den Gartenerzeugnissen von Friedrich, bereiteten sie und Bertha einfache Gerichte für die Familie, die schmeckten und alle satt machten.

Trotzdem, Lene war abgemagert. Die ewige Unruhe in dieser schwierigen Zeit zehrte sehr an ihr. Sie dachte niemals an sich selbst. Es war ihr nur wichtig, dass es den Kindern gut ging und sie Gewissheit hatte, dass Chris noch am Leben war. Nur diese beiden Dinge verschafften ihr Erleichterung und innere Ruhe.

Ihre Dankbarkeit kannte keine Grenzen, als Chris körperlich unbeschadet und heil aus dem Krieg zurückkehrte. Ebenso, als Christians Bruder Ernst, allerdings erst sehr viel später, aus russischer Kriegsgefangenschaft heimkehren konnte.

Kriegsende im April 1945 – Geschichtliches und das Leben der Menschen danach

Im April 1945 nahm diese dunkle Phase deutscher Geschichte durch das Eingreifen der alliierten Länder Amerika, Russland, Frankreich und England endlich ein Ende. Die Menschen atmeten auf, da sie den Krieg überstanden hatten, obwohl Deutschland in Trümmern lag und an allem Mangel herrschte. Die Siegermächte teilten das Land in vier Besatzungszonen auf und es erfolgte die sogenannte Entnazifizierung, Entmilitarisierung, Dezentralisierung, Dekartellisierung und Demokratisierung. Der nordwestliche Teil Deutschlands unterstand Großbritannien, der Südosten Amerika, der Südwesten Frankreich und das Land im Osten der Sowjetunion. Das Überschreiten dieser Besatzungszonen war nun für die Deutschen nur mit Registrierscheinen erlaubt, die von den Besatzungsmächten genehmigt und ausgestellt werden mussten. In dieser Zeit des Umbruches war ganz Deutschland auf den Beinen. Menschenmassen waren elend hungernd und frierend auf der Suche nach einem Zuhause und nach Perspektiven für eine neue Zukunft. Die meisten überschritten die Grenzen der Besatzungszonen unerlaubt ohne Passierscheine bei Nacht und Nebel und vertrauten sich dabei gegen Bezahlung ortskundigen »Schleusern« an.

Es wurden Lebensmittelkarten eingeführt, da es an ausreichender Nahrung für die Bevölkerung mangelte. Nicht nur die Sorge satt zu werden plagte die Menschen, die meisten hatten auch kein

Dach mehr über dem Kopf, da ihre Wohnungen und Häuser, besonders die der Städter, durch die Bombeneinsätze der Alliierten in Schutt und Asche lagen. Darunter litten sie noch Jahre danach. In den Läden gab es nichts zu kaufen, Schwarzmarkt und Tauschhandel hatten Hochkonjunktur. Zigaretten und Tabak waren das Gold dieser Zeit, für die bekam man fast alles.

Etwas besser als den Städtern ging es der Bevölkerung in den ländlichen Gebieten und wer noch einen Garten besaß, baute Tabak an, trocknete und schnitt die Blätter und benutzte den daraus hergestellten Tabak als Tauschwährung, um an Lebensmittel oder Kleidung zu gelangen. Diese schwierige Zeit traf fast jede Familie.

Neuanfang Christians und seiner Familie nach Kriegsende

Auch Christian suchte nach neuen Perspektiven für sich und seine junge Familie. Er und alle anderen Menschen waren sichtlich abgemagert. Niemand hatte mehr Arbeit und die Familie versorgen zu können, war die größte Herausforderung.

Eines Tages wurde er von einem Bekannten angesprochen: »Ich habe gehört, dass die Amerikaner Leute suchen. Die sollen Männer ausbilden zu Feuerwerkern, die die Munitionsanstalten aus dem Zweiten Weltkrieg zerstören. Ist wahrscheinlich nicht ganz ungefährlich, Munition und Waffen unschädlich zu machen, aber wenn man das fachmännisch macht! Wäre halt Arbeit und zahlen tun die angeblich auch nicht schlecht. Ich habe gehört, dass es ungefähr dreihundertsiebzig solcher Munitionsanstalten geben soll. Da brauchen die schon ein paar Leute.«

Das gab Christian Hoffnung auf eine bezahlte Beschäftigung und schon bald bewarb er sich mit seinem Bekannten bei den amerikanischen Besatzern für diese Tätigkeit, um Lene und die Kinder finanziell versorgen zu können.

Das Hitlerregime hatte diese Munitionsanstalten bevorzugt in bewaldeten, ländlichen Gebieten errichtet. Sie dienten während des Krieges dazu, dem Militär Waffen und Sprengstoff zu liefern.

Chris und sein Bekannter bekamen die Zusage und wurden nach entsprechender Ausbildung in den südöstlichen Teil Deutschlands, die amerikanische Zone, nach Oberbayern in den Chiemgau abkommandiert. Ihr Einsatzgebiet wurde der sogenannte »St. Georgs-Forst« in der Nähe des kleinen Ortes St. Georgen. Hierdurch kam Chris zum ersten Mal nach Oberbayern.

Dort in jener »Muna«, wie die einheimische Bevölkerung diese Munitionsanstalt nannte, fand Chris zusammen mit anderen eine Stelle als Feuerwerker. Er war dermaßen begeistert von der schönen Landschaft, den Bergen, Seen, den Menschen und dem Brauchtum, dass er beschloss, Lene und die Kinder dorthin nachzuholen, um sich hier mit ihnen eine neue Existenz aufzubauen.

Lene meinte, als er ihr seinen Plan eröffnete: »Ich will mit den Kindern dort hingehen, wo du bist, denn ich liebe dich. Und wenn es das Ende der Welt wäre, ich würde dir überall hin folgen!« Und schon bald packte sie das Nötigste zusammen und reiste mit ihren beiden kleinen Kindern Michael und Rieke zu ihm in den Chiemgau. Auch wenn Christian, Lene und die Kinder nur das Allernötigste besaßen, was sie zum Leben in der neuen Heimat brauchten, für sie war einzig von Bedeutung, dass sie nach diesem schrecklichen Krieg wieder vereint waren!

Getragen vom Glück, wieder zusammen zu sein, bemühten sie sich, den Alltag zu bestreiten. Und trotz aller Freude fehlten es an vielem, wie einem Kinderwagen, ordentlicher Bettwäsche, Geschirr und so manchem, was sie zum Leben benötigt hätten. Sie behalfen sich mit einfachsten Mitteln und wo es ging, funktionierten sie in kreativer Weise alles zu ihrem Nutzen einfach um. Christian bewunderte dabei den Ideenreichtum seiner Lene und freute sich, wenn sie wieder einige neue Kissen genäht oder nützliche Dinge organisiert hatte, wenn er abends vom Dienst nach Hause in die bescheidene, kleine Mietwohnung in Altenmarkt an der Alz kam.

Nicht jeder Tag jedoch verlief harmonisch. Manchmal verließ ihn einfach der Mut, wenn ihm bewusst wurde, dass sich gar nichts nach vorn bewegte und keine Besserung ihrer Situation in Sicht war. Dann bemerkte er, dass auch Lene überanstrengt reagierte, da sie diese Situation ebenso belastete und es kam zu einem lauten Wortwechsel. Niemals jedoch konnte er seiner Lene für längere Zeit böse sein. Sehr bald versöhnte er sich dann wieder mit ihr in der Gewissheit, dass sie diese schwere Zeit nur durch Bescheidenheit, Verzicht und unerschütterliches Zusammenhalten überstehen konnten. Das stärkte ihn und Lene und jeder nahm wieder gewissenhaft seine Aufgaben wahr.

Da sah es Chris dann als einen erfreulichen Fortschritt an, als er im Dorf St. Georgen, das am Fluss Traun lag, eine etwas größere Wohnung für seine Familie im ersten Stock eines Hauses mieten konnte. Die Wohnung hatte sogar einen Balkon, von dem sie in den Garten blicken konnten. Hier wohnte er mit Lene und den beiden Kindern für längere Zeit. Als angenehm empfand er zudem den Vorteil des kurzen Weges zu seinem Arbeitsplatz.

Die Wohnungsvermieter waren sehr nette Leute, welche allmählich zu Freunden wurden. Chris bot ihnen seine Hilfe an, wenn es beispielsweise darum ging, Holz zu hacken oder er meinte anderweitig gebraucht zu werden. Die Wohnungsvermieter wiederum bedankten sich bei ihm mit Produkten aus ihrem Garten, frischen Eiern aus ihrem Hühnerstall und sahen auch einmal nach den Kindern, wenn Chris und Lene aus dem Haus waren. Es war ein gegenseitiges Geben, Nehmen und Helfen.

Trotzdem Chris eine bezahlte Stellung bei den amerikanischen Besatzern hatte, fühlte er sich in dieser Zeit über viele Jahre hinweg großen Existenznöten ausgesetzt. Eine Zeit, in der die meisten Familien unter extremem Hunger und bitterer Armut litten. Aber er hatte Lene an seiner Seite, die ihn in allem, was die Familie benötigte, unterstützte so gut sie konnte. Die Hauptsorge beider galt stets den Kindern und sie bemerkten gar nicht, wie sehr sie selbst abgemagert waren.

Chris kam gut mit seinen Arbeitgebern zurecht. Die Amerikaner mochten ihn und so bekam er oft von ihnen Zigaretten geschenkt. Diesen »Zigarettenschatz« hütete er für Notzeiten, um Dinge für die Familie zu einzutauschen, die auf dem normalen Markt nicht zu bekommen waren.

Immer wieder hörte er Lene jedoch klagen, wie viele nützliche Dinge sie bei ihrer überstürzten Abreise aus der alten Heimat zurückgelassen hatte, die jetzt so nötig gewesen wären. Eines Tages musste er sich mit folgendem Wunsch Lenes auseinandersetzen: »Ich möchte unbedingt noch einmal zurück zu den Eltern. Unsere ganzen Sachen sind noch dort und wir bräuchten sie hier so dringend.«

»Wie? Du willst zurück in die Ostzone? Allein? Wie willst du denn das machen? Ich muss arbeiten! Wer soll die Kinder nehmen? Und wie willst du über die Grenze kommen? Das ist viel zu gefährlich. Das kannst du dir gleich aus dem Kopf schlagen!«, antwortete Chris.

Lene erwiderte: »Über die Grenze käme ich schon, glaube ich, es kommen und gehen so viele und in den meisten Fällen geht es gut. Man muss eben vorsichtig sein und darf sich nicht erwischen lassen. Aber mit den Kindern, da hast du schon recht. Das geht wirklich nicht. Trotzdem, es ist schon richtig blöd!«

Chris schüttelte den Kopf und sagte: »Vergiss es!« Damit war das Thema abgetan und sie sprachen nicht mehr darüber.

Berthas Besuch bei der jungen Familie in Bayern

Im Winter 1945, der ein sehr kalter war, besuchte Bertha die junge Familie in Bayern. Sie war mit einem Registrierschein legal in Bayern eingereist, um Chris, Lene und die Kinder wiederzusehen und sie war allein gekommen, da Friedrich in ihrer Abwesenheit das Haus in Grüna hüten musste.

Die Freude über das Wiedersehen war grenzenlos, auch bei den Kindern. Ganz besonders, als Bertha Spielzeug und Geschenke aus ihrem Koffer packte, gab es kein Halten mehr. Sie sah lächelnd, dass es für die Kinder etwas ganz Besonderes war, Geschenke zu erhalten. Sie waren Sparen und Armut gewohnt. Ihre Augen glänzten vor Freude. Bertha hatte aber auch an Lene und Chris gedacht und überreichte ihnen eine längliche Schachtel mit den Worten: »Das soll ich euch in Vaters Namen geben. Der Inhalt des Kartons soll euch immer an zu Hause erinnern und euch und euer Heim beschützen!« Sie wandte sich an Chris und fuhr fort: »Vater ist es nicht entgangen, wie oft und lange du immer in seinem Arbeitszimmer davor gestanden hast.« Sie reichte ihm die Schachtel, er öffnete sie und als er die Marionette zwischen dem Auspolsterungsmaterial sah, füllten sich seine Augen mit Tränen.

Bertha bemerkte, wie ergriffen er war und hörte seine Worte: »Ich kann dir und Vater gar nicht sagen, wie ich mich hierüber freue! Danke ganz herzlich dafür! Ich weiß doch, wie wertvoll sie Vater war und wie sehr er an ihr hing. Er hat sie ja von seiner Mama zu Weihnachten geschenkt bekommen. Jedes Mal, wenn ich damals zu Hause vor dieser Puppe stand, kam ich nicht los von ihr. Sie hat mich berührt, auf so seltsame Weise. Und jetzt soll sie wirklich mir gehören?«

Bertha bekräftigte: »Du kannst sie ruhig nehmen. Das Geschenk kommt wirklich von Herzen! Vater wollte es so!«

Christian antwortete: »Sie soll einen Ehrenplatz bei uns bekommen, das verspreche ich!« Dann fiel er seiner Mutter um den

Hals und küsste sie. Bertha und die ganze Familie standen um die Marionette herum, die Christian behutsam ausgepackt hatte und Lene sagte:

»Sie wird der gute Engel unserer Familie werden und uns durch alle schweren Zeiten begleiten. Und sie wird uns immer an euch erinnern!« Daraufhin drückte sie Bertha. An einem Mauervorsprung, der von allen Seiten des Zimmers gut sichtbar war, fand Chris eine würdige Stelle, um die Marionette dort anzubringen.

Die kommenden Tage genossen Bertha und die Familie mit Gesprächen und gemeinsamen Spielen. Wenn Arbeit anstand, half jeder dem anderen. Und sowohl Lene als auch Chris konnten für kurze Zeit wieder einmal ihre Sorgen loswerden. Bertha war eine gute Zuhörerin und machte den beiden Mut.

Chris beobachtete, wie gut es Lene tat, mit Bertha nun endlich wieder ihre alte Vertraute an der Seite zu haben. Daher versuchte er, sich möglichst nichts anmerken zu lassen, wenn er sah, dass die beiden Frauen miteinander tuschelten und darauf in sich hinein kicherten.

Lenes heimlicher Plan

Am Wochenanfang vertraute Lene ihrer Schwiegermutter einen Plan an und sagte: »Ich habe vor, zu Vater in die Ostzone zu reisen, um all die Dinge zu holen, die wir zurückgelassen haben und die wir hier so dringend brauchen. Du siehst ja selbst, dass das Notwendigste fehlt. Ich habe mit Chris einmal darüber gesprochen, aber der wollte es mir natürlich ausreden und verbieten.«

»Da hat er recht!«, antwortete Bertha. »Das ist viel zu gefährlich. Du hast keinen Passierschein. Willst du etwa illegal über die Grenze?«

»Ja«, antwortete Lene. »Der Moment wäre gerade jetzt günstig. Du könntest dich um die Kinder kümmern und ich könnte mich auf den Weg machen. Ich bringe so viel mit zurück, wie ich transportieren kann. Den Rest kann ich in Pakete packen und mit der Post hierherschicken lassen. Wir haben weder anständige Zudecken noch Geschirr, keinen Kinderwagen und was sonst noch so alles fehlt. Das ist doch kein Leben! Und zu Hause bei euch liegt alles herum und keiner braucht es.«

»Da hast du auch wieder recht, ich versteh dich schon«, sagte Bertha nachdenklich.

»Ehrlich gesagt, bin ich fest entschlossen«, bekräftigte Lene und blickte Bertha mit festem Blick in die Augen.

Der sagte Bertha, dass sie keine Chance hatte, Lene auch nur im Geringsten von ihrem Vorhaben abzubringen. Die beiden Frauen verstanden sich und so ließ sich Bertha notgedrungen auf Lenes Plan ein. Sie wusste jedoch, dass Chris dies als ein Komplott gegen sich empfinden würde.

Lene wiederum war bewusst, dass Chris niemals seine Zustimmung zu ihrer geplanten Reise geben würde. Daher bekniete sie Bertha, ihn nicht in ihr Vorhaben einzuweihen. Noch im Morgengrauen wollte sie heimlich das Haus verlassen.

Obwohl Bertha der Meinung war, dass das Ganze eine schlechte Idee sei, setzte sich Lene bei ihr durch. Ihr Entschluss stand fest, wenngleich sie schon zum jetzigen Zeitpunkt Angst vor Christians Reaktion hatte. Um Bertha vor Vorwürfen zu schützen, sollte diese Christian gegenüber vorgeben, nichts von ihrem Plan gewusst zu haben.

Sie versprach Bertha, auf der Reise mit aller Vorsicht vorzugehen und allen Gefahren und Unsicherheiten aus dem Wege zu gehen. Es war ihr klar, dass sie die Einzige war, die dieses Vorhaben durchführen wollte, auch wenn sie an der Art dieses Vorgehens ebenso ihre Zweifel hatte wie Bertha, aber was hatte sie für eine Wahl?

Lenes Reise in die Ostzone im Dezember 1945

Im tiefen Winter 1945 schlich sich Lene im Morgengrauen aus dem Haus. Nur mit dem Notwendigsten ausgerüstet brach sie zu ihrer Reise in Richtung Ostzone auf. Der Gedanke daran, was zu Hause ablaufen würde, wenn Christian ihre Abwesenheit bemerkt hatte, trieb ihr den Schweiß ins Gesicht. Irgendwie hatte sie das Gefühl, dass Bertha ihrem Sohn die Wahrheit doch nicht vorenthalten würde. Das schlechte Gewissen zermürbte sie jetzt schon, wenn sie an die bitteren Vorwürfe dachte, die Bertha bekommen würde, und die ja eigentlich ihr galten. Zweifel über die Richtigkeit ihres Tuns wurden stärker und stärker und bereiteten ihr Magenschmerzen. Sie kämpften mit dem festen Willen, die notwendigsten Dinge aus der alten Heimat zu holen, die ihr im Alltag so sehr fehlten. So setzte sie, von einer inneren Macht getrieben, wenn auch von starken Zweifeln befallen, ihren Weg fort.

Ihre Reise gestaltete sich beschwerlich, mit vielen Hindernissen gepflastert und es war bitterkalt. Morgens um halb sieben Uhr fuhr sie, nachdem sie Stunden im kalten Bahnhofsgebäude in Hörpolding gewartet hatte, mit dem Zug nach Traunstein. Dort erhielt sie die Auskunft, dass ihr Anschlusszug nach München erst am darauffolgenden Tag um 6 Uhr früh fahren würde. So fühlte sie sich gezwungen, in Traunstein erst einmal ein Nachtquartier zu suchen.

Bei den Reiters, der Familie eines befreundeten Arbeitskollegen Christians aus der »Muna« wurde sie fündig und freundlich aufgenommen. Das war zumindest fürs erste eine Lösung. Als Schlafplatz konnte ihr die Familie eine Chaiselongue in der Küche anbieten, was sie dankend annahm. Da der Tag ja erst anfing, ging sie, um die Zeit zu überbrücken, erst etwas essen und später ins Kino. Gegen 17 Uhr fand sie sich dann wieder bei Familie Reiter ein.

Als sie zum Quartier zurückkam, hatten ihre Gastgeber gerade Besuch, den sie in der Küche bewirteten. Und obwohl eine lebhafte Unterhaltung in der Küche stattfand und es laut war, schlief sie blitzschnell ein, so sehr hatten ihr die Sorgen um ihre Familie zugesetzt. Sie schlief tief und fest in der wohlig beheizten Küche und war am nächsten Morgen überzeugt davon, dass sie sicher in der ganzen Stadt keine bessere Übernachtungsmöglichkeit gefunden hätte, da die Stadt Traunstein fast doppelt so viele Flüchtlinge zu beherbergen hatte, wie sie Einwohner zählte.

Ihre freundlichen Traunsteiner Gastgeber boten ihr am Morgen Kaffee und Butterbrot an, wofür sie sehr dankbar war. Sie bestieg den Zug nach München um 7 Uhr früh.

Während der Bahnfahrt hörte sie von anderen Fahrgästen, dass bald der gesamte Personenverkehr in der amerikanischen Zone gesperrt werden sollte. Durch diese Information geriet sie erneut in

Zweifel darüber, ob sie die Weiterfahrt wirklich wagen sollte. Doch sie war jetzt fest entschlossen, diese Reise durchzuführen.

Gegen 10 Uhr morgens kam sie in München an. Sie begab sich zur Auskunft und erfuhr dort, dass ihr Anschlusszug erst um 17 Uhr gehen sollte. So musste sie sieben Stunden Aufenthalt überbrücken.

Während der Wartezeit im zerbombten Münchner Hauptbahnhof lernte sie eine junge Frau namens Margit aus Görlitz kennen, mit der sie den größten Teil der Reise über in Verbindung blieb. Lene bot Margit an, deren Gepäck zu bewachen, als diese in die Stadt gehen wollte, um etwas zu essen. Nach Margits Rückkehr vertrieben sich die beiden Frauen bis 15 Uhr die Zeit zwischen den Trümmern, die überall herumlagen. Um 17 Uhr erst sollte ihr Anschlusszug abfahren, jedoch stand er schon bereit und war schon so stark besetzt, dass sie lediglich in einem Abteil mit zerbrochenen Fensterscheiben noch einen Sitzplatz fanden.

Die Fahrt ging bis Regensburg, wo sie um 21 Uhr abends ankamen. Lene meinte: »Es ist stockfinster. Jetzt heißt es, ein Nachtquartier finden. Ich werde am besten sehen, wo ich die Caritas finde.«

Margit erwiderte: »Dann trennen wir uns hier. Ich denke, ich sehe mich mal außerhalb des Bahnhofes um, ob ich hier eine Übernachtungsmöglichkeit finde. Also dann, mach's gut Lene. Ich wünsch dir viel Glück!«

Lene darauf: »Mach's auch gut und viel Erfolg ebenso!« Dann gingen die beiden verschiedene Wege.

Lene hatte keine Ahnung, wo sie die Caritas finden sollte. Da traf sie auf ein junges Mädchen und fragte: »Verzeihen Sie, ich suche die Caritas. Können Sie mir vielleicht sagen, in welche Richtung ich da gehen muss?«

Das Mädchen entgegnete: »Das ist etwas schwierig zu erklären, noch dazu, wo es jetzt stockdunkel ist. Wissen Sie was, am besten ich begleite Sie bis dorthin. Ich habe gerade Zeit.«

»Das ist ausgesprochen nett von Ihnen«, sagte Lene und nahm die Hilfe gerne an. Das Mädchen brachte Lene zur Caritas, wo Lene sich bedankte und von dem Mädchen verabschiedete. Bei der Caritas wurde Lene freundlich aufgenommen und bekam ein sauberes

Bett mit einer warmen Decke zugewiesen, in die sie sich dankbar kuschelte.

Die Nacht war kurz. Lene stand bereits um halb sechs Uhr früh wieder am Regensburger Bahnhof, wo sie auch Margit erneut traf. Sie rief ihr zu: »Na, da bist du ja wieder. Schön, dass wir unsere Reise gemeinsam fortsetzen können. Weißt du schon, wann der nächste Zug nach Hof abfährt?«

Margit antwortete: »Der nächste Zug in Richtung Hof soll um 8 Uhr abfahren. Aber ich habe keine Ahnung, welcher von den dreien das ist, die da auf den Gleisen stehen. Ich habe schon mehrmals nachgefragt, aber kein Mensch kann mir sagen, welcher der richtige ist. Jeder, den ich frage, sagt mir etwas anderes.«

Lene sah die drei Züge auf den Bahngleisen stehen und erhielt letztendlich dann von einem Schaffner die richtige Auskunft. Sogleich machten sich Margit und sie auf den Weg an den Zug.

Margit rief: »Um Gottes Willen, der ist ja bereits restlos voll. Da bekommen wir keinen Platz mehr.«

Doch Lene zog sie am Arm mit sich und ermutigte sie: »Komm, wir müssen da noch mit, egal wie!« Lene gelang es, ins Innere zu kommen, Margit dagegen musste auf den Puffern sitzen.

Am frühen Nachmittag kamen sie in Hof an. Dort hörte Lene, ein Transportfahrzeug würde nach Oelsnitz im Vogtland fahren. Sie freuten sich schon, mussten sich aber dann damit abfinden, dass die Information falsch war. Wieder mussten sie Stunden warten, denn erst gegen Abend ging die Fahrt weiter in Richtung Bad Steben, wo sie nach 20 Uhr ankamen. Von hier aus mussten Lene und Margit bei Glatteis, in Karawanen von Menschen, nach Lichtenberg laufen, wo sie um 21 Uhr eintrafen und sich sofort um ein Quartier umsehen. Erneut trennten sie sich.

Bertha hatte Lene vor ihrer Abreise noch vorsorglich eine Frau in Lichtenberg empfohlen, wo sie meinte, dass Lene für den Notfall sicher und gut aufgehoben wäre. Dorthin machte sich Lene jetzt, ohne Margit, auf den Weg.

Sie erklomm einen Berg und stieg auf dessen Rückseite wieder hinunter. Als sie bei besagter Adresse ankam, traf sie zu ihrer Enttäuschung niemanden an und fühlte sich daraufhin einsam und unsicher. ›Ich muss mir was einfallen lassen‹, dachte sie und kontaktierte den Nachbarn.

Dieser sagte: »Kommen Sie mit, ich weiß, wo Frau Schneeberger ist. Die ist heute bestimmt wieder bei ihren Verwandten. Ich bringe Sie hin.«

Lene und der Mann erklommen erneut diesen Berg, mussten aber feststellen, dass ihr ganzer Weg durch die Nacht erfolglos war. Sie konnten Frau Schneeberger leider bei den Verwandten auch nicht antreffen.

Die Verwandten rieten Lene: »Am besten, Sie suchen die Turnhalle auf, dort stehen Betten bereit, für all die Menschen, die das Gleiche vorhaben wie Sie.«

Lene sagte: »Das mache ich jetzt auch.« Sie bedankte und verabschiedete sich von dem Mann und ging zur Turnhalle. Sie musste aber feststellen, dass diese restlos überfüllt war und ihr verging schon bei diesem Anblick die Lust, überhaupt einzutreten. ›Ich muss es nochmal bei Frau Schneeberger versuchen. Irgendwann wird sie schon da sein‹, dachte sie für sich und ging zum dritten Mal den Berg hinunter. ›Vielleicht ist sie ja inzwischen zurückgekommen‹, redete sie sich ein. Aber wieder vergebens! Nun sprach sie sich in ihrer Verzweiflung selbst Mut zu, indem sie sich einredete: ›Ich warte hier jetzt noch ab, bis die zweite Person hier vorbeikommt. Wenn das dann nicht Frau Schneeberger ist, muss ich mir was anderes einfallen lassen.‹

So stand sie da und wartete. In diesem Moment musste sie wieder an ihre Kinder und an Christian denken. Und an Bertha, die jetzt ihr Tun vor Christian rechtfertigen musste. Bei diesen Gedanken fühlte sie ein Ziehen in der Magengegend. Ein Gefühl, das ihr Schmerzen bereitete und wieder kamen diese unerträglichen Zweifel in ihr hoch, ob sie wirklich das Richtige getan hatte. Es quälte sie die Frage, wie sie bei ihrer Rückkehr Christian ihr Handeln erklären sollte. Würde er ihr verzeihen? Und was wäre, wenn ihr irgendetwas zustoßen würde? Diese Gedanken zerfraßen sie förmlich, wurden aber jäh unterbrochen, als sie eine weibliche Gestalt auf sich zukommen sah. Es war Frau Schneeberger.

»Sie Arme!«, meinte Frau Schneeberger, als ihr Lene sagte, dass sie Berthas Schwiegertochter sei und ihre Lage schilderte. »Kommen Sie erst mal rein, Sie sind ja ganz durchgefroren. Ich mache Ihnen was Heißes zu Trinken. Setzten Sie sich doch und wärmen Sie sich auf.«

Lenes Hoffnung auf ein warmes Nachtlager wurde aber schon bald zerschlagen, indem ihr Frau Schneeberger zu verstehen gab »Sie können natürlich gerne bei mir übernachten, aber ich rate Ihnen, wieder zur Turnhalle zurückzugehen. Ich weiß nämlich, dass heute Nacht von dort aus eine illegale Führung über die Grenze erfolgt und wenn Sie das vorhaben, sollten Sie diese Chance nutzen. Aber entscheiden Sie selbst, ob Sie das machen oder hierbleiben wollen.«

Das leuchtete Lene ein. Sie war entschlossen, lieber auf den Rat der Frau zu hören und sagte: »Sie haben Recht, ich gehe zurück. Danke für den heißen Trank und Ihre Gastfreundschaft und natürlich für Ihren Rat. Jetzt ist mir wieder warm geworden. Ich geh am besten gleich los. Es hat mich gefreut, dass ich Sie kennengelernt habe.«

Ein kleiner Funken Hoffnung in ihrem Inneren konnte die Verzweiflung, die sie ergriffen hatte, nicht verdrängen. Als sie sich wiederfand, draußen in der kalten Nacht, kletterte sie zum vierten Mal über diesen Berg. Aber sie musste es nun durchstehen, wenn sie ihr Ziel jemals erreichen wollte.

Als sie oben angekommen war, traf sie erneut auf Margit, das gab Lene neuen Mut. »Hallo Margit, bin ich froh, dich hier wieder zu treffen!«, rief Lene erfreut aus und diesmal umarmten sich die beiden Frauen. Lene konnte es Margit ansehen, wie froh auch diese war, nicht mehr allein zu sein.

Aus Margit sprudelte es geradezu heraus: »Eigentlich wollte ich in einem Bauerngut übernachten. Aber ich hatte bei diesen Menschen ein ganz eigenartiges Gefühl. Sie erschienen mir wenig vertrauenswürdig. Sie wollten, dass ich meine Tasche mitsamt Inhalt bei ihnen abgebe, bevor sie mir ein Zimmer zeigen wollten. Irgendwie beschlich mich gleich zu Beginn ein sehr ungutes Gefühl, denen mein Geld, die Ausweispapiere und was ich sonst noch habe, einfach so zu überlassen. Ich kenne die doch gar nicht. Da hab ich ganz schnell wieder das Weite gesucht und zum Glück bist du jetzt wieder da. Darüber bin ich richtig froh!«

Lene lächelte und berichtete: »Ich war bei dieser Frau Schneeberger, von der ich dir erzählt hatte, eine nette Frau. Die hat mir gesagt, dass heute Nacht um halb ein Uhr von der Turnhalle aus eine Führung über die Grenze startet, deshalb habe ich darauf verzichtet, bei ihr zu übernachten und mich lieber gleich auf den Weg gemacht. Lass uns zur Turnhalle gehen und uns den Leuten anschließen. Diese Chance müssen wir nutzen!«

Und so machten sie sich gemeinsam auf den Weg dorthin.

Der illegale Grenzübertritt

Im Dunkel der Nacht trafen sie, inmitten einer großen Ansammlung anderer Menschen, auf vier Schleuser. Als Treffpunkt war der Platz hinter der großen Scheune eines etwas abseits gelegenen Bauerngutes gewählt worden, wo sich alle sicher fühlen konnten.

Lene und Margit sahen Menschen in Grüppchen beieinanderstehen, denen sie die Entschlossenheit, dieses Abenteuer zu wagen, ansehen konnten. Ungeduldige Erregtheit, aber auch die Angst vor der Ungewissheit des Ausganges ihres Wagnisses, stand in den Gesichtern geschrieben. Einige sahen sie verhalten miteinander tuscheln, andere wiederum in ihrem Gepäck kramen, um sich alles an wärmender Kleidung anzuziehen, was sie finden konnten. Die Kälte war unerbittlich.

Lene und Margit hörten jetzt, wie die Schleuser ihren Plan kurz vorstellten und auch gleich das Kommando zum Aufbruch gaben. Die beiden Frauen reihten sich in die Menschenkette ein und ab ging es ins Tal, überall Glatteis! Es folgte für sie nun ein langer Fußmarsch.

Irgendwann sah Lene Wald. Davor, auf einer freien Wiese floss ein Bach, über den sie mit Margit und der Menschengruppe hinweg musste. Nur große Steine erleichterten den Übergang. Lene beobachtete, wie einige der Menschen von den Steinen abrutschten, versuchten den Bach zu durchwaten und ihnen dabei das eiskalte Wasser bis zur Brust reichte. Schreie, Stöhnen und Schnattern vor unbarmherziger Kälte waren die Folge!

Lene war der Weg über die Steine im Trocknen gelungen, sie fühlte jedoch mit den Menschen, denen dieser Versuch misslungen war.

Es war für sie schrecklich, das mit ansehen zu müssen und nichts tun zu können, um zu helfen.

Im »Gänsemarsch« der Gruppe folgend, erreichte sie einen Wald, wonach ein langer, steiler Anstieg auf sie wartete. Hierbei geriet Lene gehörig ins Schnaufen. Endlich kam sie mit der Gruppe auf eine Waldstraße. Da hörte sie Schüsse von verschiedenen Seiten und das Kommando der Schleuser: »In Deckung gehen!« Ihr Herz klopfte bis zum Hals und sie suchte, wie die anderen, ein Versteck. Alle warfen sich auf den Boden, bis es wieder ruhig war. In dieser Weise marschierte die Gruppe vier bis fünf Stunden weiter.

Irgendwann bemerkte sie, dass die Menschenkette zerrissen war. Lene, Margit und die Menschen, die den Anschluss nicht verloren hatten, waren an der Grenze angekommen. Das Sperrgebiet erstreckte sich über zwei Kilometer. Hierzu mussten sie nach dem Waldrand eine große Wiese überqueren. Die Angst, auf dem flachen Gelände bemerkt zu werden, stand in ihren Gesichtern geschrieben. Mit pochenden Herzen rannten sie einfach los und mit einer gehörigen Portion Glück gelang es ihnen schließlich, die andere Seite zu erreichen. Sie hatten es wirklich geschafft!

Lene atmete erst einmal durch. »Bin ich froh, Margit, dass wir das geschafft haben!«

»Und ich erst«, antwortete Margit.

Nun folgten sie der marschierenden Gruppe weiter in Richtung Lobenstein, dessen Lichter sie bald schimmern sahen. Dann erfolgte die Bezahlung der vier Schleuser. Die beiden Frauen und jeder der einhundertzwanzig Menschen bezahlte fünfundzwanzig Mark an die Schleuser.

Danach sah Lene links einen Wald, der trocken zu sein schien. Sie sagte: »Ich bin todmüde. Lass uns in diesen Wald gehen und uns von den Strapazen ausruhen.«

Margit begrüßte diesen Vorschlag und es waren noch viele andere Menschen, die sich ihnen anschlossen, um das Gleiche zu tun. Lene bemerkte erst jetzt, dass Margit völlig überanstrengt und fertig war, da sie einer älteren Frau geholfen und deren Gepäck mitgeschleppt hatte. Leider waren die beiden nun an der Stelle angekommen, wo sie sich voneinander verabschieden mussten.

Lene sagte: »Schade, dass wir uns jetzt trennen müssen. Aber es hilft nichts. Du hast ein anderes Ziel als ich. Es muss sein. Ich habe dich richtig liebgewonnen.«

Margit antwortete mit feuchten Augen. »Ja, du sagst es, wie es ist. Mir tut es auch leid. Vielleicht treffen wir ja in diesem Leben irgendwann noch einmal aufeinander. Man weiß nie. Komm her, lass dich zum Abschied nochmal drücken!«

Sie umarmten sich noch einmal und jeder wünschte dem anderen viel Glück auf der weiteren Route und für die Zukunft. Dann mussten beide ihres Weges gehen.

Lene folgte nun mehreren Arbeitern sowie einigen Frauen die Bahnstrecke entlang und kam völlig erschöpft fünf Minuten vor 6 Uhr in Lobenstein an.

Der Zug, der dort bereits um 5 Uhr hätte fahren sollen, stand glücklicherweise noch da. Es war Lene jedoch unmöglich, in diesem Gedränge von Menschen eine Fahrkarte zu bekommen. So passierte sie entschlossen die Sperre, konnte aber dann später im Zug nachlösen. Um 9 Uhr früh kam sie in Saalfeld an und fühlte sich völlig kraftlos vor Anstrengung!

In der Bahnhofsbaracke wechselte sie ihre Strümpfe. Dort erkannte sie einige Männer wieder, die während der Grenzüberschreitung in den Eisbach gesunken waren und sah, wie sie ihre nassen Sachen am Ofen trockneten. Die meisten standen in Unterhosen da. Keiner genierte sich in dieser Situation vor dem anderen. Es war einfach wichtiger, trockene Sachen anziehen und wieder Wärme spüren zu können. Lene hielt sich in der Bahnhofsbaracke für längere Zeit auf und konnte zeitweise sogar schlafen.

Als sie sich später etwas erholt und ein heißes Getränk in einer Gaststätte sie etwas aufgemuntert hatte, kreisten ihre Gedanken sofort wieder um ihre Familie. Es erleichterte sie ein wenig, als sie eine Karte nach St. Georgen schrieb, in der sie Christian um Verständnis bat und dass er ihr verzeihen möge. Sie berichtete von ihren Strapazen, wie sehr ihre Füße schmerzten und dass ihre Schuhe völlig durchgelaufen wären. Aber sie sollten sich keine Sorgen machen, alles wäre gut gegangen, sie sei heil geblieben und jetzt fast am Ziel.

Am Spätnachmittag kam sie wieder auf den Bahnhof und am frühen Abend fuhr dann ihr Zug. Sie war froh über den Sitzplatz, den sie bekommen hatte, denn unterwegs wurde der Zug übervoll. So fuhr sie bis Gera, wo sie in den Zug nach Glauchau umsteigen wollte. Und noch einmal gab es Schwierigkeiten, der erhoffte Zug war bereits abgefahren und es war nun bereits Nacht.

Erneut stand sie vor der Notwendigkeit, eine Übernachtungsmöglichkeit finden zu müssen. Da erinnerte sie sich an Hilde, eine Bekannte von früher, die in Gera wohnte. Die suchte sie auf.

Hilde freute sich über Lenes unverhofftes Erscheinen, da sie sich lange nicht gesehen hatten und es war für sie selbstverständlich, ihr zu helfen. Sie unterhielten sich noch lange, ehe sie zu Bett gingen. Jedoch war die Nacht für beide sehr kurz, da sich Lene schon sehr früh wieder verabschieden musste.

Bereits um halb fünf Uhr früh des nächsten Morgens ging sie wieder zum Bahnhof und erreichte diesmal den Zug nach Glauchau, wo sie dann endlich das letzte Mal umsteigen musste in den Zug nach Chemnitz. Um halb zehn Uhr morgens war ihre anstrengende Reise dann endlich zu Ende und sie stand vor dem Grünaer Wohnhaus. Dort fiel sie Friedrich in seinem Arbeitszimmer müde, aber erleichtert um den Hals und ließ sich auch gleich auf dem darin befindlichen Sofa nieder.

Die ganze Reise über hatte Lene Sorgen, Ängste und Anstrengungen so tapfer ertragen und fühlte erst jetzt, als alles von ihr abfiel, dass sie völlig außer Kräften war. Sie sackte vor Mattigkeit förmlich zusammen. Nun benötigte sie erst einmal ausgiebigen Schlaf, musste sich erholen, auch wenn hier viel Arbeit auf sie wartete und die Rückreise in absehbarer Zeit bevorstand. Sie wollte und konnte im Moment gar nicht darüber nachdenken, welche erneuten Unannehmlichkeiten ihr bevorstanden.

Durch das Schlagen der Uhr wurde Sofie aus den »Erinnerungen« ihres Vaters Christian gerissen und blickte auf. Sie freute sich, dass zumindest erste Hinweise über das kleine, geheimnisvolle Wesen aufgetaucht waren, welches da links von ihr, neben ihrem Schreibtisch von der Wand hing, sie mit seinem Blick fixierte und erneut fesselte. ›Ich werde weiterforschen, ich spüre, dass ich das muss!‹, dachte sie für sich.

Obwohl sie noch mitten in den Erzählungen steckte, fiel zufällig ihr Blick auf ein Heftchen ihres Großvaters Friedrich. Es trug den Titel: »Erinnerungen an eine schwere Zeit«. Dieser Satz stand in kunstvoll verzierten Buchstaben auf dem Deckblatt und stach ihr ins Auge. Es drängte sie, kurz darin zu blättern und sie entdeckte darin nähere Einzelheiten über die illegale Rückreise ihrer Mutter Lene von der Ost- in die Westzone, die diese damals für ihre Familie auf sich genommen hatte. Friedrich war hierbei ihr Reisebegleiter und hatte die Erinnerungen schriftlich festgehalten. Lene erhielt von ihm das Heftchen als Geschenk anlässlich ihres Geburtstages im Folgejahr am 31.3.1946.

Neugierig las Sofie in seinen Aufzeichnungen weiter und fand dabei einen rührenden Geburtstagsbrief, den Friedrich an seine Schwiegertochter Lene verfasst hatte:

»Liebe Lene, 31.3.1946
Erinnerungen als Geschenk? – Was soll ich damit anfangen? – wirst du Dich fragen. Aber ich bin mir sicher, dass Du dich darüber freuen wirst, wenn Du dieses Heftchen gelesen hast.

Erinnerungen sind wie alte Bekannte und wenn man sie auch noch mit Jemandem erlebt hat, den einem nah ist, werden sie zu guten Freunden. Sie werden lebendig und besonders wertvoll, für immer!

Erinnerungen wecken in uns schlummernde Gefühle wieder. Alles Traurige, Schwere, Schmerzliche und Üble, was uns im Leben begegnet, ergreift unsere Seelen. Besonders intensiv werden Gefühle jedoch, wenn es um Opfer und Nöte geht, die ein Mensch für seine Lieben auf sich genommen hat. So geht es mir, wenn ich mich daran erinnere, was Du für Deine Familie alles ertragen hast.

Wenn Du diese Zeilen gelesen hast, werden wir uns bestimmt noch enger verbunden fühlen, sie werden die Liebe innerhalb unserer Familie veredeln. Bertha wird mir helfen zu formulieren, während ich niederschreibe. Es wäre schön, wenn mein Geschenk nicht nur Dich und Christian erfreut, sondern auch Eure Kleinen, Michael und Rieke und vielleicht auch weitere Kinder, nachdem wir bereits gegangen sind.

Mögen diese Erinnerungen uns alle innerlich für immer zusammenschweißen! Das ist, außer Glück, Segen, Gesundheit und Zufriedenheit, unser besonderer Wunsch für Dich und Deine Lieben am heutigen Tage.

Euer Vater und Großpapa Friedrich
und
Eure Mutter und Großmama Bertha«

Gerührt von diesem Geburtstagsbrief erinnerte sich Sofie an ihre beiden Großeltern. Interessiert las sie nun weiter, was sich auf Lenes Rückreise im Dezember 1945 alles ereignet hatte.

Lenes Aufenthalt in der Ostzone im Winter 1945

Lene war nun im Haus bei Friedrich und nach der anstrengenden Reise in einen Tiefschlaf versunken. Viel Zeit zum Ausruhen verblieb ihr allerdings nicht, da sie alles Mögliche zusammenzupacken hatte, was ihr für das alltägliche Leben in Bayern nützlich erschien. Ihrem Schwiegervater war es geglückt, die Mitfahrt auf dem Hänger eines Möbeltransporters für Lene zu organisieren.

Bereits am 5. Dezember 1945, als sie morgens noch tief schlummernd im Bett lag, bekam Friedrich vom Fahrer des Möbelwagens die Nachricht: »In einer Stunde fährt das Auto! Also bitte zurechtmachen, wenn Sie mitfahren wollen!«

Diese Aufforderung kam ganz unerwartet für Lene und viel zu früh. Sie hatte frühestens am 6. oder 7.12.1945 mit ihrer Abreise gerechnet. Gott sei Dank hatte sie schon Tage zuvor allerlei zusammengetragen, aussortiert und eingepackt und vor allem zwölf Pakete geschnürt, die nach und nach von Friedrich ins Bayernland geschickt werden sollten. Jedoch fehlten jetzt noch der Kinderwagen, der bei ihrer Schwester Mara stand und der Handwagen, welcher noch nicht beschickt war. Und auch sonst hatte sie für die Reise noch allerlei zu packen und zu erwägen.

Friedrich fiel es sehr schwer, Lene jetzt so jäh wecken zu müssen, aber es half nichts, er war dazu gezwungen, da es keine Frage war, ob mitfahren oder nicht!

So ging er in Lenes Schlafzimmer. Er rüttelte sie leicht, dann sagte er: »Lene, du musst sofort aufstehen. Der Fahrer des Möbelwagens hat sich gemeldet, in einer Stunde geht das Auto!« Friedrich sah, wie Lene verschlafen blinzelte und ihn plötzlich wie versteinert anstarrte. »Was ist los mit dir?«, fragte er und sah, wie sie schluckte.

Er hörte die Aufregung in ihrer Stimme, als sie antwortete: »Ich habe heute Nacht das Gesicht der Marionette gesehen, ganz groß und deutlich vor meinen Augen. Und sie sagte zu mir, ich solle sofort zurückkommen. Ich spüre, irgendetwas stimmt nicht mit Michael, er könnte sterben!« Sie sprang aus dem Bett und war ganz aufgelöst.

Friedrich beruhigte sie mit den Worten: »Es war nur ein Traum, beruhige dich! Es ist alles gut, glaube mir! Wir müssen jetzt klare Gedanken fassen. Du musst dich schnellstens zur Abreise fertigmachen.«

Seine Worte machten sie hellwach und sie verdrängte die Ängste, die der Traum in ihr entfacht hatte, indem sie rief: »Du liebe Güte, das kann doch nicht wahr sein! Da muss ich mich aber beeilen!« Aufgeregt schlüpfte sie in ihre Pantoffeln, die vor dem Bett standen.

»Tut mir leid diese Hetzerei! Aber es geht nun mal nicht anders, also bitte beeile dich«, sagte Friedrich und meinte: »Bis Halle kannst du mit einer glatten Fahrt ohne Umsteigen und Schwierigkeiten rechnen. Und wenn ich an das viele Gepäck denke, welches du mitnehmen willst, ist das ein entscheidender Vorteil.«

»Ja, ja, ich beeile mich, bin gleich fertig!«, hörte er Lene noch schnell rufen, ehe sie im Bad verschwand.

Vor ihr eigenes Spiegelbild schob sich jetzt ein Gesicht. Ein Gesicht, das sie kannte, sie mahnte, das große Sorge in ihr auslöste und das hinterfragte, ob es richtig gewesen war, die Familie so zu verlassen und ob die gute Absicht diese Unternehmung rechtfertigte?

St. Georgen nach Lenes heimlicher Abreise

Der Morgen war bereits angebrochen und Christian erwachte langsam. Draußen pfiff ein rauer Wind, aus der Küche hörte er Geräusche. Als seine Hand nach der von Lene griff, ertastete er lediglich das Betttuch. Er richtete sich auf und blickte in das Bett neben sich. ›Sie muss heute wohl schon auf sein‹, dachte er für sich und freute sich auf das Frühstück, das Lene bestimmt schon vorbereitet hatte. Schnell schlüpfte er in seine Hausschuhe, gähnte und streckte sich noch einmal, bevor er sich zur Küche begab.

Dort erblickte er seine Mutter, die kurz zusammenzuckte, als er die Küche betrat, sich aber sofort emsig weiter mit der Zubereitung des Frühstücks beschäftigte.

»Guten Morgen Mutter, ich hab dich doch nicht erschreckt? Wo ist denn Lene?«, rief er gutgelaunt.

»Guten Morgen, Christian«, hörte er Bertha entgegnen, die ihm noch immer den Rücken zukehrte. Er liebte ihre kleine Gestalt, die ihm heute noch zierlicher erschien. Langsam wendete sich Bertha um, sie blickte zu Boden und wirkte verstört.

»Mutter, was ist mit dir?«, fragte er und sie antwortete: »Christian, ich muss dir was sagen. Aber bitte versprich mir, dass du ruhig bleibst und nicht ausrastest, schon wegen der Kinder!«

Nun hatte sie ihren Blick erhoben und er spürte, wie er sich in seine Augen bohrte.

»Um Gottes Willen, was ist los?«, fragte er und fühlte, bevor sie auch nur ein Wort entgegnet hatte, dass es nichts Gutes sein konnte, was sie ihm nun sagen würde.

»Setz dich erst mal hin«, riet Bertha ihm und sagte: »Lene ist schon ganz früh weg, auf dem Weg in die Ostzone zu Vater. Sie hat es dir nicht gesagt, weil sie wusste, dass du niemals zugestimmt hättest. Ich konnte es ihr nicht ausreden und musste ihr das Versprechen geben, dir nichts von ihrem Vorhaben zu sagen.«

Christian war leichenblass geworden und schrie sie an: »Das ist nicht dein Ernst, du wusstest es und hast mir nichts gesagt? Mutter!« Er stockte, dann: »Sie ist in großer Gefahr, du hättest es mir sagen müssen. Es wäre unsere Pflicht gewesen, sie aufzuhalten, um

Gottes willen!« Erneut stockte er. »Wenn ihr nun etwas passiert und sie nicht wiederkommt? Was wird dann aus den Kindern und mir? Ich mache mir solche Sorgen und bin maßlos enttäuscht von Lene, aber auch von dir, Mutter!«

Bertha verteidigte sich: »Christian! Ich habe wirklich alles versucht, sie umzustimmen, aber du kennst doch deine Lene und ihren Dickkopf. Sie konnte diesen Alltag einfach nicht mehr ertragen, wo es an allem fehlt. Und sie hatte ständig all die Dinge im Hinterkopf, die ihr in Grüna zurückgelassen habt, wo sie nur herumliegen und die ihr hier so dringend bräuchtet.«

Bertha sah sich in seinem Blick Tausenden von Vorwürfen ausgesetzt und die panische Angst in seinen Augen. Sie spürte seine Verzweiflung, wie er dasaß, zusammengesunken, enttäuscht, hilf- und sprachlos. Da trat sie an ihn heran, nahm seinen Kopf in ihre Hände und sagte:

»Christian, auch Lene ist es nicht leichtgefallen. Ihr Gewissen hat sie fast umgebracht. Aber sie war fest entschlossen. Sie wollte es für die Kinder, aber auch für dich auf sich nehmen, damit euer aller Alltagsleben ein bisschen komfortabler wird. Ich musste ihr einfach das Versprechen geben, dir nichts zu sagen, ehe sie aus dem Haus war. Auch mir ist das sehr schwergefallen. Viel lieber wäre mir gewesen, sie wäre hiergeblieben, das musst du mir glauben! Jetzt mach dir nicht allzu große Sorgen. Lene ist eine starke Frau, sie wird es schon schaffen, wir beten gemeinsam, dass alles gut geht. Lass uns jetzt unseren Teil tun und für die Kinder sorgen. Ich helfe, so gut ich kann. Mehr können wir jetzt beide nicht tun.«

Christian fühlte eine Schwere in sich, die ihn lähmte. Alle Leichtigkeit des Morgens war dahin und die Angst um Lene zerfraß ihn mehr als die anfängliche Wut und Enttäuschung über ihr Tun. Nur das Umsorgen der Kinder konnte ihn zeitweilig davon ablenken.

Tage später, an einem Winterabend, als Christian mit Bertha und den Kindern in der Wohnstube saß, geschah etwas Eigenartiges. Ein plötzliches Krachen ließ alle zusammenschrecken. Ein Bild war aus unerklärlicher Ursache so unglücklich von der Wand gefallen, dass eine Ecke des Bilderrahmens die Marionette mitriss und beides am Boden zu liegen kam. Der rechte Zeigefinger der Marionette zeigte direkt auf den kleinen Michael, der auf einer Decke lag und den Bauchschmerzen plagten.

»Hilfe, was ist denn da passiert!«, sagte Bertha, die dem Kleinen gerade den Bauch massierte. Sie hatte sich sofort erhoben und war erleichtert, dass keine besonderen Beschädigungen an der Puppe entstanden waren. Sie meinte: »Bin ich froh, dass der Marionette nichts passiert ist. Schaut mal, sie zeigt mit ihrem Finger direkt auf Michael.«

Bertha beugte sich zu Boden und hob die beiden Gegenstände auf, worauf sie sagte: »Eigenartig, wie konnte das nur passieren? Die Aufhängungen an der Wand sind noch vorhanden!«

Christian erwiderte: »Gib sie mir mal, ich werde die Sachen wieder befestigen.« Er tat es und somit war die Angelegenheit abgetan.

Einen Tag später bekam der kleine Michael, der seit Tagen an Verstopfung und Bauchschmerzen litt, furchtbar hohes Fieber und an Oberkörper und Bauchdecke waren kleine rote Punkte erkennbar. Seine Zunge war weiß belegt und Christian und Bertha waren in großer Sorge um ihn und zu allem kam noch, dass der Kleine oft nach Lene, seiner Mama rief und die war nicht da.

Als bei Michael dann die Verstopfung in akuten Durchfall umschlug und kein Mittel mehr half, flehte Bertha: »Wir müssen unbedingt sofort einen Arzt holen. Der Kleine hat heute 40 Grad Fieber! Er darf nicht sterben!«

Sofort eilte Christian los und suchte einen Arzt auf, der unverzüglich ins Haus kam und bei Michael Typhus diagnostizierte. Die Angst um das Leben des kleinen Michael beherrschte von diesem Moment an das ganze Denken der Familie. Alles andere war unwichtig geworden. Eine Behandlung mit Antibiotika war die letzte Hoffnung.

Dem kleinen Patienten wurde alle Liebe zuteil, die Christian und Bertha nur aufbringen konnten. Bertha war um absolute Hygiene bemüht, kochte jegliches Essgeschirr ab, desinfizierte alles und tat, was in ihrer Macht stand, um den Risiken einer Neuinfektion vorzubeugen. Die Familie blieb, so gut es ging, unter sich, um niemanden anzustecken. Und alle hofften nur das Eine, dass der kleine

Michael überleben würde! Berthas Blick ging in dieser Zeit aus unerklärlichen Gründen des Öfteren hinauf zur Marionette, die mit großen Augen ihre Blicke erwiderte.

Der Tag von Lenes Rückreise aus der Ostzone nach Bayern

Lene versuchte, ihren Traum zu verdrängen und traf fast fieberhaft, jedoch mit Bedacht bis ins kleinste Detail, alle Vorbereitungen für die Reise, da ihr bis zur angesetzten Abfahrtszeit nichts mehr im Wege stehen durfte.

»Ich kann dich unmöglich mit dem vielen schweren Gepäck allein fahren lassen«, erklärte Friedrich und bot zugleich spontan an, sie auf der Reise begleiten zu wollen. Das Haus musste eben einige Zeit allein bleiben, Lenes Wohl war ihm wichtiger!

Lene war heilfroh über sein Angebot. Erst war ja im Gespräch gewesen, ihr eigener Vater würde sie begleiten, später hatte es geheißen, ihre Schwester Mara täte es und nur manchmal war auch die Rede von Friedrich gewesen.

In dieser Eile jedoch sah es Friedrich als eine Notwendigkeit an, sich selbst schnellstens zur Mitfahrt fertig zu machen. Die Sehnsucht nach einem Wiedersehen mit seiner Frau Bertha und der jungen Familie in Bayern verstärkten dieses Vorhaben noch.

»Ich muss dir noch was beichten«, sagte Lene plötzlich. Eigentlich wollte ich dich nicht damit belasten, aber jetzt, nachdem du mitkommst, muss ich es dir doch sagen.«

»Um Himmels willen, was ist los? Sprich!«, antwortete Friedrich, da er bemerkt hatte, dass sie nachdenklich und verstört schaute.

»Ich habe Christian meine Abreise verschwiegen und mich frühmorgens heimlich aus dem Haus gemacht. Er hätte mich nie reisen lassen. Aber ich habe es trotzdem getan. Wir brauchen die Sachen doch so notwendig! Du kannst dir ja gar nicht vorstellen, was für ein Leben das ist, wenn es dir an allem fehlt. Ich habe ja nicht mal einen Kinderwagen, von anständigen Zudecken für die Kinder ganz zu schweigen und hier liegt alles, was wir so notwendig brauchen, herum. Da bin ich einfach gegangen, nur Bertha wusste Bescheid.

Sie ist ja bei ihm und den Kindern, sonst hätte ich das niemals gemacht. Also stell dich darauf ein, es wird Ärger geben, wenn wir zurückkommen.«

»Ach du meine Güte! Worauf hast du dich da eingelassen und worauf lasse ich mich hier eigentlich ein? Ihr seid mir schon zwei schöne Verschwörer, du und Bertha. Einen solch gefährlichen Plan heimlich auszuhecken, sowas kann doch nur zwei Frauen einfallen! Nun ja, ich werde das wohl so hinnehmen müssen, daran ändern können wir alle beide jetzt nichts mehr. Vielleicht gelingt es mir wenigstens, ein wenig vermitteln zu können, wenn wir ankommen. Ich hoffe nur, dass alles gut geht und wir dieses Abenteuer heil überstehen. Es wäre nicht auszudenken, wenn dir irgendetwas zustoßen würde. Nun muss ich ganz besonders auf dich aufpassen. Dir ist schon bewusst, wie gefährlich diese Reise werden kann?«

Lene warf ihm einen Blick zu, der alle Worte ersetzte. Ihre Rechtfertigung sich selbst, aber auch den anderen gegenüber war, dass sie das Ganze ausschließlich für die Familie tat und auf sich nahm. Schon lange jedoch zweifelte sie in ihrem Inneren an der Richtigkeit ihres Tuns und der Heimlichtuerei Christian gegenüber. Ihr Gewissen bedrückte sie ganz fürchterlich. Dazu zermürbten sie jetzt noch Ängste um den kleinen Michael, da sie immer wieder die Worte der Marionette im Ohr hatte und den Blick aus ihren Augen nicht vergessen konnte. Dieser Traum hatte sie völlig in Unruhe versetzt, auch wenn sie versuchte, sich abzulenken und ihre Gefühle zu unterdrücken. Doch nun bedurfte es keiner weiteren Worte mehr zwischen Lene und Friedrich, es hieß nur noch, sich in aller Eile fertig machen!

Zur angesagten Zeit stand Friedrich in alten, unmodernen, hohen Stiefeln und mit einem Rucksack auf dem Rücken vor ihr bereit. Er hatte noch zwei Brote, einen Kuchen, die Wurst, die Lene schon aus Bayern mitgebracht hatte, ein Wurstbrot und einige Äpfel eingepackt. Lenes Rucksack wiederum beinhaltete zwei Kissen, zwei Decken und das Waschzeug.

Bis halb zehn Uhr morgens erledigten beide noch ihre letzten Packarbeiten und Friedrich schnürte den Handwagen zu, damit nichts herausfallen konnte. Dann schenkte er aufgewärmten Kaffee ein und forderte Lene zum wiederholten Male mit Nachdruck auf »Du musst unbedingt noch etwas Warmes trinken und eine Kleinigkeit essen!« Aber es waren immer noch so viele Dinge zu erledigen, so packten sie weiter und vergaßen dabei doch zu essen und zu trinken.

Nüchtern und aufgeregt, die Rucksäcke auf den Rücken geschnallt, machten sie sich auf den Weg zur Hauptstraße des Ortes, wo das Auto abfahren sollte. Friedrich zog den Handwagen hinter sich her. Auf halbem Wege dorthin kam ihnen Lenes Schwester Mara mit dem Kinderwagen entgegen. Sie war in Eile noch benachrichtigt worden, ihn vorbeizubringen. Er lagerte in ihrer unweit gelegenen Wohnung und sie glaubten, er könne ihnen auf der Reise und zudem auch noch als Transportmittel nützlich sein, was auch der Fall war.

Als sie an der Hauptstraße angekommen waren, wartete bereits das Auto, ein Möbelwagen mit offenem Anhänger. Bei leidlicher Kälte bestiegen sie ihn, verabschiedeten sich von Mara und fort ging es. Sie saßen auf leeren Säcken, ebenso wie zwei weitere Männer, die ein Stück Weges mitfuhren. Ihre beiden Wagen und die Fahrräder der Männer befanden sich zwischen Säcken.

»Was war das?«, rief Lene plötzlich. »Hast du das Schnalzen gehört?«

Friedrich nickte und erwiderte: »Das war der Riemen des Kinderwagens. Der ist gerissen.«

»Komm wir legen ihn um«, meinte Lene. Sie legten den Wagen zur Seite, blieben aber mit dem Korpus am Pedal eines der Räder hängen. »Oh je, jetzt haben wir auch noch ein Loch im Kinderwagen!«, rief Lene.

Friedrich meinte: »Das ist nur ein kleiner Schönheitsfehler, Hauptsache die Räder sind in Ordnung und wir können ihn bewegen. Über so etwas musst du dich nicht aufregen. Auf dieser Reise können uns ganz andere Dinge passieren!«

Dann sahen sie sich an und lachten. Sie waren einfach nur froh, dass alles so schnell und gut geklappt hatte. Noch ahnten sie nicht, was diese Reise mit sich bringen würde.

Allmählich bereitete ihnen das lange Sitzen Schmerzen und ein immer stärker werdender Hunger quälte sie. Und als sie dann ihre belegten Brote verzehrten, wurde ihnen erst richtig bewusst, dass sie nüchtern und ohne zu Trinken von zu Hause fortgefahren waren.

Um halb Zwei Uhr nachmittags kamen sie in Leipzig an, wo das Transportgut des Hängers, die Möbel, vom vorderen Teil abgeladen wurden. Die Weiterfahrt endete in Halle, das sie gegen 15 Uhr erreichten. In der Nähe des Bahnsteiges stiegen sie aus dem Möbelauto. Zunächst bemühten sie sich, die Schäden am Kinderwagen zu beheben. Danach begaben sie sich zum Bahnhof. Hier begann dann der schwerere Teil ihrer Reise.

Zur großen Freude erfuhren sie dort, dass um 16.15 Uhr ein Zug nach Heiligenstadt abfahren sollte. Doch da hatten sie sich zu früh gefreut, da die Strecke für den Personenverkehr gesperrt war. Und so wandten sie sich an die Auskunft. Dort bekamen sie den Rat, sie sollten nach Eisenach fahren und dort, nachdem sie beide keine Registrierscheine hatten, den illegalen Grenzübertritt versuchen. Also lösten sie Fahrkarten dorthin. Der zuständige Beamte teilte ihnen jedoch mit, dass sie nur den Kinderwagen mit in den Zug nehmen dürften, den Handwagen sollten sie zurücklassen.

»Wir brauchen den Handwagen aber. Ich will ihn auf gar keinen Fall zurücklassen!«, sagte Friedrich zu Lene, als sie außer der Sichtweite des Beamten waren.

Lene erwiderte: »Komm Friedrich, wir gehen jetzt einfach ganz schnell durch die Sperre, dann sehen wir schon was passiert!«

Zum ersten Mal nahmen sie ihren ganzen Mut zusammen, der auf der ganzen Reise so erforderlich werden würde. Sie passierten kurz entschlossen mit ihren Fahrscheinen und beiden Wagen die Sperre und verluden sie in großer Eile in einen Güterwagen. Niemand hatte von ihnen Notiz genommen.

»Wir haben es geschafft«, flüsterte Lene grinsend Friedrich zu, der sie erleichtert ansah. Er hatte geahnt, wie wichtig der Handwagen für die gesamte Reise werden würde.

Der Zug sollte um 16.45 Uhr abfahren. Er fuhr planmäßig. Abwechselnd stehend oder auf dem Handwagen sitzend, legten sie das nächste Stück ihrer Reise im Güterwagen zurück. Leider fuhr der Zug nur bis Erfurt, wo sie bei vollkommener Finsternis eintrafen.

In einer überdachten, jedoch mit Menschen völlig vollgepfropften Halle, mussten sie die Nacht verbringen. Die Halle war zugig, kalt, gefüllt mit schlechter Luft und die beiden halb erfroren, hungrig und überanstrengt. Ab und zu liefen russische Patrouillen vorbei, die kontrollierten, tauschten und sich unterhielten.

Lene und Friedrich verbrachten die Nacht Rücken an Rücken auf dem Handwagen. Trotz der Überanstrengung war Lene ganz rasch eingeschlafen. Dem älteren Friedrich jedoch wurde es zunehmend gründlich unwohl und er fragte sich, ob Kälte, Hunger, Aufregung oder Anstrengung daran schuld waren? Oder waren es das kalte Brot und der Mangel an etwas Warmem zu Essen und zu Trinken, warum es ihm jetzt so schlecht ging? Er fand keine konkrete Erklärung dafür, aber seine Schwäche wurde immer schlimmer und er befürchtete eine Ohnmacht. Mit seinen unruhigen Bewegungen weckte er schließlich Lene aus ihrem Schlaf.

Er merkte, wie sie ihn entsetzt anstarrte und hörte sie sagen: »Um Gottes Willen, wie siehst denn du aus? Was ist mit dir? Warte! Ich bin gleich zurück!«

Dann sah er, wie sie aufsprang und weglief. Kurz darauf kam sie zurück und sagte: »Hier! Ich habe dir Kaffee besorgt. Die Tasse müssen wir zurückgeben, ich musste dafür fünf Mark Einsatz hinterlegen!«

»Danke! Den Kaffee kann ich jetzt wirklich gebrauchen«, meinte Friedrich. Er trank und es ging ihm danach sofort besser.

Da sie jetzt beide wach waren, kamen sie mit anderen Reisenden ins Gespräch. Diese rieten ihnen von einer Fahrt nach Eisenach dringend ab. Stattdessen sollten sie versuchen, nach Heiligenstadt zu gelangen. So änderten sie ihre beabsichtigte Reiseroute und fuhren Richtung Nordosten.

Die Nacht zum 6. Dezember 1945 endete für beide mehr oder weniger schlaflos. Um 5 Uhr früh verließen sie Erfurt in einem Güterwagen. Da sie rechtzeitig am Gleis gestanden hatten, war es ihnen gelungen, als Erste einzusteigen. So konnten sie auf Gepäckhaltern, allerdings in ziemlicher Höhe, sogar sitzen.

Der Zug fuhr bis Nordhausen, da hörten sie bereits die Aufforderung: »Aussteigen!« Ihr Anschlusszug kam aus Halle und glich eher einem Bienenstock als einem Eisenbahnzug! Sie sahen, wie die Menschen daran hingen wie Insekten, auf-, unter- und übereinander. Ein Weiterkommen schien ihnen unmöglich zu sein.

Lene bat darauf einen Postschaffner freundlich und eindringlich um Hilfe und übergab ihm einige Zigaretten, von denen sie welche für den Notfall mitgenommen hatte. Damit konnte sie den Mann dazu bewegen, sie und Friedrich mit dem Gepäck in seinem Waggon aufzunehmen.

Sie hörte, wie andere Leute über diese Aktion meuterten und ihre Beine zwischen die Räder des Handwagens stemmten, um Lene und Friedrich am Einsteigen zu hindern. Nur unter den Drohungen des Beamten und den Beschimpfungen der Zurückgebliebenen gelang es den beiden, ihre Wagen im Zug zu verstauen. Sie hatten großes Glück gehabt und konnten sich sogar zeitweise in einem geheizten Abteil aufwärmen. Und ein WC war auch vorhanden, vor allem, war es erreich- und benutzbar! So fuhren sie weiter bis nach Heiligenstadt, wo sie am Nachmittag ankamen.

Das Wetter dort war trostlos! Nebel, Schnee, Regen, nasse Kälte und Schlamm machten sich die Herrschaft streitig. Zum Glück befand sich gleich in der Nähe der Haltestelle die Halle, in der Registrierscheine ausgegeben werden sollten. Zu ihrem Unglück jedoch, musste Lene, die versucht hatte, für sich und Friedrich solche zu bekommen, wie Tausende anderer Menschen, mit leeren Händen wieder gehen.

Da beschlossen beide, sich der dortigen Lagerführung nicht anzuvertrauen, sondern ihr Glück auf »eigene Faust« zu versuchen. Sie sprachen mit anderen Reisenden in Heiligenstadt und erhielten viele wertvolle Tipps. So erfuhren sie, dass die Engländer keine Handwagen befördern und ihnen diesen wegnehmen würden. Es blieb ihnen also nichts anderes übrig, als erneut mutig zu sein und weitere Wagnisse einzugehen.

Irgendwie mussten sie in das Dorf Eicherode gelangen, was ungefähr eine halbe Wegstunde zu Fuß von Heiligenstadt entfernt liegen sollte. Dort, so hörten sie von anderen Reisenden, ergäbe sich möglicherweise eine Chance, ohne Passierscheine von der russischen in die englische Besatzungszone gelangen zu können. Also machten sie sich zu Fuß auf den Weg dorthin.

Ganze zwei Stunden lang quälten sie sich infolge schlechter Wege mit ihren beiden Wagen durch den Schlamm und mussten zudem auch noch eine Höhe überwinden. Am späten Nachmittag kamen sie endlich in Eicherode an.

Auf dem Weg durch den Ort begegnete ihnen ein freundlich wirkender, offensichtlich ortsansässiger Mann mit einem Handwagen, den sie ansprachen und um Hilfe baten. Der Mann hatte Lenes Schwierigkeiten mit dem Kinderwagen bemerkt, welcher mit seinen niedrigen Rädern und dem tief angesetzten Korbaufsatz infolge der schlechten Wege förmlich im Schlamm versank und von ihr kaum mehr vorwärtsbewegt werden konnte. Da der Mann das offensichtlich nicht länger mit ansehen konnte, lud er Lenes Kinderwagen kurzerhand auf seinen Handwagen, um ihn für sie zu befördern. Lene, die durch die Anstrengung außer Atem gekommen und ins Schwitzen geraten war, war heilfroh über diese nette Geste.

Der ländliche Ort Eicherode bot in Hinsicht auf seine Straßen und auch sonst ein wahrhaft trauriges Bild! Lene und Friedrich sahen nur Schlamm und Wasser, keine trockene Stelle! Die Überschwemmungen waren dermaßen heftig, dass sogar Gänse in Tümpeln badeten. Lene und Chris beobachteten einige Tiere, die nach ihrem Bad zurück zu der Stelle watschelten, von der sie gekommen waren. Und sie hörten, wie eine Frau ihre Gans beim Namen rief, worauf diese auch wirklich angewackelt kam.

Als ein Gasthaus in ihre Sichtweite gekommen war, verabschiedeten sie sich von dem Mann, der dann seiner Wege ging.

Lene und Friedrich gingen auf das Gasthaus zu. Davor sahen sie eine Frau und einen Soldaten in russischer Uniform stehen. Sie sprachen die Frau an, erklärten ihr die Lage und fragten nach einem Nachtlager, wofür sie bezahlen wollten.

Bei der Frau waren sie an die Wirtin geraten und wurden von ihr durch ein Tor über einen Hof in einen Saal geführt, der groß, kalt und nicht abschließbar war. Sie sahen drei Bänke, die zum Sitzen oder Schlafen dienen sollten, wobei Lene und Friedrich ein großes Unbehagen überfiel, weil sie hier ihre zwei Wagen zurücklassen mussten, ehe sie von der Wirtin durch einen Stall in die Gaststube geführt wurden, in der ebenfalls ungemütliche Kälte herrschte.

Da sie sehr durstig waren, fragten sie die Wirtin nach einem Getränk, wonach ihnen diese eiskaltes Bier anbot. Als sie ihr erklärten, dass sie völlig ausgefroren seien, schwenkte sie die Gläser vor dem Einschenken kurz in warmem Wasser, mehr Mühe machte sie sich nicht. Es war ihr offensichtlich zu viel, ihren beiden Gästen etwas Warmes zu Trinken zuzubereiten, also tranken sie das kalte Bier in sich hinein, wofür sie einen sehr hohen Preis zu bezahlen hatten.

In einer längeren Diskussion baten sie um ein warmes Nachtlager, worauf die Wirtin sie in einen leidlich erwärmten Raum führte, in dem sich bereits mehrere Menschen befanden. Dort blieben sie.

Während sich Friedrich auf einer harten, kalten Bank ausstreckte und die Arme verschränkte, um möglichst keine Körperwärme abzugeben, dachte er an sein gemütliches, warmes Arbeitszimmer zu Hause. Er sehnte sich nach seinem Ruhe-Sofa, dem Tabakgeruch, der süß und schwer den ganzen Raum erfüllte, seine fünf Pfeifen, die in Reih und Glied auf dem Schreibtisch in einem Ständer auf ihn warteten und nach einer Tasse heißen Kaffee. Dann stellte er sich einen sonnigen Sommertag in seinem Garten vor, wo er gerade in den Pflanzenbeeten arbeitet und sich am Gedeihen der Pflanzen erfreut, wie sich diese, in Reih und Glied nebeneinanderstehend, aufgrund seiner liebevollen Pflege voll entfalten. Und er dachte an den Keller im Haus mit all den Schätzen aus dem Garten, welche Bertha zur Erntezeit eingekocht hatte, wie Gurken, Paprika und alle möglichen Gemüsesorten aus seinem Eigenbau. Hätte er jetzt nur ein einziges Glas davon für sich und Lene! Das Wasser lief ihm bei dem Gedanken im Munde zusammen und er verspürte plötzlich einen fürchterlichen Hunger. Aber er schwieg und versuchte, wie Lene, sich ins Schicksal zu fügen und einschlafen zu können in dieser Herberge, die keine Herberge war.

Da bemerkten sie, wie ein junges Ehepaar und ein Mann, alle schwer bepackt, in den Raum traten. Der Mann, ein freundlicher Mensch, begann sofort, sich mit ihnen zu unterhalten und bot ihnen Rübensaft mit verkochter Möhrenmarmelade aus seinem Rucksack an. Das schmeckte einfach köstlich! Und es stillte ihren ärgsten Hunger.

Später sahen sie noch drei weitere Reisende, zwei Männer und eine Frau eintreten. Langsam kamen sie mit Allen ins Gespräch und erfuhren, dass jeder, der im Raum Versammelten, das gleiche Vorhaben hatte, nämlich die Grenze zu überschreiten. Daher waren sich Lene und Friedrich mit allen Anderen einig, gemeinsam gegen die auftretenden Schwierigkeiten zu kämpfen.

Alle waren der Ansicht, dass es das Wichtigste sei, ein Pferdegespann für den Transport des Gepäcks aufzutreiben. Zufällig war an diesem Abend ein Bauer aus der Nachbarschaft da, den sie ansprachen. Sie hörten, dass er gegen Bezahlung bereit sei, diesen Dienst zu übernehmen. Allerdings bestand er darauf, dass alle in seinem Gut schlafen sollten, damit sie am nächsten Tag frühmorgens gemeinsam aufbrechen können. Da leerte sich der gesamte Raum urplötzlich und Lene und Friedrich sowie alle Anwesenden folgten dem Bauern zu seinem Hof. Dort schliefen sie im Stall auf Stroh und weil sie todmüde waren, sogar sehr gut.

Die Abfahrt war für den 7. Dezember 1945 um 5 Uhr früh angesetzt. Sie freuten sich darüber, dass der freundliche Bauer und seine Frau Kaffee gekocht hatten und sie damit versorgten. Aber auch darüber, dass unter allen Reisenden, als wäre es selbstverständlich, die Reisevorräte aus den Rucksäcken, wie Brot, Butter und Würste, brüderlich aufgeteilt wurden, so dass jeder zu Essen hatte. Nach diesem Frühstück und mit einer Stunde Verspätung, brachen sie auf.

Das Wetter war an diesem Tag schrecklich, mit Schneegestöber und Nebel, was jedoch für ein illegales Überschreiten der Besatzungsgrenzen von Vorteil sein konnte. Friedrich bestieg den Wagen, wobei er Lene bedenken hörte, dass er schlechtes Schuhwerk für diese Reise ausgewählt hätte.

Die Fahrt ging über Wiesen und Felder und durch einen Wald bis zu dessen Ende. Hier endete auch die Fahrt. Nun mussten sie zu Fuß weiter. Der Schneefall ließ allmählich nach, dafür wurde es empfindlich kalt. Friedrich sah, wie das mitreisende junge Paar Lenes Kinderwagen mit seinen Koffern und Taschen belud und ihn infolgedessen auch zog. So kamen sie bis vor den Ort Freienhagen, wo deutsche Polizei und russische Soldaten alle Menschen abfingen, die versuchten, auf Schleichwegen weiterzukommen. Um nicht entdeckt zu werden, mussten sie sich des Öfteren mit ihrem Gepäck in angrenzenden Buchenhecken verstecken. Ganz allmählich kamen die beiden und die Gruppe immer näher an das erste Haus des Ortes.

Ein Ortsansässiger, den Friedrich ansprach, empfahl ihnen, den Weg rechts weiterzugehen. Dieser führte ungefähr einhundertzwanzig Meter nach oben, was Friedrich und Lene dazu veranlasste, sich von der Gruppe zu trennen und allein weiterzugehen. Natürlich bemerkte Lene, dass das junge Ehepaar ohne den Kinderwagen nun viel rascher vorwärtskam als sie.

Friedrich bedauerte es, dass Lene den Kinderwagen jetzt wieder selbst schieben musste, was zeitweise durch Schlamm und Steine unmöglich war. Es tat ihm vor allem leid, dass sie ihn streckenweise tragen musste. Völlig abgekämpft kamen sie oben an.

Plötzlich hörten sie ein lautes »Halt«. Dieses gebot ihnen ein deutscher Polizist, der wie aus dem Nichts vor ihnen stand. Er gab ihnen den eindringlichen Rat, zurückzugehen, weil an dieser Stelle ein Durchkommen unmöglich sei. Da sie während ihrer Bahnfahrt gehört hatten, dass die Russen mitunter zugänglicher wären als die deutsche Polizei, gingen sie einfach weiter.

Daraufhin sahen sie Russen, die aus ihren Maschinenpistolen schossen, vermutlich, um die Leute abzuschrecken. Einer der Russen kam auf sie zu. Der deutsche Polizist in ihrem Rücken verkündete: »So, nun haben Sie den Salat!«

Die beiden nahmen all ihren Mut zusammen und gingen direkt auf den Russen zu. Dieser verdächtigte sie, Maschinenpistolen in ihren beiden Wagen zu transportieren.

Friedrich sah, wie Lene geistesgegenwärtig sofort ihren Rucksack aufriss und alles darin Befindliche ausleerte, während sie sagte: »Sehen wir etwa so aus als würden wir Waffen transportieren?« Daraufhin übergab sie der Russe wieder dem Deutschen, der ihnen ihre Papiere abnahm und sie erneut in das Gasthaus mit jener unfreundlichen Wirtin verwies, das sie bereits vor ihrer Nacht in der Scheune des Bauern kennengelernt hatten. Sie erreichten es, nachdem sie die mühsam erklommene Anhöhe wieder abwärts geklettert waren.

Die Wirtin weigerte sich diesmal, sie aufzunehmen. Friedrich verfolgte mit Nervosität, wie Lene ihr eindringlich schilderte, in welcher Situation sie sich gerade befänden. Daraufhin erklärte sich die Frau gegen Bezahlung doch dazu bereit. Zu Trinken reichte sie ihnen diesmal gar nichts, nicht einmal ihr eiskaltes Bier, auch nicht, als sie ihr Geld dafür anboten.

Friedrich sah Lene in ihrem Rucksack kramen, da sie ihr Geld suchte und bemerkte, dass sie leichenblass wurde. »Was ist los?«, fragte er.

Sie atmete aufgeregt und sagte: »Ich habe soeben vor lauter Aufregung dem deutschen Polizisten unsere Papiere mitsamt der Brieftasche ausgehändigt!« Er sah, wie ein Zittern all ihre Glieder erfasste. Sie hatte offensichtlich nur einen einzigen Gedanken. »Ich muss versuchen, den Mann wiederzufinden!« Völlig kopflos und konfus rannte Lene vor seinen Augen aus dem Raum.

Nun wich auch von ihm jegliche Ruhe. Er dachte: »Was sollen wir nur machen ohne Geld und ohne Papiere? Wir sind verloren!« Er konnte in diesem Moment jedoch nichts anderes tun, als zu versuchen, sich möglichst wieder zu beruhigen und das Gepäck zu bewachen.

Während Lenes Abwesenheit sah er mehr und mehr Menschen in den Raum treten. Unter den Eintretenden befand sich auch ein Zivilist, der eine Mappe unter dem Arm trug. Friedrich erkannte in ihm jenen Mann, der ihnen auf der Straße zugerufen hatte: »Macht, dass Ihr fortkommt!« Er verfolgte ihn mit seinen Augen, bis er im Nebenzimmer verschwunden war. Die laute Stimme aus dem Nebenzimmer verriet Friedrich, dass der Mann Geld eintrieb.

Nach geraumer Zeit sah er Lene endlich wieder zurückkommen. Er hörte sie mit stockender Stimme das Erlebte berichten, wobei sie so aufgeregt war, dass ihr mehrmals der Atem versagte. »Der Polizist war im Schuppen, ganz allein, erkannte mich sofort. Mir ist was passiert!« Sie schluckte und rang nach Fassung. »Ich will meine Sachen wiederhaben, verlangte ich. Er sah mich an, so schmutzig, von oben bis unten! Sein Grinsen, nur ekelhaft!«

Sie schüttelte sich mit starrem Blick, alles floss aus ihr heraus, als sei sie automatisiert: »Wie schön du bist und du willst etwas von mir. Sei ein bisschen nett zu mir, dann bin ich nett zu dir! Er kam so nahe, so widerlich! Wollte mich anfassen, ich schlug seine Hand weg. Rief, ich will das nicht! Geben Sie meine Sachen zurück, ich brauche meine Sachen! Lassen Sie mich in Ruhe, Sie sind doch Polizist! Ich solle mich beruhigen und wir könnten doch ein bisschen Spaß haben miteinander. So widerlich! Hilflos war ich, hatte solche Angst, was tun? Er hatte unsere Ausweise und Brieftasche in der Hand. Ein Mann kam ums Eck, Gott sei Dank! In diesem Moment, meine Rettung! Da reichte mir dieser Kerl schnell die Sachen herüber, ein Stein fiel mir vom Herzen!« Friedrich sah, wie sie ihre Hand auf den Brustkorb legte und kurzatmig schnell weitererzählte: »Mit seinem Finger auf dem Mund, gebot er mir zu schweigen. Ich bin sofort davon, so schnell ich konnte!«

Friedrich war fassungslos, bemühte sich aber, ruhig zu bleiben und sagte: »Beruhige dich erst einmal, es ist vorbei! Unglaublich, was dir da gerade geschehen ist. Das ist ja furchtbar! Wie dumm von mir, das hätte ich erledigen müssen und nicht du! Nun ist alles gut, beruhige dich!« Er nahm sie in den Arm, drückte sie fest an sich und strich ihr über den Kopf.

Ihr Atem wurde langsamer und sie sagte: »Dies ist kein guter Ort für uns. Komm Friedrich, lass uns dieses schreckliche Haus verlassen. Wir versuchen unser Glück woanders.« Ihre Augen blickten ihm noch immer voller Angst entgegen. Friedrich sah sie an, der Schock saß ihr noch in den Knochen! Und er machte sich mit ihr auf der Stelle davon.

Als sie ein Stück gelaufen waren, sahen sie ein Bauernhaus, in dessen Nähe sich ein Schlagbaum befand. Auf der Straße begegneten ihnen Leute, mit denen sie ins Gespräch kamen. Diese rieten ihnen, in das Bauernhaus zu gehen und dort den Abend abzuwarten, um dann eventuell den Grenzübertritt zu wagen. Also gingen sie in das Haus und fanden dort fünf weitere Menschen, die dasselbe Vorhaben geplant hatten.

In der Stube sahen sie die Bauernfamilie sitzen, die gerade Kartoffelstückchen mit Möhren aß, was sie als »Suppe« bezeichneten. Die beiden merkten, dass die Kinder der Bauern sehr in Eile waren, weil sie zur Schule mussten und, da die »Suppe« noch zu heiß war, nichts essen wollten. Daher war viel von der Speise übriggeblieben.

Offensichtlich hatte die Bauersfrau bemerkt, wie ausgehungert Lene, Friedrich und die weiteren fünf Fremden waren, daher erlaubte sie ihnen, die Reste der Mahlzeit zu verzehren. Die Freude war groß. Lene und die im Raum befindlichen Frauen machten sich nützlich und reinigten die gebrauchten Teller der Familie. Daraufhin teilten sie an jeden der Anwesenden einen Teller »Suppe« aus. Auch Kaffee hatten die Frauen gekocht, von dem jeder bekam.

Während Friedrich, dem Verdursten nahe, dankbar seinen Kaffee trank, dachte er an seine Frau Bertha und er verkündete in diesem Moment mit lauter Stimme ein Versprechen: »Ich werde Bertha nunmehr immer gleich Kaffee kochen, wenn sie danach verlangt!«

Hierauf grinste Lene und bemerkte: »Hat es wirklich dieser Reise bedurft, dass du zu dieser Erkenntnis gekommen bist?« Beide fingen an zu lachen.

Nachdem sie ihr Mittagsmahl beendet hatten, sahen sie eine Frau eintreten, die die Bauersfrau grüßte und fragte: »Sagen Sie mal, kann man hier den Grenzübertritt wagen? Ich habe da draußen am Schlagbaum nirgendwo einen Posten stehen sehen. Denken Sie, ich kann es wagen, die Grenze einfach zu passieren?«

Da hörten sie, wie die Bauersfrau antwortete: »Das kommt ganz auf Ihr Glück an.«

Daraufhin sahen sie, wie die Angesprochene das Haus wieder verließ, um ihr Glück zu versuchen. Weil die Bauersfrau das Ganze vom Dachfenster aus beobachtet hatte, warteten Lene, Friedrich und die übrigen sehr gespannt auf ihren Bericht: »Die Frau hat es tatsächlich geschafft. Die hat Glück gehabt!«

Hierdurch fühlten sich alle ermutigt und beschlossen einhellig, nicht die Nacht abzuwarten, sondern dasselbe wie die Frau, gleich jetzt, noch bei Tage zu wagen.

Einige aus der Gruppe, die kein Transportmittel für ihr Gepäck zur Verfügung hatten, machten Friedrich und Lene den Vorschlag, deren Wagen zum Transport ihrer schweren Koffer zu benutzen und damit die Grenze zu passieren. Ein elfjähriges Mädchen sollte bis zum Schlagbaum mitgehen und Lene und Friedrich ihre Wagen dann wieder zurückbringen.

Mit dieser Idee waren die beiden jedoch unter gar keinen Umständen einverstanden und lehnten ab. Schließlich kannten sie die fremden Menschen viel zu wenig, um ihnen ein solches Maß an Vertrauen einzuräumen. Gegebenenfalls hätten sie dann dabei zusehen zu müssen, wie diese in der Ferne mit ihren Wagen verschwunden wären. Lene und Friedrichs Vorschlag hierzu lautete, dass sie ihre Wagen gerne für das Gepäck der anderen zur Verfügung stellen würden, jedoch nur, wenn alle gemeinsam losmarschierten und die Bauersfrau Friedrichs Handwagen bis zum Schlagbaum zog.

Kinderwagen und Handwagen wurden daraufhin mit dem Gepäck der Fremden beladen und alle gingen in einer Gruppe los. Lene und Friedrich bildeten mit dem Kinderwagen den Anfang, die anderen folgten ihnen hinterher.

Am Schlagbaum war niemand zu sehen. Rasch konnte Friedrich mit dem Kinderwagen den Schlagbaum unbehelligt passieren. Lene ging noch einmal so weit zurück, dass sie die Bauersfrau mit dem Handwagen im Auge hatte.

Friedrich erklomm mit dem Kinderwagen einen ansteigenden Weg. Oben angekommen sah er, wie der Weg plötzlich wieder abfiel in ein Tal, wo ihn fürchterlicher Sumpf erwartete. In diesem Gebiet erblickte er russische und englische Grenzpfähle, da hier die beiden Besatzungszonen aneinander grenzten. Überall sah er Menschen, die das gleiche Vorhaben hatten wie er und Lene.

Endlich schaffte er es, die Grenzpfosten hinter sich lassen. Aber als er die nächste Anhöhe erklommen hatte, bemerkte er Russen mit Gewehren. Er hatte Glück und konnte unentdeckt den anschließenden, schützenden Waldrand erreichen. Von hier aus führten zwei Wege weiter, einer nach links und einer geradeaus. An dieser Stelle versteckte er sich im Dickicht und wartete, bis Lene, die Bauersfrau und die anderen dort angekommen waren.

Dann schloss er sich ihnen wieder an. Er hatte beobachtet, dass etliche Menschen den Weg geradeaus gegangen waren. Er aber folgte der Bauersfrau, die im Gegensatz zu diesen, den Weg links wählte, den die meisten nahmen. Dieser führte ziemlich steil aufwärts und die Räder des Kinderwagens berührten keinen festen Boden mehr. Wieder musste Lene ihn durch den Schlamm tragen. Ihn zu schieben war für sie einfach unmöglich. Der Weg führte weiter durch den Wald und der Sumpf wechselte sich mit teichgroßen Pfützen ab bis ziemlich zum Dorf Ischenrode. Hier bezahlten Friedrich und Lene wie die anderen der Bauersfrau 80 Mark, wonach diese umkehrte und den Rückweg antrat. Die Gruppe löste sich nun auf. Jeder ging seines eigenen Weges.

Lene und Friedrich trafen am Dorfeingang einen etwa fünfzehnjährigen Jungen, den sie fragten, wer im Ort gegebenenfalls ein Pferdegespann für den Transport des Gepäcks zur Verfügung stellen könne.

»Ich kann meinen Vater fragen«, antwortete er. »Wir haben Pferd und Wagen, kommen Sie mit mir.«

Sie folgten ihm und waren froh, als der Vater des Jungen einverstanden war und sein älterer Bruder ihnen half, die Rucksäcke und die beiden Wagen aufzuladen. Mit dem jüngeren der beiden Brüder, der das Pferdegeschirr auf dem nunmehr vereisten Weg anführte, erreichten sie schließlich den Ort Bremke.

Die Kälte hatte inzwischen empfindlich zugenommen. Friedrich fragte den Jungen: »Was schulden wir dir für deinen Dienst?«, worauf dieser antwortete: »Ich möchte kein Geld von Ihnen. Zigaretten wären mir lieber, wenn Sie welche hätten.« Die erhielt er dann auch von Lene aus ihrem Notvorrat. Der Junge freute sich und beide sahen ihm nach, als er sich mit seinem Pferdefuhrwerk zurück nach Hause aufmachte.

In Bremke begegneten sie deutscher Polizei und befolgten deren Rat, ins dortige Lager zu gehen, um sich registrieren, entlausen und untersuchen zu lassen. Und tatsächlich, ohne viel Aufhebens erhielten sie Registrierscheine für die englische Zone, in der sie sich jetzt befanden, und zu ihrer Überraschung auch noch einen Kaffee für nur zehn Pfennige. Darauf folgte für sie die sogenannte »Entlausung«, die eigentlich gar keine war. Es bedurfte lediglich einer Bestätigung derselben und die Sache war erledigt.

In diesem Moment sahen sie draußen ein Auto mit großem Anhänger vorfahren, das die Menschen aus dem Lager nach Friedland bringen sollte. Lene und Friedrich eilten hinaus und verstauten schnell ihre beiden Wagen im Anhänger, dann stiegen sie selbst auf. Plötzlich vernahmen sie jedoch die Aufforderung: »Der Arzt ist gerade gekommen. Wer noch nicht untersucht worden ist, bitte aussteigen!« Also mussten sie wieder aussteigen und eilten zum Arzt.

Der Gedanke, dass sie das Fahrzeug nicht mehr rechtzeitig erreichen könnten, machte sie sehr nervös. Sie schafften es gerade noch vor der Abfahrt, doch diesmal war das Auto übervoll! Friedrich musste von zwei Männern an den Armen festgehalten werden, damit er während der Fahrt nicht hinauskippte. Er sah, wie einer Frau aufgrund des Gedränges die Mütze vom Kopf und aus dem Transporter fiel, als dieser bereits Fahrt aufgenommen hatte und das bei dieser Kälte! Mit Gepäckstücken zwischen den Beinen und in äußerst unbequemen Positionen ging die Fahrt weiter bis zum Ziel Friedland.

Als sie dort ankamen, sahen sie nichts als Menschen und Gepäckstücke! Lene und Friedrich drängten sich durch die Menge in Richtung Bahnhof, auch hier das gleiche Bild!

Während Friedrich das Gepäck bewachte, ging Lene, um sich nach den Zügen zu erkundigen und Fahrkarten zu besorgen. Inzwischen fuhr der Zug nach Kassel ab. Als Lene am Schalter Fahrkarten nach Traunstein lösen wollte, verlangte der Beamte: »Bitte legen Sie mir die Registrierscheine für die amerikanische Zone vor!«

Lene, die jedoch keine für diese Zone besaß, bat den Beamten inständig, eine Ausnahme zu machen. Sie erzählte von ihren Kindern und dass sie sich große Sorgen um ihren kleinen Sohn mache und so schnell wie möglich nach Hause müsse. Der Beamte hatte ein Einsehen und stellte daraufhin zwei Fahrkarten aus. Glücklich kam sie damit zu Friedrich zurück.

Bis zur Abfahrt eines Zuges stand nun wieder die Übernachtungsfrage im Raum. Sie wandten sich an das dortige Lager, das so überfüllt war, dass die Menschen Neuankömmlinge am Eintreten hinderten. Mit Beharrlichkeit schafften sie es aber doch. Lene war so überanstrengt, dass sie sofort einschlief. Friedrich jedoch überfiel plötzlich eine merkwürdige Unruhe, die ihn trotz seiner Müdigkeit am Einschlafen hinderte.

Er verfolgte die Gespräche der anderen Menschen und hörte, dass in Eichenberg, das sie während der Weiterfahrt passieren mussten, die Amerikaner alle zurückweisen würden, die keinen amerikanischen

Registrierschein hätten. Weiter hörte er auch, dass gegen 19 Uhr ein Zug nach Göttingen fahren würde, den sie benutzen könnten.

Sogleich weckte er Lene und erzählte ihr, was er gerade erfahren hatte. Diese wirkte völlig verschlafen und verspürte in diesem Moment keinerlei Lust zur Weiterreise. Jedoch überwog bei ihr dann doch die Vernunft und sie sah ein, dass sie erneut zurück zum Bahnhof mussten.

Der Schaffner an der Sperre, ein netter Mann, war ihnen behilflich. Schon fuhr der Zug ein und kam zum Glück so zum Stehen, dass sie direkt vor einem Güterwagen standen, in dem sie ihr Gepäck verstauen konnten. Danach stiegen sie selbst ein. Die Fahrt ging bis Göttingen, wo sie erneut auf einen Anschlusszug warten mussten.

In der Nähe des Bahnhofes diente eine überfüllte Baracke dazu, den Menschen Nachtunterkunft zu gewähren. Dorthin gingen sie. Beim Eintreten schlug ihnen entsetzlich schlechte Luft entgegen. Sie sahen alle möglichen Menschen dicht aneinandergedrängt, wie in einer Sardinenbüchse, darunter einige uniformierte Polen. Außerhalb der Baracke herrschte erbärmliche Kälte. Friedrich und Lene hatten keine andere Wahl, sie mussten hier hinein. Personen, die den Raum verlassen wollten, um zu ihren Zügen zu kommen, hatten große Mühe, den Ausgang zu erreichen, das Gedränge war zu groß. Menschen stiegen über Menschen und durch Fenster! So verging die halbe Nacht.

Der 8. Dezember 1945 war bereits angebrochen und der Zug, den Lene und Friedrich nehmen wollten, sollte um 4 Uhr früh abfahren. So hatten sie beschlossen, die Baracke bereits um 3 Uhr zu verlassen. Ein fremder Mann griff beherzt ein und verschaffte ihnen ein wenig Platz, da sie sonst mit ihren zwei Wagen den Ausgang niemals erreicht hätten.

Als sie am Bahnsteig angekommen waren, mussten sie nicht mehr lange auf ihren Zug warten, dieser fuhr bald ein. Es war ein Zug mit lauter Personenwagen und durchweg zerbrochenen Fensterscheiben. In einem Abteil fanden sie Platz mit ihren beiden Wagen und freuten sich über dieses Glück.

Die Fahrt begann, endete jedoch bereits wieder aufgrund einer defekten Brücke vor Hannover-Minden. Sie und alle Reisenden mussten den Zug verlassen und einen zwanzigminütigen Fußmarsch zum Bahnhof auf sich nehmen. Außerhalb des Zuges warteten bereits Personen, die aus der Not der Menschen ein Geschäft gemacht hatten und den Reisenden gegen Bezahlung ihre Hilfe anboten. Lene und Friedrich, die völlig entkräftet waren, vertrauten daraufhin einem Mann und dessen Frau die beiden Wagen an, welche diese für zwanzig Reichsmark zum Bahnhof Hannover-Minden brachten.

Wegen Überfüllung des von ihnen eigentlich vorgesehenen Zuges mussten Friedrich und Lene einen anderen, aus Friedland kommenden Zug bis Kassel benutzen, von dem ihnen die Leute eigentlich abgeraten hatten. In Kassel herrschte um 9 Uhr früh große Verwirrung über die Abfahrt des Anschlusszuges nach Frankfurt.

Der schon wochenlang ausgefallene Zug stand da und sie fanden mit ihrem Gepäck erneut Platz in einem Güterwagen, allerdings war in Giessen schon wieder Endstation. Ein anderer Zug nach Frankfurt stand bereits überfüllt auf dem Gleis und genau in dem Moment, in dem Lene und Friedrich ihren Kinderwagen im Gepäckwagen verstaut hatten, ertönte das Abfahrtssignal. Der Zugführer fuhr an, obwohl sehr viele Menschen noch nicht zugestiegen waren, aber schon einzelnes Gepäck eingeladen hatten. Friedrich und Lene gelang es zum Glück gerade noch, den Kinderwagen wieder aus dem Zug zu zerren. Andere mussten ihr Gepäck vom Bahnsteig aus allein abfahren sehen!

Um 19 Uhr sollte der nächste Zug nach Frankfurt gehen. Dieser stand bereits auf dem Gleis. Der Gepäckwagen wurde abgehängt und bis zur Abfahrtszeit war hierfür kein Ersatzwagen da. Daher versuchten Lene und Friedrich, ihre beiden Wagen in einem Personenabteil unterzubringen, wobei ihnen ein Mann behilflich war. Das Vorhaben gelang ihnen jedoch nur mit dem Kinderwagen. Der Handwagen war zu sperrig. Selbst, als sie ein Rad des Handwagens abmontiert hatten, gelang es ihnen nicht, diesen auch noch im Abteil unterzubringen. Da hörten sie, es käme doch noch ein Gepäckwagen hinter die Lokomotive. Also luden sie alles wieder aus und eilten dorthin.

Dort sagte ihnen ein Bahnangestellter: »Der Gepäckwagen kommt ans Ende des Zuges.«

Nun liefen sie zurück zum Zug-Ende. Aber es herrschte große Verwirrung. Niemand wusste genau über die Positionierung des Waggons Bescheid. Das hatte zur Folge, dass sie zwölf Mal ihre Wagen hin- und herzogen und ihre Aufregung immer größer wurde!

Endlich schob das Bahnpersonal dann doch den angekündigten Gepäckwagen ein, und zwar nun endgültig an den Zuganfang. In diesem brachten sie nunmehr völlig entkräftet ihre beiden Wagen unter. Lene und Friedrich fanden anschließend sogar ein Personenabteil für sich ganz allein, in dem sie bis Frankfurt weiterreisen konnten.

Nach 21 Uhr kamen sie dann dort an. Eine Frau gab ihnen den Tipp, dass es beim Roten Kreuz etwas Warmes zu essen gäbe. Das hätten sie zu gerne getan, aber sie fanden in der Dunkelheit nicht dorthin. Ein Beamter an der Auskunft sagte ihnen jedoch etwas, das von großer Wichtigkeit war: »Morgen früh um 10 Uhr fährt vom Niederrader Bahnhof ein Zug nach Traunstein ab.«

Hungrig und ausgefroren suchten sie, wie auf den anderen Bahnhöfen, wieder den örtlichen Bahnhofsbunker auf. Dort bekamen sie zu ihrer Freude Fleischbrühe mit Brot. Das tat ihnen unbeschreiblich gut!

Wie nicht anders erwartet, war auch dieser Bunker voller Menschen. Und erneut saßen sie dicht aneinandergedrängt zwischen Fremden. Da der Raum jedoch, im Gegensatz zu ihren anderen Nachtlagern, angenehm warm war, machte ihnen das überhaupt nichts aus. Sie hatten so oft gefroren in der Kälte dieses Winters, daher waren sie mehr als froh darüber, sich einmal richtig aufwärmen zu können. Lene entdeckte eine Waschgelegenheit, die sie nach den Tagen ohne Reinigungsmöglichkeit erfreut nutzte. Friedrich tat dies nach ihr ebenfalls. Er traf dabei auf eine Frau, die eine Schuh- und Kleiderbürste dabeihatte, die sie ihm netterweise borgte. Endlich konnte er sich ein wenig reinigen und fühlte sich danach sehr viel wohler. Als er jedoch zu seinem Platz zurückkam, wurde ihm seine Reinlichkeit zum Verhängnis. Seine Platznachbarin empfing ihn mit den Worten: »Dieser Platz ist besetzt!« Sein Aussehen hatte sich so sehr verändert, dass sie ihn nicht wiedererkannt hatte!

Am Morgen des 9. Dezember 1945 begaben sich Lene und Friedrich zum Niederrader Bahnhof. Dort wollte sie ein Beamter wieder zum Ostbahnhof zurückverweisen. Während Lene daraufhin mit dem Handwagen stehenblieb, entschloss sich Friedrich, diese Anweisung einfach zu ignorieren und ging mit dem Kinderwagen von der Bahnhofshalle aus entschlossen direkt an die Eisenbahn heran, wo er mit dem Kinderwagen aufgenommen wurde. Er bat einen Passagier, den Wagen zu bewachen, während er Lene nachholen wollte.

Als er zum Ausgangspunkt zurückkam, war Lene jedoch verschwunden. Sie hatte versucht, ihm entgegenzugehen und dabei umliefen sie sich gegenseitig. Mit Besorgnis kehrte Friedrich um, fand Lene aber dann zum Glück doch noch irgendwo auf dem Bahnhofsgelände wieder. Nun hieß es aber für beide, sich zu beeilen und schnellstens einzusteigen! Sie schafften es gerade noch, bevor der Zug abfuhr und sie kamen nach ungefähr zwölfstündiger Fahrt in einem Personenabteil in Augsburg an.

Dort gaben sie ihre beiden Wagen in die Fahrradaufbewahrung und gingen in die Halle, in der sich die Fahrgäste während der Nacht aufhielten. Abermals unzählige Menschen! Einen Sitzplatz konnten sie sich aus dem Kopf schlagen. Erst saßen sie ganz vorne auf dem Fußboden, später brachte ein Mann einen Holzbock, den sie zum Sitzen benutzen konnten, aber sie dachten für sich: ›Wenn es nur nicht so entsetzlich kalt wäre!‹

Am 10. Dezember 1945, zugleich der Tag, an dem Friedrichs Frau Bertha Geburtstag hatte, saßen die beiden in der Nähe des Einganges dieser zugigen Bahnhofshalle. Erst gegen zwei Uhr morgens des darauffolgenden Tages wurde im Inneren der Halle Platz, da viele Menschen zu ihren Zügen eilten.

Schnell ergriffen Lene und Friedrich die Gelegenheit, um weiter ins Innere zu gelangen. Dort fanden sie Sitzplätze und konnten zeitweise auch ein wenig schlafen.

Um 6 Uhr früh sollte ihr Zug fahren. Zur Sicherheit machten sie sich aber bereits um 4 Uhr auf den Weg zum Gleis. Da bemerkte Lene zu ihrem Schrecken, dass sie im vorderen Teil der Halle eine ihrer Decken liegengelassen hatte. Das war fatal bei dieser Kälte! Sie hatte Glück, die Decke lag noch auf dem Platz, wo sie sie vergessen hatte. Lene lief sofort auf die Decke zu und rief in Friedrichs Richtung: »Gott sei Dank, wir haben sie wieder! Und nun lass uns unsere Wagen aus der Aufbewahrung holen.« Beide fühlten sich erleichtert.

Es wäre mit ihren zwei Wagen ein beschwerliches Unternehmen gewesen, die Treppen des Bahnhofes zu überwinden. So waren sie sehr dankbar, als ihnen ein Beamter den Weg über die Gleise zeigte, der zu ihrem Zug führte. Der stand bereits da. Und es war genau jener Zug, von dem sie unterwegs erfahren hatten, dass sie ihn ohne amerikanische Registrierscheine nicht hätten benutzen dürfen. Sie taten es aber doch.

Gerade noch, bevor der Zug abfahren sollte, bemerkte sie der Fahrdienstleiter, der ihnen aber freundlich gesonnen begegnete. Ihre Freude war groß, als sie ihn an die Gepäckwagentür klopfen sahen und er ihnen half, das Gepäck einzuladen und sie einsteigen ließ.

»Geschafft!«, rief Friedrich und lehnte sich gegen die Wand des Waggons. Erleichtert warf er Lene einen Blick zu, bevor sie plötzlich eine Durchsage hörten, der Gepäckwagen werde abgehängt. »Oh nein, nicht aufs Neue!«, rief Friedrich. Er bemerkte Lenes genervten Blick und meinte: »Es bleibt uns auch wirklich nichts erspart!«

Schließlich blieb der Gepäckwagen dann doch am Zug. »Hoffentlich geht ab jetzt endlich alles glatt, es reicht mir, ich fühle mich richtig kaputt!«, meinte Friedrich, worauf Lene ihm zunickte.

Dann gingen sie auf die Suche nach einem Sitzplatz im Zug. Sie fanden ihn in einem amerikanischen Waggon. Jedoch war beiden voll bewusst, dass sie ohne die hier notwendigen Registrierscheine reisten. Auf der Sitzbank vor ihnen sahen sie einen schlafenden Amerikaner. Sie schlichen sich an ihm vorbei und bewegten sich lautlos um eine Ecke. Niemand hatte sie bemerkt, sogar der Kontrolleur hatte sie übersehen. Ihnen war klar, dass es ein Riesenglück gewesen war, dass sie unbehelligt bis Traunstein hatten fahren können. Dort kamen sie um 9 Uhr früh an.

Am Traunsteiner Bahnhof erfuhren sie, dass ihr Anschlusszug nach Hörpolding erst um 17 Uhr abgehen sollte. Daher suchten sie die Gaststätte »Rosengarten« auf, um sich mit heißem Tee und eiskalten Schnitten fürs Erste zu stärken. Zu ihrer Enttäuschung schloss das Gasthaus mittags. So überlegten sie, ob sie zu Fuß nach St. Georgen laufen sollten. Dieses Vorhaben verwarfen sie jedoch sehr schnell wieder, da klirrende Kälte herrschte und der Schnee meterhoch lag, was das Bewegen der Wagen für sie unmöglich gemacht hätte. Zudem fehlte am Handwagen eine Schraube und beide waren zu überanstrengt, um den weiten Weg zu Fuß wagen zu können. So beschlossen sie, ein anderes Lokal zu suchen und wurden in der »Traube« fündig, wo sie die Zeit im Warmen überbrücken konnten.

Um 17 Uhr bestiegen sie dann endlich den ersehnten Zug, der sie nach Hörpolding brachte. Nun waren sie fast am Ziel, lediglich ein viertelstündiger Fußmarsch trennte sie noch von ihrem St. Georgener Zuhause, von Christian, den Kindern und Bertha.

Auf halbem Weg sahen sie entlang des geräumten Pfades einen Mann auf einem Fahrrad in ihre Richtung fahren. »Schau mal, da vorne, ein Mensch!«, sagte Lene und zeigte mit dem Finger auf die Person, die noch fern war.

Friedrich meinte: »Ist doch jemand unterwegs bei dieser Kälte und das auch noch auf einem Fahrrad! Ich bin nur noch froh, wenn wir endlich zu Hause sind.«

»Ich auch, obwohl mir vor dem Empfang schon sehr mulmig ist«, antwortete Lene »Aber mir ist kalt und ich bin todmüde.«

Als die Person näher herangekommen war, rief Lene plötzlich: »Das ist ja Christian!« Sie stieß einen Freudenschrei aus, ließ alles fallen und begann zu rennen.

Christian, der sie auch erkannt hatte, warf sein Fahrrad in den Schnee und rannte ebenfalls los. Friedrich schossen Tränen in die Augen, als er sah, wie innig sich die beiden in die Arme fielen und es hatte den Anschein, dass sie sich nie wieder loslassen wollten.

»Ich hatte solche Angst um dich. Wie konntest du nur so etwas machen! Fortgehen, ohne mir Bescheid zu sagen! Eigentlich sollte ich richtig böse auf dich sein. Aber jetzt bin ich einfach nur froh, dass du wieder da bist und unversehrt! Du musst mir versprechen, dass du sowas nie wieder machst, hörst du Lene!«, sagte Christian, indem er ihr streng in die Augen blickte. Er ergänzte: »Jeden Tag bin ich hierhergefahren und habe auf den Zug aus Traunstein gewartet. Gewartet, dass jemand aussteigt und diesen Weg entlangkommt. Und jeden Tag bin ich traurig zurückgefahren, nach Hause. Ich hatte so große Angst. Angst, dass dir etwas zugestoßen ist und du nicht wiederkommst!«

Lene drückte sich an ihn und erwiderte: »Es tut mir so leid, bitte verzeih mir. Ich habe einen Fehler gemacht, aber ich habe es gut gemeint. Es war nicht richtig von mir, so zu gehen, das ist mir schon nach kurzer Zeit klar geworden. Ich wollte es für dich und die Kinder tun. Ist mit ihnen alles in Ordnung? Vor allem, was ist mit Michael? Ich hatte einen schrecklichen Alptraum!«

Christian antwortete: »Michael war todkrank. Um ein Haar hätten wir ihn verloren! Er bekam plötzlich Typhus, als du weg warst und wir haben ganz furchtbar um sein Leben gebangt. Und du warst nicht da! Es war einfach schrecklich! Gott sei Dank ist er über den Berg. Es geht ihm wieder viel besser. Eine schwere Zeit war das für Bertha und mich und auch für die kleine Rieke. Wir haben alle sehr gelitten. Bertha war eine große Unterstützung. Ich weiß nicht, was ich ohne sie getan hätte. Ein richtiger Segen, dass wir sie hatten! Aber jetzt bist du ja gottseidank zurück. Ich bin nur noch froh und erleichtert, dass dir nichts passiert ist.«

»Irgendwie habe ich gespürt, dass Michael in Gefahr ist. Die ganze Zeit plagten mich fürchterliche Sorgen«, murmelte Lene vor sich hin, als würde sie zu sich selber sprechen. Sie hatte ihren Blick gesenkt und fühlte sich in diesem Moment von einer Riesenlast befreit, die so lange auf ihrer Seele gelegen hatte.

Jetzt fielen sich auch Friedrich und Christian um den Hals und Lene legte ihre Arme um die beiden Männer. So verweilten sie einen Augenblick und fühlten sich, wie durch ein Band zusammengeschweißt. Nun setzten sie das letzte Stück des Weges gemeinsam fort.

Obwohl Lene Erleichterung fühlte, ließen jedoch ihre Gewissensbisse nicht nach, hatte sie doch längst eingesehen, dass ihr Vorgehen zwar gut gemeint, aber so nicht richtig gewesen war. Die Freude darauf, ihre Kinder und Bertha gleich in die Arme nehmen zu können, war aber jetzt gegenwärtiger als ihr innerer Zwiespalt.

Es war der 12. Dezember 1945, an dem die drei die Wohnung in St. Georgen erreichten. Sie wurden von der kleinen Rieke an der Wohnungstür, von Michael auf dem Nachttopf sitzend sowie von

Bertha herzlichst empfangen. Lene schloss ihre beiden Kinder in die Arme und schien sie vor Liebe fast zu erdrücken.

Dann umarmte sie Bertha und flüsterte ihr ins Ohr: »Ich kann dir gar nicht sagen, wie dankbar ich dir bin«, und küsste sie mehrmals auf die Wange. Die Blicke der beiden Frauen begegneten und verstanden sich.

Obwohl Michael seinen Großvater Friedrich lange Zeit nicht gesehen hatte, erkannte er ihn sofort. Die jüngere Rieke gewöhnte sich sehr schnell an ihren Großvater. Und Bertha war überglücklich, weil sie ihren Friedrich nun so unverhofft und wohlbehalten in die Arme schließen konnte.

Als Lene nun in der Wohnstube vor der Wandnische stand, erhob sie ihren Blick ganz automatisch hinauf zur Marionette. Und es schien ihr, als könne sie in den Augen des kleinen Wesens, das von oben ihren Blick erwiderte, ein eigenartiges Strahlen erkennen.

Friedrich begrüßte die Puppe, indem er sagte: »Wie schön, dich wiederzusehen. Ich hoffe, es gefällt dir hier in deiner neuen Familie!« Da schien es, als hätten sich die Beine der Puppe plötzlich ganz kurz bewegt. Alle sahen zu ihr auf und schwiegen. Sie taten den Vorfall damit ab, dass es vermutlich ein Windstoß gewesen sei. Fenster und Türen waren jedoch verschlossen. ›Eigenartig‹, dachte jeder für sich und schwieg.

Nun hatten sie sich erst einmal sehr viel zu erzählen, während Lene und Bertha die aus der Ostzone mitgebrachte Wäsche ordentlich zusammenlegten. Christian hatte Bohnenkaffee gegen Zigaretten eingetauscht, um ihn nachträglich zu Berthas Geburtstag zu servieren. Den tranken sie jetzt. Erst nach 22 Uhr schlüpften alle in ihre Betten.

Friedrich schlief durch bis 11 Uhr früh des nächsten Tages. Lene war trotz ihrer Müdigkeit schon morgens zugange, um ihre Kinder zu umsorgen, die so lange und unter so schwierigen Umständen hatten auf sie verzichten müssen. Sie wollte mit ihrer Liebe und Fürsorge an den Kindern alles wiedergutmachen. Noch immer war ihr schlechtes Gewissen ihnen gegenüber nicht von ihr gewichen. Zum Glück war Bertha da, die sie unterstützte, wo sie nur konnte. Und als dann immer wieder Pakete aus der Ostzone im Hause eintrafen, mit nützlichen Gegenständen, die den Alltag für alle Familienmitglieder komfortabler machten, war letztendlich die Freude groß. Lenes Schwester Mara hatte die Aufgabe übernommen, ein Paket nach dem anderen abzuschicken. Langsam kehrte wieder Normalität ein und auch Lene fühlte sich besser.

Friedrich genoss die wenigen Tage in St. Georgen, die ihm seine Enkel verschönerten und die Art und Weise, wie Christian, Lene und Bertha ihn umsorgten. Rasch verging jedoch die Zeit und die Tage, die ihm noch blieben. Der Zeitpunkt seiner Rückreise war viel zu früh gekommen. Das Haus in Grüna stand unbeaufsichtigt und Friedrich musste schnellstens, leider auf die gleiche Art und Weise, wie er es mit Lene getan hatte, die Heimreise antreten.

Bertha blieb noch. Die beiden hatten geplant, dass sie kurz vor Weihnachten mit regulärer Reiseerlaubnis wieder zu Friedrich zurückkehren sollte, um mit ihm zusammen das Weihnachtsfest feiern zu können.

Friedrichs Rückreise in die Ostzone am 17. Dezember 1945

Friedrich war nach vielen Strapazen wieder in seinem Haus in Grüna angekommen. Die Reise nach Bayern, die er so spontan mit Lene angetreten hatte, war nun Erinnerung und alles lief vor seinen Augen noch einmal ab. In der schönen, trockenen Jahreszeit wären die Anstrengungen sicher nur halb so groß gewesen. Er war froh, dass er auch auf der Rückreise erneut viel Glück gehabt hatte und es machte ihn glücklich, dass er seine Familie wiedergesehen hatte. Im Moment verspürte er Dankbarkeit darüber, dass er gesund und wohlbehalten, wenn auch mit vielen Unannehmlichkeiten während der Reise, wieder zu Hause war.

Das Weihnachtsfest musste er allerdings dann doch allein feiern, da Bertha nicht rechtzeitig zurückkommen konnte. Das machte ihn traurig. Ihr war es erst einige Zeit nach Weihnachten möglich zurückzukehren, da die amerikanischen Besatzer am 20. Dezember 1945 Reiseeinschränkungen im Personenverkehr verhängt hatten.

Während seiner Einsamkeit arbeitete er viel, um sich auf diese Weise die Zeit zu verkürzen. Da er keine Lust hatte zu kochen, setzte er einfach einen großen Topf mit Kartoffeln auf den Ofen und aß nicht weniger als zwölf Tage hintereinander Kartoffeln, die er in kleine Stücke zerteilt hatte.

Es war spät geworden, Sofie hatte gar nicht bemerkt, dass der Morgen schon graute. So tief versunken war sie in die »Erinnerungen« ihres Großvaters. Ihr war, als hätten sie diese strapaziöse Reise gemeinsam unternommen. Und es war ihr warm, obwohl die Heizung lange schon zurückgefahren war.

Sie dachte für sich: ›Nun ist es Zeit! Zeit zu Bett zu gehen. Morgen ist ein neuer Tag. Ich werde den morgigen Abend und die Nacht nutzen, um erneut in die Erzählungen einzutauchen. Ich möchte alles wissen, was sich damals ereignet hat!‹ Und während sie nach oben sah und der Blick der Puppe sich tief in ihre Augen bohrte, fühlte sie wieder diesen Bann, aus dem es kein Entrinnen gab und das Verlangen, das Geheimnis dieses sonderbaren Wesens zu ergründen.

In diesem Augenblick schien es, als spräche eine Stimme zu ihr: »Mach weiter, du bist auf dem richtigen Weg!« Nur sehr schwer kam sie jetzt von ihr los, legte aber Friedrichs Heftchen zur Seite und begab sich zu Bett. Obwohl sie todmüde war, konnte sie lange nicht in einen tiefen Schlaf versinken.

Weihnachten 1945 bei Lene, Chris und den beiden Kindern

Lene kam aus der Küche gerannt, während Bertha gerade mit dem Aufbügeln einer Weihnachtsdecke beschäftigt war, einer Stickarbeit von Lenes Schwester Mara.

Lene rief Bertha zu: »Mein Gott, wie schnell sind nur die Tage vergangen und es ist noch so viel zu tun bis Weihnachten. Übermorgen ist Heiliger Abend und ich bin noch längst nicht fertig mit den Vorbereitungen. Bin ich froh, dass du da bist, ich wüsste gar nicht, wie ich das ohne dich alles schaffen sollte.«

Bertha antwortete: »Jetzt mach dich doch nicht fertig. Du hast doch schon so viel geschafft. Es ist ja gar nicht mehr so viel zu tun. Christian ist weg, um einen Baum zu organisieren und du hast ja schon das Kraut eingelegt. Du wirst sehen, es wird alles schön! Leg dich doch erst mal zwei Stunden hin. Du bist doch noch ausgelaugt von der Reise. Ich kann mir deine Hektik gar nicht mehr mit ansehen! Ich glaube, eine kleine Ruhepause würde dir guttun, dann geht auch alles wieder viel leichter.«

Lene antwortete: »Vielleicht hast du recht, wenigstens mal eine Stunde ruhen! Aber bitte wecke mich dann, ich muss noch das Lametta und die Kerzen für den Baum vom Dachboden holen und die Geschenke für die Kinder einpacken.«

Damit verschwand sie im Schlafzimmer, während Bertha weiterarbeitete und sich Gedanken an ihren Mann Friedrich hingab.

Bertha hörte Geräusche im Flur. Christian war mit einem hübschen Bäumchen zurückgekommen, das er im Wald eines befreundeten Bauern fällen durfte. Sie legte ihren Finger auf ihre Lippen und bedeutete Christian: »Mach keinen Lärm, Lene hat sich gerade ein wenig hingelegt. Sie soll sich mal ein bisschen ausruhen. Die ist ja richtig fertig, das war alles zu viel für sie. Was für ein schönes Bäumchen! Wir stellen es erst mal in den Schuppen. Die Kinder sollen den Baum erst am Weihnachtsabend sehen.«

Christian antwortete: »Ja, jetzt kann eigentlich nichts mehr schiefgehen. Gottseidank habe ich ja gestern für meine Zigaretten auch die schönen Geschenke für die Kinder bekommen, die werden sich freuen! Und jetzt machen wir ganz leise, dass Lene nicht aufwacht. Lass sie ruhig ein paar Stunden schlafen, es ist doch fast alles gemacht.«

Bertha weckte Lene nicht und machte sich in der Küche zu schaffen, um noch einiges für den Weihnachtsabend vorzubereiten.

Und endlich war er da, der Weihnachtsabend. Das Festmahl bestand aus selbst eingelegtem Sauerkraut, einem Bauernbrot und Bratwürsten, allem, was Christian für die Mithilfe bei einer Schlachtung erhalten hatte. Bertha hatte noch für jeden ein Schälchen Grießbrei mit eingekochten Sauerkirschen aus dem Garten als Nachspeise bereitet und kaltgestellt und allen schmeckte es. Und das Besondere war, dass sie sich an diesem Abend einmal richtig satt essen konnten.

Nach dem Essen forderte Christian die Kinder auf: »So Kinder, das Christkind war da! Kommt in die Weihnachtsstube«, und öffnete die Stubentür.

Im Zimmer stand das Bäumchen, geschmückt mit Lametta und den brennenden, roten Kerzen. Unter dem Baum lagen zwei Päckchen, in weihnachtliches Papier eingepackt, die Geschenke für die Rieke und Michael.

»Guckt mal, wie die sich freuen!«, bemerkte Lene, als sie die strahlenden Augen der Kinder sah, die in die Stube stürmten und staunend vor dem Baum Halt machten.

Christian sagte: »Die Geschenke unter dem Baum sind für euch, für jeden ein Päckchen. Schau mal, Michael, das ist für dich und das andere für dich, Rieke«, und er reichte den Kleinen die Päckchen in ihre ausgestreckten Hände.

Bertha lächelte. »Wie da die Augen glänzen! Ist das nicht unbezahlbar? Nur schade, dass das Friedrich jetzt nicht miterleben kann«, und bei diesen Worten verlor sich ihre Stimme etwas und ihr Blick wurde nachdenklich. Doch als Michael das kleine hölzerne Spielzeugauto aus der Verpackung blitzen sah, stieß er einen Freudenschrei aus und Bertha war sofort zurück in der Gegenwart.

Rieke wiederum strahlte über das ganze Gesicht, als sie die Puppe ausgepackt hatte, die Lene liebevoll eingekleidet hatte und noch tags zuvor hierfür an der alten Nähmaschine, die Christian von einem Freund für sie organisiert hatte, gesessen hatte. Rieke nahm ihre Puppe in den Arm und wiegte sie hin und her. Michael war den ganzen Abend damit beschäftigt, sein Auto durch die Stube zu schieben. Natürlich durfte Riekes Puppe ab und zu in Michaels Auto mitfahren, wobei Rieke sie behutsam dabei festhielt.

Und als Bertha meinte: »Schaut mal, Kinder, mir hat das Christkind auch etwas für euch mitgegeben!«, und jedem der beiden ein Beutelchen mit bunten Murmeln überreichte, die sie aus der Ostzone mitgebracht hatte, war es nur noch eine Freude, die Kinder so überglücklich zu sehen.

Christian erinnerte an Friedrich und meinte: »Schade, dass Vater nicht bei uns sein kann. Lasst uns jetzt alle ganz lieb an ihn denken. Gottseidank kam gestern seine Karte an. Da wissen wir wenigstens, dass er heil nach Hause gekommen ist. Ich bin sicher, er denkt jetzt auch an uns!«

In diesem Augenblick schien es ihm, als wäre den ganzen Abend noch irgendetwas mit ihnen gewesen, er spürte eine sonderbare Energie, die von oben kam, er spürte sie ganz intensiv. Nicht zufällig wanderte sein Blick an der Wand der Stube entlang und endete am Mauervorsprung, von welchem aus zwei große Augen das Geschehen verfolgten, als würden sie über die Familie wachen.

Der Abend verging, wie alles Schöne im Leben, viel zu schnell, aber die Erinnerungen an diesen Abend blieben. Erst zu später Stunde sanken alle müde in ihre Betten und freuten sich auf die folgenden Tage, die sie noch in Berthas Gesellschaft verleben durften. Bald jedoch nach den Weihnachtstagen, war auch für Bertha die Zeit gekommen, Abschied zu nehmen und zu ihrem Ehemann Friedrich zurückzukehren.

Ihre Reise ging mit sehr viel weniger Problemen vonstatten, da Bertha sie vorher, so gut es möglich war, geplant hatte und die notwendigen Reisepapiere mit sich führte.

Zu Hause wurde sie sehr herzlich von Friedrich empfangen, der überglücklich war, seine Frau wieder bei sich zu haben und sie natürlich nach ihrer Rückkehr sofort mit einer Tasse Kaffee belohnte, wie er es während seiner Reise mit Lene gelobt hatte.

Christian und Lenes Familie in den Jahren 1946 bis 1948

»Die Zeiten werden immer schrecklicher«, meinte Christian, als er abends mit Lene im Wohnzimmer saß.

Lene sah auf und legte den Strumpf beiseite, den sie gerade stopfte, und sagte: »Ich bin bloß froh, dass wir bei so netten Vermietern untergebracht sind. Wir helfen uns gegenseitig, so ist das Leben für jeden erträglicher. Stell dir vor, wir hätten diese Wohnung nicht und noch weniger zu Essen. Wir würden verhungern! So können wir vom Gemüse und den Früchten aus dem Garten abhaben und wenigstens die Kinder satt bekommen.«

Christian antwortete: »Ja, da können wir wirklich dankbar sein. Große Sorgen mache ich mir, dass es mit meiner Arbeit bei den Amerikanern bald zu Ende geht. Die Reste der Muna sind in absehbarer Zeit beseitigt, dann ist es aus mit den Zigaretten, die uns zum Tauschen so lange über Wasser gehalten haben. Ich muss mir was überlegen. Die Kinder müssen zu Essen haben und wenigstens das Nötigste, was sie brauchen.«

Lene blickte besorgt auf Chris und meinte: »Noch hast du Arbeit. Du wirst schon was finden. Ich unterstütze dich, wo ich kann, damit wir kein Geld brauchen. Du weißt ja, ich kann kochen, schneidern, Haare schneiden und noch viel mehr. Uns fällt bestimmt was ein, damit wir nicht verhungern müssen oder zumindest die Kinder nicht.«

Christian nickte und fuhr fort, in einem Buch zu blättern, während sich Lene schweigend wieder in ihre Stopfarbeit vertiefte.

Im Laufe des Jahres 1946 war es dann irgendwann soweit. Die Reste der Munition aus dem 2. Weltkrieg waren beseitigt und die »Muna St. Georgsforst« wurde aufgelöst. Die Amerikaner, die die »Muna« am 3.5.1945 eingenommen hatten, zogen langsam ab und Christian hatte hiermit seine entlohnte Beschäftigung als Feuerwerker verloren. Er war arbeitslos geworden.

Gerade betrat er die Küche und sah, wie Lene einen Korb leerte. Er staunte nicht schlecht: »Ja sag mal, wo hast du denn das frische Gemüse, die Eier und die Butter her? Milch hast du auch! Und dieses Bauernbrot, das hab ich schon gerochen, als ich noch im Flur war.«

Lene grinste ihn an und antwortete: »Ich habe Frau Hohlmaier aus Haßmoning getroffen. Du weißt schon, die, für die ich schon einmal Gardinen genäht habe. Wir unterhielten uns über die Kinder und sie fragte mich, ob ich ihr zwei Hosen nähen könnte für ihren Kleinen, den Stoff hätte sie schon zu Hause liegen. Natürlich hab ich sofort ja gesagt. Da sind wir zu ihr gegangen und sie hat mir den ganzen Korb vollgepackt mit Lebensmitteln. Jetzt kommen wir die nächsten Tage wieder über die Runden. Und du weißt ja, ich lasse mir immer was einfallen, damit wir möglichst lange etwas davon haben.«

Christian sagte erfreut: »Du bist einfach großartig!«

Lene entgegnete: »Da ist noch was. Frau Hohlmaiers Mann kam zufällig in die Stube und fragte mich, ob du ihm am Samstag bei der Schlachtung helfen könntest, natürlich gegen frisches Fleisch. Das wären auch wieder einige Mahlzeiten für uns. Na, wie findest du das?«

»Du hast doch sofort zugesagt, oder?«

»Na klar, was denkst du denn?« Ihre Blicke trafen sich und sagten mehr als tausend Worte.

Es sprach sich unter den Bauern herum, dass Christian eine große Hilfe und handwerklich begabt war und schöne Bilder malen konnte. Er nahm jede Arbeit und jeden Auftrag an, alles, was er bekommen konnte, bemalte sogar Fassaden von Bauernhäusern und so kam immer wieder Essbares ins Haus. Er und Lene hatten bald Freunde gewonnen und konnten so die große Hungersnot, die diese Jahre begleitete, überstehen.

Eines Tages sprach er zu Lene: »Wie gerne hätte ich wieder eine feste Anstellung. Ich suche unentwegt, aber es ist nichts zu finden. Kein einziger größerer Betrieb hier im Landkreis. Wir brauchen doch wieder eine Sicherheit. Manchmal erdrücken mich einfach die Sorgen um euer Wohl. Ich bin bloß froh, dass ich eine Frau wie dich an meiner Seite habe. Sonst würde ich schier verzweifeln.«

Lene antwortete: »Wir machen erst mal so weiter wie bisher. Mit Geld kann man in diesen Zeiten sowieso nichts anfangen. Die Läden sind doch leer, man kann ja gar nichts kaufen. Die Lebensmittel sind rationiert und das stetige Ansteigen der Preise macht einen direkt schwindelig. Das Einzige, was da zu Tauschen geht, sind unsere restlichen Zigaretten, die wir noch von den Amerikanern haben. Die hebe ich auf für den Notfall. Besser sind natürlich die Leute dran, die Wertsachen haben. Leider sind wir aber nicht mit Schmuck, Meissner Porzellan und Teppichen gesegnet, aber deine Bilder haben uns doch auch schon viel Essbares eingebracht. Die sind begehrt bei den Leuten.«

Darauf meinte Christian: »Ja, da hast du schon recht. Ich wünschte trotzdem, irgendwann wieder eine feste Arbeit zu haben.

Übrigens, als ich gestern beim Bauern in Irsing war, stell dir vor, da lag doch tatsächlich ein Teppich im Stall. Da hat jemand ganz großen Hunger gehabt und das gute Stück gegen etwas Essbares eingetauscht. Ist schon eine verrückte Zeit!«

Lene lachte ein wenig bitter und sagte: »Wir müssen uns auch was einfallen lassen. Unser Zigarettenvorrat geht langsam zu Ende. Und ein paar neue Bilder musst du auch wieder malen. Das macht mich alles etwas nervös. Aber ich habe da eine Idee. Wie fändest du es, wenn wir im Garten einige Tabakpflanzen anbauen. Die kann man trocknen, schneiden und in kleine Tüten abfüllen. Wir brauchen was zum Tauschen.«

Christian meinte: »Das ist wieder eine großartige Lene-Idee! Die Händler rücken ja nur hinter vorgehaltener Hand was raus, wenn man irgendwas Interessantes zum Tauschen hat. Die Schaufenster sind zwar leer, aber ich habe das Lager vom Händler Hermann gesehen. Da ist alles vorhanden, von dem du nur träumst. Der hält, wie alle seine Kollegen, absichtlich alles zurück. Die Preise sind zwar enorm hoch, aber die Reichsmark ist ja praktisch gar nichts mehr wert. Da hilft nur noch Tauschen. Ich geh gleich morgen und besorge Pflanzen. Der Roland von nebenan weiß doch immer alles, bestimmt auch, wo ich am besten welche organisieren kann.«

Lene sagte darauf: »Gute Idee, das machst du. Die Zeit ist halt, wie sie ist, ziemlich verrückt! Hoffentlich kommt bald eine Währungsreform. Wer kann es sich schon leisten, für ein Kilo Butter 250 oder für ein Brot 60 Reichsmark und ganz zu schweigen für ein Paar Damenschuhe 660 Reichsmark auszugeben. Und wie gerne würde ich mal wieder richtigen Bohnenkaffee statt Kaffee-Ersatz trinken, aber wer hat schon 450 bis 650 Reichsmark dafür. Und selbst, wenn man das Geld hätte, würden die Händler nichts rausgeben, weil die Mark von Tag zu Tag wertloser wird. Da beruhigt mich auch das bisschen Geld nicht, was wir in uns in guten Zeiten zurückgelegt haben, das kannst du vergessen. An die Not haben wir uns ja mittlerweile gewöhnt, aber die ausgehungerten und abgemagerten Menschen, die man allerorts antrifft, machen einen schon traurig. Jetzt hilft es nur noch, kreativ und erfinderisch zu sein und natürlich eine bescheidene Lebensführung!«

Hierin waren sich Chris und Lene absolut einig. Es war nicht nur die Liebe, die die beiden so sehr verband, auch die Not tat es.

Die Zeit verging und im Januar 1948 bekamen Chris und Lene ein neues Familienmitglied. Ihr drittes Kind, Tochter Sofie, kam zur Welt. Lene gebar das Kind im Entbindungsheim »Angermühle« in Altenmarkt. Sofie rundete mit ihrem Erscheinen 1948 eine volle Einwohnerzahl des kleinen Ortes Altenmarkt ab, wofür Lene eine Torte und einen Blumenstrauß des ortsansässigen Bürgermeisters im Wochenbett in Empfang nehmen durfte. Diese Geschichte erzählte Lene ihrer Tochter Sofie in späteren Jahren noch des Öfteren. Sofies Geburtsjahr fiel noch in jene schwierigen Jahre, in denen das junge Paar auf vieles verzichten musste, damit es den Kindern gut ging.

Als Chris eines Tages zu Josef, einem Landwirt, in ein benachbartes Dorf gerufen wurde, um die Fassade seines Anwesens mit einem Bild zu bemalen, das einen Bauern auf dem Feld mit Pflug und zwei Pferden darstellen sollte, sah er in der Scheune des Bauern ein altes Auto stehen. Dessen Anblick zog ihn sofort in den Bann. Nachdem Chris sein Werk an der Hausfassade vollendet hatte, fragte Josef: »Sag mal Chris, was bin ich dir denn jetzt schuldig?«

Chris antwortete: »Du hast doch da hinten so ein altes Auto stehen, das würde mich interessieren!«

Josef entgegnete ihm: »Der alte Karren da hinten, der ist eh hin, den kannst du haben und ein bisschen was zum Essen packt dir meine Frau auch noch ein!«

Christians Augen strahlten! Er hatte schon seit seiner frühesten Jugend ein Faible für Autos gehabt. So schlug er sofort ein und sagte: »Abgemacht Josef, unser Geschäft gilt!«

Christian erhielt das defekte Auto, das er sich mit seinem Fassadengemälde verdient hatte.

In jeder Minute Freizeit bastelte er nun daran herum und bekam es tatsächlich wieder fahrbereit. Er hegte und pflegte das Fahrzeug, es war für ihn wie ein kostbarer Schatz. Die Familie freute sich, wenn Chris alle zu kleinen Fahrten ins Auto lud. Die meiste Freude darüber jedoch hatte er selbst, wenn er das Auto nur ansah. Lene teilte dies mit ihm und war ebenfalls stolz auf diesen bescheidenen, gemeinsamen Besitz.

Familie und Region in den Jahren 1948 bis 1966

Chris und Lene erlebten, wie am 20.6.1948 in den drei westlichen Besatzungszonen Deutschlands die Währungsreform stattfand. Hiermit begann für sie eine neue Zeit. Die wertlose Reichsmark wurde von der Regierung abgeschafft und am 21.6.1948 durch die »Deutsche Mark« ersetzt. Jeder Bürger bekam vom Staat als Startkapital 20 Deutsche Mark ausgehändigt.

Die beiden konnten gar nicht glauben, wie grundlegend diese Maßnahme die Versorgungslage im Land veränderte. Alles, was sie nur über den Schwarzmarkt bekommen hatten, war nun über Nacht plötzlich wieder in den Geschäften erhältlich. Chris und Lene waren sprachlos, als sie das Warensortiment in den Auslagen der Geschäfte von einem Tag auf den anderen wieder prall gefüllt zu sehen bekamen. Wie ihre Freunde und Nachbarn erfüllte auch sie neuer Lebensmut und die Hoffnung auf eine bessere Zeit. Für sie folgte nun eine Phase des Aufbruchs und sie strebten danach, sich etwas zu schaffen.

Im Herbst des Jahres 1949 kam Hirs, ein befreundeter Bauer vorbei und bat Chris, ihm, wie schon so oft, bei der Hausschlachtung zu helfen. Diese Situation bedeutete für die Familie jedes Mal eine willkommene Gelegenheit, an frischen Fleischvorrat zu kommen.

In der Stube, in der Lene kochte und die Kinder spielten, unterhielten sich die beiden Männer und Hirs fragte: »Sag mal Chris, was hast du denn da unten für ein Auto stehen?«

Chris antwortete stolz: »Magst du den Wagen mal genauer anschauen. Komm, ich zeig ihn dir. Du kannst dich gern mal hineinsetzen und wir können ein Stück fahren!« Hirs war begeistert und die beiden verließen die Stube. Sie erreichten den Schuppen, wo das Auto unter Dach stand.

Sie gingen um den Wagen herum und Hirs betrachtete ihn genauestens von allen Seiten, indem er mit seiner Handfläche zärtlich über einige seitliche Zierleisten strich. Er ging in die Knie und bewunderte die Bereifung mit den kunstvollen Radkappen.

Chris öffnete die Wagentür und beide stiegen ein. Das Armaturenbrett, das Lenkrad sowie die ledernen Sitze im Inneren des

Fahrzeuges entlockten Hirs einen Pfiff der Begeisterung und ein anerkennendes Nicken.

»Den hab ich ganz schön hingekriegt, gell?«, bemerkte Christian stolz und ließ den Motor an. Das Auto rollte langsam aus dem Schuppen auf die ungeteerte, holprige Straße.

Nach kurzer Fahrt, auf der Hirs seine Begeisterung nicht mehr zurückhalten konnte, kamen sie zurück. »Sag mal Chris, was tätest du denn verlangen, wenn ich dir das Auto abkaufen würde?«, fragte er.

Chris erwiderte: »Eigentlich ist das Auto nicht zu verkaufen. Du kannst aber jederzeit kommen und mit mir eine kleine Fahrt machen!«

Darauf antwortete Hirs: »Ihr wohnt doch in der kleinen Mietwohnung da oben. Magst du denn nicht mal ein Haus bauen für deine Familie? Ich hätte da drüben im Uferweg ein schönes Grundstück, das würde ich dir für das Auto geben!«

Darauf Chris: »Ein Grundstück tätest du mir dafür geben? Ja, das wäre natürlich was, da würde ich schon überlegen. Der Uferweg ist doch um die Ecke. Das Grundstück schauen wir uns doch gleich mal miteinander an, dann können wir vielleicht reden!« Hirs war einverstanden und so liefen die beiden in den Uferweg.

Chris sah dort ein schönes Baugrundstück, das Platz für ein Haus inmitten eines Gartens bot, auf dem noch ein kleiner Wald stand. Er erblickte es und war sofort begeistert von der Idee, dieses Grundstück besitzen und dort mit seiner Familie ein eigenes Zuhause aufbauen zu können.

Er sagte: »Das Grundstück wäre es schon wert, dass ich mich von meinem Auto trenne. Wenn du es ernst meinst und mir das Grundstück in den nächsten Tagen überschreibst, kannst du das Auto haben!«

Daraufhin meinte Hirs: »Ist gemacht! Schlag ein, dann gilt's!« Chris schlug ein.

Alles ging dann sehr schnell. Hirs, der jetzt neuer Autobesitzer war, überschrieb die Besitzverhältnisse des Grundstückes auf Chris, der sich schon bald Gedanken über den Bau eines einfachen Häuschens machte und das Grundstück einzäunte. Und so war die Familie im Tausch gegen ein Auto in den Besitz eines Baugrundstückes in Flussnähe, der sogenannten »Au« gekommen.

Lene und die Kinder waren überglücklich und alle sahen das Häuschen im Geiste schon vor sich. Täglich besuchten sie das Grundstück, das sie gedanklich schon restlos eingeteilt hatten. Lene wusste genau »Hier kommt mein Gemüsegarten hin« und die Kinder meinten »Das wird unser Spielplatz.« Chris dachte bereits an ein kleines Planschbecken vor dem Häuschen, in dem die Kinder plantschen und ihren Spaß haben könnten.

Irgendwann folgte dann wirklich der Hausbau, der sich alles andere als leicht gestaltete. Chris und Lene beschafften mit ihren bescheidenen Mitteln einfaches Baumaterial. Durch die Freundschaft zu Landwirten und gegenseitigem Helfen kamen sie an Holz und so begann Chris erst einmal mit der Unterstützung durch Freunde ein Holzhaus mit drei Zimmern, einer Toilette und Waschgelegenheit zu errichten. Nach und nach wurde das Haus innen und außen mit Platten isoliert und verputzt, so dass das Holz nicht mehr sichtbar war. Wasser und Strom wurden ins Haus gelegt und Lene verschönerte das Heim mit selbst Genähtem, wie zum Beispiel Vorhängen, die sie schon im Rohbau vor die noch nicht vorhandenen Fenster hielt. Mit Kissen und Tischwäsche dekorierte sie später das Heim noch zusätzlich, obwohl es sich noch in unfertigem Zustand befand.

Bald wurde die einfache Behausung zu einem gemütlichen Heim für Chris, Lene und die Kinder und sie mussten nicht länger zur Miete wohnen, sondern konnten ins eigene Haus ziehen. In späteren Jahren errichtete Chris dann parallel zum Wohnhaus in einigem Abstand eine Garage, worin er unter Anderem sein Werkzeug und die Gartengeräte und unterbrachte. Haus und Garage waren durch eine Wiese getrennt.

Genau jetzt war der Zeitpunkt gekommen, an dem Sofie ihr Elternhaus wieder so deutlich vor Augen hatte, als stünde es vor ihr. Sie erinnerte sich an den langen Flur, der Zugang zu allen Zimmern bot, und an das Kinderzimmer rechts neben der Eingangstür. Hier hatte sie mit ihren Geschwistern auf strohgefüllten Unterlagen geschlafen und durch das große Fenster auf der Südseite in den Garten geblickt.

Wie oft hatte sie den Flur durchquert, um die Eltern in ihrem Wohnzimmer aufzusuchen, wenn sie ein Anliegen hatte. Manchmal, wenn sie es gar nicht abwarten konnte und die Eltern noch im Bett lagen, zog sie den breiten Vorhang auf, der das Elternschlafzimmer vom Wohnbereich trennte. Dabei ging sie an dem eisernen Ofen im Eingangsbereich vorbei und versäumte es nicht, jedes Mal kurz zur Marionette hochzublicken, die über einer antiken Kommode im Haus ihren neuen Platz gefunden hatte. Und sie sah auf die Fotografien der Ostverwandten, die genau darunter platziert waren und auf das eine Foto daneben, das sie und ihre Geschwister zeigte.

Sofie sah in Gedanken ihre Mutter Lene in der Wohnküche hantieren, die gegenüber dem Elternwohn- und Schlafraum lag. Sie sah, wie Lene Lebensmittel in dem Regal verstaute, das Chris in die Wand gebaut hatte und wie sie danach den Vorhang zuzog.

Auch sah sie Lene Geschirr spülen und hörte das kalte Wasser rauschen, das aus dem Wasserhahn über dem Waschbecken herausfloss, das Chris an die Ostwand installiert hatte. Und sie vernahm das Öffnen der Tür und das Klappern von Lenes Absätzen, wenn diese heraustrat und über die kleine Holztreppe in den Garten ging, um Wäsche für die Familie zu waschen. Die Geräusche des welligen, metallenen Brettes im Waschtrog, über das Lene die vorher eingeseiften Wäschestücke rubbelte, um sie dann anschließend im Wasser auszuschwenken, waren in Sofies Ohr, als wäre es gegenwärtig.

Sofie sah, wie sich Lene die Anstrengung des Waschtages von der Stirn wischte und es nach getaner Arbeit genoss, in die gemütliche Wohnküche zurückzukehren, nicht ohne sich anschließend eine Weile auf dem Sofa auszuruhen.

Wie sehr vermisste Sofie auch den großen, eisernen Küchenofen mit Wassergrand und Backröhre, den Lene mit Holz und Kohle beheizte, indem sie die eiserne Herdplatte mit einem Haken anhob und wieder verschloss.

Sofie sog in Gedanken den Duft der Bratäpfel und Rohrnudeln ein, welcher an manchen Tagen durchs ganze Haus strömte.

Und sie sah die Wäschespinne über dem Herd, auf der Lene feuchte Wäscheteile, Geschirrtücher und Socken trocknete. Dabei fühlte sie die Wärme, die der große Ofen ausstrahlte.

Wie sehr fehlte ihr das alles!

Da es im neuen Haus an einem Badezimmer mangelte, funktionierten Lene und Chris zur Reinigung der Familie die Wohnküche kurzerhand in ein Badezimmer um. Hierzu mussten sie die im Garten befindliche, metallene Badewanne in den gut beheizten Raum transportieren.

Auf dem Ofen siedete Lene dann in einem riesigen Bottich das Badewasser, was sie mit Christians Hilfe in die Badewanne schüttete und mit kaltem Wasser mischte. War der schwere Bottich entleert, so erhitzte Lene darin sofort erneut Wasser.

Anschließend setzte sie ein Kind nach dem anderen ins Badewasser und schüttete immer wieder frisches Wasser nach. Erst nachdem alle Kinder gereinigt waren, badeten Chris und Lene. Am Ende dieser Prozedur musste Lene die Wanne ausschöpfen und das Restwasser entsorgen. So war auch jeder Badetag eine arbeitsintensive und anstrengende Maßnahme für Lene. Chris half ihr dabei.

Manchmal kam nach dem Baden der Part, den Chris zu erledigen hatte. Dann schnitt er den Kindern gleich noch die Haare, wobei diese geduldig und ruhig sitzen bleiben mussten. Er sah, wie sie jedes Mal aufatmeten, wenn sie diese Prozedur überstanden hatten, ohne dass Chris sie aus Versehen mit der Schere gezwickt hatte, was ab und zu geschah.

Dann kam ein Tag, den die Familie nie vergessen sollte. Chris war müde von der Arbeit, die er an diesem Tage geleistet hatte. Er sagte zu Lene: »Ich bin todmüde. Die Kinder sind aus dem Haus zum Spielen. Wunderbare Ruhe, um mich hinzulegen und ein wenig auszuruhen.«

Lene antwortete: »Mach das, du hast heute genug getan, nütze die Stunde. Wenn die Kinder wieder hereinkommen, geht's wieder rund, das weißt du ja.«

So legte er sich auf sein Sofa und es dauerte nicht lange, da schlief er fest. Hätte er geahnt, was die Kinder gerade trieben, hätte er mit Sicherheit kein Auge zugetan.

Der Fluss Traun, der meistens so gemächlich dahinfloss, barg große Gefahren bei Hochwasser, wie auch in diesen Tagen. Er war, wie immer dann, zu einem reißenden Strom angeschwollen und über seine Ufer getreten. Den Kindern war es strengstens verboten, in solchen Zeiten dorthin zu gehen oder in der Nähe zu spielen. Gerade dieses Verbot aber lockte sie gerade besonders, doch einmal das Hochwasser von Nahem zu sehen.

Nachdem die Eltern im Haus beschäftigt waren, zogen Michael und Rieke mit der kleinen Sofie in Richtung Fluss. Die beiden Größeren hatten Sofie in einen Handwagen gesetzt, und zwar in jenen, den Friedrich auf seiner damaligen Reise mit Lene nach Bayern benutzt hatte. Sie gingen bis ans Wasser vor.

»Ich will raus aus dem Wagen«, schrie die kleine Sofie und kletterte aus dem Gefährt. Die flinke Kleine war fasziniert von den Fluten und lief bis ans glitschige Ufer, wo sie sofort ausrutschte und stürzte. Ihre Beine berührten schon das Wasser.

Michael, der die Deichsel des Handwagens in seiner Hand hatte, erschrak fürchterlich. Sofort ließ er den Wagen los und griff nach seiner kleinen Schwester, während Rieke die Hand vor den Mund schlug und einen schrecklichen Schrei ausstieß, der allen durch Mark und Bein ging.

Michael war es gelungen, Sofie wieder ins Trockene zu ziehen, jedoch hatten die Fluten den Handwagen erfasst und rissen ihn mit sich. Die Kinder wollten ihn noch retten, hatten aber zum Glück nicht den Mut, sich in die Wasserflut zu begeben. Und nirgends war auch nur ein einziger Mensch, der ihnen hätte helfen können. Die kleine Sofie in ihre Mitte genommen, standen sie mit geweiteten Augen und zitternden Beinen da und sahen den Handwagen, ein- und abtauchend, mit großer Geschwindigkeit davontreiben.

Der Schreck saß allen dreien in den Gliedern und nun gesellte sich auch noch eine große Angst hinzu. Die Angst, jetzt nach Hause gehen und ihrem Vater Chris von der verbotenen Unternehmung und ihrem Missgeschick berichten zu müssen. Sie waren krampfhaft um eine Ausrede bemüht, womit sie ihr Tun hätten rechtfertigen können. Aber vor ihnen stand drohend die nackte Wahrheit und es gab nichts, was diese hätte beschönigen können. So zogen sie mit gesenkten Köpfen, ohne Handwagen in Richtung Elternhaus, wobei sie sich ausmalten, welche Strafe sie wohl für ihre Untat erwarten würde.

Zur gleichen Zeit lag Chris noch immer in tiefem Schlaf. Plötzlich wurde er durch ein klirrendes Geräusch jäh aus seinen Träumen gerissen. Er sah sich um und blickte direkt in die Augen der Marionette. Sofort hellwach bemerkte er, dass der Rahmen mit dem Foto der Kinder heruntergefallen war, so dass das Bild auf dem Gesicht lag. Glassplitter übersäten den Boden.

›Eigenartig‹, dachte er für sich. ›Es war doch gar nichts! Wie konnte es einfach herunterfallen, seltsam!‹ Und plötzlich schossen ihm Gedanken durch den Kopf. Er erinnerte sich an den merkwürdigen Vorfall, der sich unmittelbar vor Michaels Typhuserkrankung ereignet hatte, als das Bild von der Wand fiel, die Marionette mit sich riss, welche mit ihrem Finger direkt auch Michael zeigte.

Er blickte erneut hinauf in die Augen der Puppe und begann ganz automatisch zu ihr zu sprechen. »Was ist geschehen? Möchtest du mir irgendetwas sagen?« Und er wurde plötzlich sehr unruhig!

Da klingelte es und die Kinder standen vor der Haustür. Er und auch Lene, die jetzt dazugekommen war, öffneten und bemerkten sofort, dass mit den Kindern etwas nicht stimmte.

»Uns ist was passiert«, schluchzte Michael.

Auch Rieke begann zu weinen und sagte: »Der Handwagen ist weg! Einfach in der Traun davongeschwommen. Wir wollten doch nur mal das Hochwasser sehen.«

Und Sofie, die Einzige, die die Fassung behalten hatte, berichtete: »Bin ausgerutscht und habe ganz nasse Füße bekommen, Michael hat mich rausgezogen. Aber unser Wagen ist weg.«

Sie blickten Chris mit schuldbewussten Augen an, wobei sie auf die Strafe warteten, deren sie sich ganz sicher waren. Da überraschte sie der Vater. Chris hatte Tränen in den Augen und nahm sie alle drei ganz fest an sich und konnte ihnen gar nicht oft genug sagen, wie froh er war, dass sie nicht versucht hatten, den Handwagen zu retten.

Auch Lene war heilfroh, dass das Abenteuer der Kinder gut ausgegangen war. Sie sagte: »Ihr müsst wirklich einen Schutzengel gehabt haben!«

Nie wieder gingen die Kinder seit jenem Tag bei Hochwasser an den Fluss.

Lange dachte Chris noch darüber nach. Eigenartige Vorfälle, die sich da immer wieder abspielten! Er spürte, es existierte etwas, was er nicht erklären konnte.

Nachdem Lene während eines Einkaufes die Begebenheit mit dem Hochwasser im örtlichen Metzgerladen erzählt hatte, verbreitete sich das Abenteuer der Kinder durch die geschwätzige Verkäuferin rasant und einige Tage später klingelte es an der Haustür von Lene und Chris. Ein Mann aus dem nahegelegenen Altenmarkt stand vor der Tür. Er war mit dem Fahrrad gekommen, an das er einen Handwagen gebunden hatte, den er hinter sich herzog.

Chris und Lenes frühere Wohnungsvermieter aus Altenmarkt hatten erfahren, dass der Mann einen Handwagen aus der Traun gefischt hatte und wussten, dass Chris einen solchen besaß. Das erzählten sie dem Mann, der sich daraufhin auf den Weg machte und den Handwagen zu den Besitzern zurückbrachte.

Chris und Lene empfingen den ehrlichen Finder erfreut, bedankten sie sich sehr herzlich und bewirteten ihn mit einem »Schnapserl« und einer »Brotzeit«. Alle freuten sich über das ehrwürdige Stück, den Handwagen, der plötzlich auf diese Weise wieder zu ihnen zurückgekommen war.

Zeiten des Umbruchs

Die nachfolgenden Jahre brachten eine positive Wende in das Leben von Chris Familie. In der Region um St. Georgen wurde auf dem gesamten Gelände der früheren Munitionsanstalt eine Entgiftungsaktion durch die sogenannte »Staatliche Erfassungsgesellschaft für öffentliches Gut« (STEG) durchgeführt. Viele Heimatvertriebene und Flüchtlinge siedelten sich anschließend dort und im Umland an. Die noch erhaltenen Baracken und Gebäude wurden vorerst für die Ansiedelung genutzt. Chris konnte später bei Siemens, andere wiederum bei der Firma Heidenhain Arbeit finden. Diese beiden Betriebe, die sich im Gebiet 1949 ansiedelten, gaben den Menschen in der Region Arbeitsplätze und neue Perspektiven.

Chris war glücklich über die feste Anstellung und dass er wieder ein geregeltes Einkommen hatte, mit dem er die nun auf fünf Personen angewachsene Familie ernähren konnte. Die Ausgaben für den Hausbau und die Einrichtung überstiegen jedoch alles, was er trotz großen Fleißes erwirtschaften konnte und so schlug Lene vor, mitzuarbeiten und ihn zu unterstützen. Chris war einverstanden und Lene bewarb sich ebenfalls bei Siemens. Es wurden Arbeitskräfte gesucht und sie wurde eingestellt.

Zur Betreuung der drei Kinder während ihrer Abwesenheit stellten Chris und Lene ein Kindermädchen mit dem Namen Gretel ein. Gretel stammte aus dem unweit gelegenen Ort Stein an der Traun. Die Kinder liebten sie. Auch in späteren Jahren, als Gretel schon lange nicht mehr im Haus war, schlief Sofie, als sie schon größer war, gerne noch bei Gretel und deren Eltern in Stein, so innig verbunden war sie mit dem Kindermädchen.

Lene arbeitete nun für die Jahre mit, in denen das Geld knapp war, bis im Juni 1954 Tochter Anna als viertes Kind im Haus geboren wurde. Bei der Niederkunft waren ein Arzt und eine Hebamme anwesend. Zum Glück ging alles gut.

Die Kinder konnten das Wunder gar nicht fassen, als sie von Chris an Lenes Bett geholt wurden, nachdem sie vorher merkwürdige Geräusche aus dem Elternschlafzimmer gehört hatten und Lene nun plötzlich lächelnd einen winzigen Säugling im Arm hielt.

»Das ist eure neue kleine Schwester Anna«, sagte Chris und blickte in drei aufgeregte, staunende Augenpaare. Ab nun blieb Lene zu Hause bei ihren vier Kindern.

Eines Abends kam Christian von der Arbeit nach Hause, feuerte seine Tasche in ein Eck und war so gar nicht in Stimmung, sich mit Lene zu unterhalten. Auch für die Kinder hatte er nicht, wie sonst, ein gutes Wort. Er bemerkte auch nicht, dass ihm Lene eines seiner Lieblingsgerichte vorsetzte.

Er sah angewidert auf seinen Teller und schob ihn von sich. »Ich habe keinen Hunger heute.«

»Was ist denn los?«, fragte Lene, die bemerkte, dass er furchtbar aufgebracht war.

Da brach es aus ihm heraus: »Dieser Heinrichsen macht mir das Leben bei Siemens zur Hölle. Am liebsten würde ich dem mal richtig die Meinung sagen und ihm den ganzen Dreck vor die Füße werfen, aber das geht ja nicht. Ich habe ja einen ganzen Rattenschwanz zu versorgen!«

»Jetzt mach mal halblang«, entgegnete Lene. »Wir sind doch kein Rattenschwanz, sondern deine Familie! Und ich sitze ja schließlich auch nicht den ganzen Tag untätig im Hause herum. Glaube mir, ich habe hier auch Arbeit und Ärger und kann schließlich auch nicht alles wegwerfen und davonlaufen.«

»Danke«, sagte Chris, »dass du so viel Verständnis für mich hast! Mir reichts jetzt für heute endgültig!« Er sprang auf, warf die Tür mit einem lauten Knall hinter sich zu und verschwand.

Die Kinder standen wie erstarrt vor Lene, die ihre Tränen kaum zurückhalten konnte. Sie fühlte sich ungerecht behandelt, schließlich tat sie doch Christian zuliebe alles. Und das war jetzt der Dank dafür! Sie bemühte sich, vor den Kindern ihre Gefühle zu unterdrückten und ruhig zu bleiben, ging auf sie zu und sagte: »Kinder, geht in euer Zimmer und verhaltet euch ruhig. Der Papa beruhigt sich schon wieder, er ist heute nur ein wenig aufgeregt. Es wird alles wieder gut!« Die Kinder verschwanden ohne ein Wort. Lene griff nach ihrem Mantel und eilte weinend hinaus in die Nacht.

Es waren bange Stunden. Stunden, um nachzudenken und wieder zur Ruhe zu kommen. Als Chris bemerkte, dass Lene das Haus verlassen hatte, machte er sich große Sorgen und kam zu der Einsicht, dass er sie ungerecht behandelt hatte. Was konnte sie dafür, dass er mit einem ekelhaften Chef auskommen musste, der ihn immer wieder zur Weißglut brachte. Es tat ihm leid, dass er Lene so angefahren hatte.

Als er die Tür zum Kinderzimmer öffnete und in lauter bange Kinderaugen blickte, nahm er sie in den Arm und beruhigte sie. »Habt keine Angst, Kinder! Mir ging es heute schlecht, als ich heimkam. Ich hatte großen Ärger in der Arbeit und da war ich richtig wütend. Aber ihr und die Mutti könnt ja nichts dafür. Ich bin froh, dass ich euch habe und hab euch alle lieb. Beruhigt euch, alles wird gut! Ich geh jetzt die Mutti suchen.« Sprach es und verschwand in die Nacht.

Es war stockfinster. Er fand Lene auf der Traunbrücke. Sie stand mit einem Taschentuch in der Hand da und starrte mit verweinten Augen hinunter ins Wasser.

»Lene, Liebes!«, rief er. »Bitte verzeih mir! Ich war ungerecht, habe nur an meine eigenen Sorgen gedacht. Dabei machst du so viel für mich. Ich war ein Narr! Es tut mir so leid. Du musst wissen, dass ich dich von ganzem Herzen liebe. Verzeih mir! Ein Leben ohne dich wäre überhaupt kein Leben für mich.« Er nahm sie in die Arme, trocknete ihr Tränen und küsste sie.

Lene war froh, dass er sie gesucht hatte. Sie fühlte sich sehr verletzt und seine Worte taten ihr jetzt gut. Sie sah ihn an und sagte: »Weißt du, ich versteh dich ja, dass du wütend auf diesen Heinrichsen bist. Es war ja auch nicht das erste Mal. Aber weder die Kinder noch ich können was dafür. Dann geh doch endlich mal hin und lass dich in eine andere Gruppe versetzen. Du musst doch eine Lösung finden. Deine Wut zu Hause auszulassen ist bestimmt nicht das Richtige!«

Chris nickte. »Du hast recht, ich werde mir was überlegen, so kann es nicht weitergehen! Komm, lass uns jetzt nach Hause gehen zu den Kindern.«

Und er schaffte es! Er wurde in eine andere Gruppe versetzt, zu einem Vorgesetzten, der ihn mochte und seine Fähigkeiten schätzte und mit dem er sogar noch nach seiner Pensionierung privaten Kontakt pflegte.

Um Chris zu unterstützen, besann sich Lene und kam auf die Idee, Faschingskostüme zu nähen und einen Verleih derselben auf die Beine zu stellen. Mit ihren geschickten Händen entwarf und nähte sie Kostüme für Erwachsene wie Teufel, Matrosen, Cowboys und vieles mehr. Aber auch für Kinder, die Prinzen- und Prinzessinnen-, Seeräuber-, Katzenkostüme und ähnliches liebten. Dazu benutzte Lene die unterschiedlichsten Stoffe, für Gesichtsmasken und Hüte dienten ihr Pappe, Filz, Federn und ähnliche Materialien.

Das Angebot kam gut an, die Menschen hatten Nachholbedarf. Sie liebten es, endlich wieder Faschingsbälle besuchen zu können. Das Geschäft blühte richtig auf, als im regionalen Traunreuter Kino, das von der Besitzerin der St. Georgener »Poschmühle« betrieben wurde, eine entsprechende Werbung für den Maskenverleih gezeigt wurde. Lene hatte viel Arbeit dadurch und die Kinder waren es gewohnt, dass zu jeder Tageszeit, am Abend und manchmal auch an Sonntagen Kunden klingelnd vor der Haustür standen.

Eines Tages kam ein Kunde, dessen Figur einer Kugel glich. Lene suchte für ihn das größte Kostüm, das sie im Angebot hatte. Aber vergebens, der Mann sprengte alle Nähte. Und sein Bauch wollte auch nicht unter dem weitesten Umhang verschwinden, den Lene anzubieten hatte.

»Wissen Sie was?«, meinte Lene. »Gehen Sie doch einfach als Fass!« Da mussten beide furchtbar lachen.

Der Mann aber fand die Idee gar nicht so übel und sagte: »Haben Sie denn ein Fass-Kostüm da?«

»Da muss ich sie leider enttäuschen«, meinte Lene, »aber wenn Sie übermorgen wiederkommen wollen, nähe ich für Sie ganz persönlich eines!«

Der Mann sah sie an und fragte: »Ist das jetzt ein Scherz oder meinen Sie das ernst?«

»Nein, nein«, antwortete Lene, »das ist kein Scherz. Das meine ich schon ernst.«

Da meinte der Mann: »Der Faschingsball ist ja erst nächste Woche. Dann machen wir das so. Ich komme übermorgen Abend wieder.«

Das Fasskostüm, das Lene ihm geschneidert hatte, passte dem Kugelmann wie angegossen und er sah sehr witzig darin aus. Lene musste sich zurückhalten, um ihm keinen Stoß zu versetzen, sonst wäre er wohl zur Haustür hinaus gerollt!

Einer anderen Kundin mit rötlicher Gesichtsfarbe riet Lene dazu, als Erdbeere zu gehen und so war auch diese zufriedengestellt. Die Menschen liebten Lenes Humor und Fantasie. Das Geschäft florierte, machte zudem Spaß und es konnte ja jeder zusätzliche Pfennig gebraucht werden.

Eines Tages war wieder einmal Kinderfasching im sognannten »Fuchsbau«, einem großen Saal, der an ein Gasthaus in Traunreut angebaut war. Lene hatte für jedes Kind ein Faschingskostüm genäht. Sie und ihre Nachbarin hatten sich verabredet, mit ihren Kindern dorthin zu gehen.

Für Sofie hatte Lene das Kostüm eines Marienkäfers genäht. Über einem schwarzen Hemd und einer schwarzen Strumpfhose trug die Kleine ein rotes Oberteil, das mit schwarzen Punkten übersät war und Flügel auf dem Rücken hatte. Die Wangen hatte Lene ihr gerötet und einen schwarzen Punkt auf die Nase gemalt. Auf den Kopf setzte sie ihr eine schwarze Filzkappe mit langen Fühlern daran.

Sofie sah einfach possierlich aus! Für Rieke hatte Lene ein Prinzessinnen-, für Michael ein Piraten-Kostüm gefertigt.

Wie jedes Jahr, wurden auf dem »Ball der Kleinen« auch diesmal die drei besten Kostüme auf der Bühne prämiert. Als nun an diesem Tag der Augenblick der Kostümprämierung gekommen war, rief die Jury einen Cowboy als dritten, eine Prinzessin als zweiten Platz aus. Lene und ihre Nachbarin waren nun gespannt, welches Kostüm den ersten Platz belegen würde. Nun wurde dieser ausgerufen und zur großen Überraschung Lenes, jedoch zum großen Schrecken ihrer Tochter, wurde der kleine Marienkäfer, nämlich Sofie auf die Bühne gerufen.

Lene sah ihr an, dass sie völlig unvorbereitet war und nie im Leben daran gedacht hätte, dass sie gemeint war! Die Kleine erklomm etwas verlegen und schüchtern die Bühne vor all den vielen Menschen im Saal und ließ die Siegerehrung über sich ergehen. Als Lene das sah, kam sie ihr zu Hilfe und nahm ihre Hand. Sofort fühlte sie, dass sie Sofie damit Sicherheit gab und nachdem ihre Kleine von allen so lieb behandelt und mit einem süßen Geschenk bedacht wurde, dass sie sich auch freute. Und Lene freute sich mit.

Nach einigen dieser betriebsamen Jahre beschlossen Lene und Chris, dass wieder etwas mehr Ruhe im Haus einkehren sollte und sie gaben den Maskenverleih auf, da mit der Zeit auch die Rentabilität zurückging. Das Heim war auch soweit fertig und Chris' Gehalt hatte mittlerweile eine Höhe erreicht, welche der Familie ein gutes Auskommen ermöglichte.

Die Kinder waren nun größer geworden und mussten zur Schule gehen. Hiermit hatte Lene auch manches Mal ihre liebe Not. Sie hatte die Kinder dazu angehalten, frühmorgens rechtzeitig aufzustehen, zur St. Georgener Schule zu marschieren, dort ruhig zu sitzen und nachmittags ihre Hausaufgaben zu machen. Michael und Rieke machten keine Probleme. Mit der kleinen, quirligen Sofie aber war das nicht so einfach.

Eines Morgens, als Lene sie mit den anderen beiden zur Schule schicken wollte, war Sofie nicht zu finden. Sie war wie vom Erdboden verschluckt. Lene hatte vollstes Verständnis dafür, dass sich die beiden anderen beschwerten, da es bereits Zeit war, zur Schule aufzubrechen, um nicht zu spät zu kommen.

Lene sagte: »Geht ruhig schon mal, ich schicke Sofie nach, wenn ich sie gefunden habe.«

Sie suchte eine geschlagene Stunde nach ihr. Plötzlich hörte sie ein Rascheln im Kinderzimmer. Als sie nachschaute, sah sie Sofie hinter dem großen Kleiderschrank, der ziemlich nah an der Wand stand, hervorkriechen. Niemals hätte sie die Kleine dort vermutet.

Sofies Gesichtsausdruck sagte, dass diese die Enge hinter dem Schrank nun endgültig satthatte. Lene wollte schimpfen, musste aber bei diesem Anblick dann doch grinsen und fragte: »Ja, sag mal, was machst du denn hinter dem Schrank? Ich habe dich gesucht, du musst doch in die Schule!«

Sie sah, wie Sofie das Gesicht zu einer Schnute verzog und jammerte: »Ich gehe heute nicht zur Schule, ich habe Kopfschmerzen!«

Lene merkte natürlich, dass das eine Ausrede war und redete ihr gut zu. Mit viel Geduld, aber auch mit einer Portion Strenge brachte sie Sofie dazu, doch noch zur Schule zu gehen, bevor ihr diese mit finsterem Blick eröffnete: »Wenn ich mal groß bin, will ich Minister werden!«

Lene war perplex und fragte: »Ja warum denn Minister?« Darauf antwortete Sofie: »Dann schaffe ich alle Schulen ab!« Sprach es und marschierte mit beleidigter Miene ab, zur Schule. Lene sah grinsend hinter ihr her und dachte sich: ›So ein kleiner, widerspenstiger Zwerg! Von wem sie das wohl hat?‹

Die Jahre vergingen, während der sich in der Region viele Heimatvertriebene und Flüchtlinge mithilfe staatlicher Unterstützung neue Existenzen in Form von Geschäften und Handwerksbetrieben aufgebaut hatten. So wuchs die ehemalige Ansiedlung des St. Georgs-Forstes immer mehr und wurde am 1. Oktober 1950 zur Gemeinde Traunreut, 1960 zur Stadt Traunreut erhoben.

Reisen in die DDR zu Friedrich und Bertha im Winter 1956 und später

Deutschland bestand nun aus zwei deutschen Staaten, der Deutschen Demokratischen Republik »DDR« und der Bundesrepublik Deutschland »BRD«. Irgendwann besaß Chris auch wieder ein Auto, das er günstig und gebraucht erworben hatte.

Im Winter 1956 beschlossen Lene und Chris, mit den Kindern eine Reise zu Friedrich und Bertha in das sächsische Grüna zu unternehmen. Zu groß war die Sehnsucht nach den Eltern und Großeltern. Sogar die Jahreszeit, in der die Straßen glatt waren und große Kälte herrschte, konnte Lene und Chris nicht von ihrem Entschluss abbringen, die Reise zu unternehmen.

Rechtzeitig vor der Reise hatten sie für sich und die Kinder bei den DDR-Behörden eine Aufenthaltsgenehmigung beantragt, was Pflicht war und eine längere Wartezeit in Anspruch nahm. Das Geld, das sie für ihren Aufenthalt in der DDR brauchten, war auch beisammen. So konnten sie, da sie alle Auflagen der DDR-Behörden, die im Vorfeld erledigt sein mussten, erfüllt hatten, die Reisevorbereitungen treffen.

Weihnachten lag hinter ihnen und je näher der Februar kam, desto frostiger wurde es. In dieser kalten Jahreszeit starteten sie endlich, alle warm eingepackt, mit dem Auto in Richtung Ostzone, die nun DDR hieß.

Die Straßen waren verschneit und glatt. Chris musste sich an den seitlichen Wegmarkierungen in Form von Holzpfosten orientieren, um nicht von der verwehten Fahrbahn abzukommen. Es schien eine lange Fahrt zu werden und sie blickten in eine nicht endende, weiße Ebene. Sie fuhren über Landstraßen, Autobahnabschnitte in Richtung Osten, an tief verschneiten Wäldern und Wiesen vorbei. Monotonie und Melancholie verloren sich in einer weißen Weite. Lene, Chris und die Kinder jedoch waren voller Vorfreude auf ein baldiges Wiedersehen mit den Lieben, die jenseits des breiten Sperrgebietes hinter dem Stacheldrahtzaun leben mussten.

Das Auto hatte eine schlecht funktionierende Heizung, daher waren die Kinder in warme Decken gehüllt. Die Reisegeschwindigkeit hielt sich in Grenzen, Chris kam nur gemächlich vorwärts. Die Reise erschien ihnen wie eine Weltreise. Obwohl früh aufgebrochen, waren sie den ganzen Tag unterwegs und unterhielten sich, nach kurzen Schläfchen und zwischen mehreren Wiedererwachen fröhlich. Je mehr sie sich jedoch der Staatsgrenze der DDR näherten, desto stärker kam bei allen ein Gefühl des Unbehagens und der Angst auf, da sie nicht wussten, was sie dort erwarten würde.

Plötzlich, eine Stunde vor Hof, ein lautes Schlaggeräusch am Fahrzeug! Ohne zu bremsen ließ Chris das Auto langsam ausrollen.

»Ich sehe mal nach, was das war. Macht euch keine Sorgen!«, sagte er und blickte in lauter erschreckte Gesichter, als das Auto endlich stand. Er zog seine warme Jacke über, stieg aus und lief um das Fahrzeug. »Es ist ein Reifen geplatzt«, sagte er, als er ins Auto zurückkam. »Deckt euch alle warm zu, ich muss den Reifen wechseln.«

Lene stieg ab und zu aus und reichte ihm warmen Kaffee, den sie in zwei Thermokannen mitgenommen hatte. Zwischendurch kam Chris immer wieder ins Auto, um sich aufzuwärmen und setzte dann seine Arbeit fort. Für kurze Zeit mussten alle das Auto verlassen und sahen Chris zu, wie er in der klirrenden Kälte den neuen Reifen aufmontierte. Dann konnte nach Bangen und Frieren die Fahrt durch die weiße, kalte Öde fortgesetzt werden. Bevor sie in Hof ankamen, war es dunkel geworden und zu gefährlich, um bei diesem extremen Wetter weiterzufahren. So beschlossen Chris und Lene, eine Übernachtungsmöglichkeit zu suchen.

»Am besten, wir fahren nach Hof und fragen dort jemanden, wo man günstig übernachten kann«, meinte Lene. »Ist zwar schade, weil wir heute in Grüna erwartet werden, aber was sollen wir machen?«

Also fuhren sie nach Hof, wo ihnen Einheimische eine Unterkunft empfahlen, die sie schließlich auch fanden. Eine Frau mit einem mausähnlichen Gesicht vermietete Zimmer zu einem guten Preis. Dort übernachteten Chris und Lene mit den Kindern und alle freuten sich über das gute Frühstück, das die Frau ihnen bereitet hatte. Diese Fahrt und die Übernachtung bei der Frau, welche fortan von allen »Maus« genannt wurde, waren jedes Mal eine lustige Erinnerung und ein Gesprächsthema, sooft sie nach Hof kamen.

Am nächsten Morgen konnten sie bei sonnigem Winterwetter die Fahrt in Richtung Grenze Töpen-Juchhöh fortsetzen. Als das Auto die Grenze erreicht hatte, die mit Schlagbäumen gesperrt war, wurden sie von Volkspolizisten gestoppt.

»Alle aussteigen!«, wurde ihnen befohlen, daraufhin: »Ausweise und Aufenthaltsgenehmigungen aller Mitreisenden vorlegen! Führen Sie Waren oder Wertgegenstände, Zeitungen, Illustrierte, Comichefte oder andere Gegenstände mit sich?«, tönte es in ihre Ohren.

»Nein«, antwortete Chris, der ja wusste, dass alles verboten war, was in irgendeiner Weise die volkseigene Propaganda dieses Staates zu untergraben schien. Daraufhin kontrollierten die Grenzer das Auto gründlich.

Lene und Chris hatten die Arme um die Kinder gelegt, die beim Anblick der mit Waffen und scharfen Hunden ausgerüsteten Volkspolizisten voller Angst zu ihnen aufblickten. Keiner der Familie wagte auch nur ein Wort, es herrschte tiefes Schweigen! Ihren Gesichtern jedoch konnte man ablesen, was sie dachten: ›Alle Schikanen über uns ergehen lassen!‹ Und endlich, nach langem Hin- und Her, Bangen und Warten, hatten sie diese Prozedur hinter sich gebracht und die Einreisestempel in ihren Pässen. Sie atmeten auf und die Fahrt konnte fortgesetzt werden. Von diesem Moment an fühlten sie sich jedoch, als hätten sie einen eisernen Ring um ihre Brust, der ihnen die Atmung einschnürte!

Nach der Grenze veränderte sich die Landschaft. Die roten Dächer der bayerischen Häuser hatten sie hinter sich gelassen. Im DDR-Gebiet gestaltete sich der Großteil der Gebäude dunkel, meistens schieferverkleidet oder grau verputzt, die Dächer waren schwarz eingedeckt. Das Bild der Ortschaften erschien ihnen traurig und trist. Jedoch besiegte die Freude auf die Lieben in Grüna dunkle Gedanken.

Endlich passierten sie am späten Vormittag das Ortsschild Grüna und alle waren fröhlich. Als sie dann vor Christians Elternhaus standen, flog auch schon die Haustür auf! Alle lagen sich in den Armen und viele Tränen der Freude liefen über die Gesichter.

Nach diesem herzlichen Empfang luden Chris und Lene das Auto aus und bezogen mit den Kindern die beiden Zimmer im Dachgeschoß. Sofort strömte ihnen der vertraute Geruch von altem Holz, vermischt mit dem Geruch von Berthas Spezialkuchen, dem großen Hefe-Schokoladen-Blechkuchen, den sie auch dieses Mal für ihre Kinder gebacken hatte, entgegen. Es roch nach Heimat und Angekommensein!

Schon bald wurden sie mit Berthas Essen und Trinken verwöhnt. Lene bedankte sich mit Geschenken, die sie für die Lieben mitgebracht hatte, welche dann zur Freude der Beschenkten, aber auch der Schenkenden, ausgepackt wurden. Sie nutzten die Gelegenheit, um über die Unzulänglichkeiten der Reise, die Panne, die Verspätung, die Übernachtung sowie das Passieren der Grenze zu berichten und sprachen über vieles, das während ihrer langen Trennung geschehen war.

»Ihr müsst euch schnellstens beim Kreisamt der Volkspolizei melden«, warf Bertha ein.

»Das können wir noch heute Nachmittag tun, dann haben wir es hinter uns«, meinte Lene und Chris stimmte ihr zu.

Durch die Unterbrechung der Fahrt und die Übernachtung in Hof fühlten sie sich frisch genug, um auch dieser Vorschrift der DDR-Behörden noch bei Tage nachkommen zu können.

Am Nachmittag machten sich Chris, Lene und die Kinder auf zum Kreisamt der Volkspolizei Grüna, um sich als Besucher anzumelden. Dies war eine komplizierte Angelegenheit.

Ab Dezember 1964 benötigten alle Besucher der DDR außer einer Aufenthaltsgenehmigung noch die Vorlage einer »Mindestumtausch-Quittung«. Von ihnen wurde verlangt, pro Tag und Person eine gewisse Geldsumme in Westwährung gegen Ostwährung eins zu eins umzutauschen, womit sich der Staat der DDR Devisen beschaffte. Der Wert der Ostwährung lag nämlich weit unter dem Wert der Währung aus dem Westen. Chris und Lene verzichteten lieber auf andere Dinge als auf die Erlaubnis, ihre Eltern und Verwandten besuchen zu dürfen. So sparten sie jedes Mal dafür.

Im Kreisamt wurden sie ähnlich wie an der Grenze, empfangen. Sie sahen in der Amtsstube weibliche und männliche Beamte der Volkspolizei mit ernsten Gesichtern sitzen.

Eine Frau gab ihnen die Anweisung: »Stellen Sie sich hier der Reihe nach an und nicht alle auf einmal!«

Ihr Finger zeigte in Richtung einer Theke, hinter der ein Mann mit fahlem Gesicht saß. Bei ihm ließen sie alle Formalitäten, die sie schon kannten, wiederum ruhig über sich ergehen. Den Kindern hatte Lene bereits im Vorfeld klargemacht, zu schweigen, damit sie keinen Unmut der Beamten auf sich zogen.

Chris, Lene und die Kinder hatten nur einen einzigen Gedanken, möglichst schnell zurück ins Haus zu kommen, wo Bertha mit dem Nachmittags-Kaffee bereits auf sie wartete.

In den Orten, die sie im Laufe ihres Aufenthaltes besuchten, lasen sie überall politische Parolen, sahen Plakate und Spruchbänder an Häusern und über Straßen gespannt. Die meisten DDR-Bürger begegneten ihnen freundlich und liebenswürdig. Menschen, die Chris und Lene vertrauten, erzählten ihnen, was wirklich in ihnen vorging und was sie dachten. Zum einen beklagten sie, dass sie weder westliche Radiosender hören noch westliche Presse lesen durften, zum anderen, dass es ihnen verboten sei, Auslandsreisen in westliche Länder und die übrige Welt zu unternehmen und dass sie sich bespitzelt, unfrei und eingesperrt fühlten. Dazu war auch noch die Mangelwirtschaft des Staates allgegenwärtig.

Lenes Neffe Martin wirkte während eines Treffens mit ihr sehr niedergeschlagen. Er hatte sie in den Schrebergarten seiner Mutter bestellt. Als sie ihn fragte, was ihn so bedrücken würde, verriet er ihr, dass er sehr unglücklich sei, unter diesem Regime leben zu müssen und schon seit längerem eine Flucht in den Westen plane.

»Mein Freund und ich haben alles bereits genau durchdacht und vorbereitet. Übrigens, Mutter weiß nichts davon und du musst mir fest versprechen, ihr und auch niemandem sonst auch nur ein Sterbenswörtchen zu sagen. Versprich mir das, Tante Lene!«, beschwor er sie und blickte ihr in die Augen. Er muss wohl Lenes Erschütterung über seine Aussage bemerkt haben und ersuchte sie nochmals mit Nachdruck: »Du musst mir das schwören, bitte!«

Lene sagte kein Wort und sah ihn nur an mit einem Blick, der ihre Gedanken verriet. ›Was soll ich tun?‹, dachte sie. ›Vielleicht ist es besser, wenn wenigstens einer in der Familie eingeweiht ist, auch wenn diese Last meine Seele erdrückt. Vielleicht gelingt es mir, ihn davon abzubringen.‹ Tausend Gedanken und schreckliche Szenarien schwirrten in diesem Moment durch ihren Kopf. Aber nachdem er sie so flehend ansah, versprach sie ihm, sein Geheimnis bei sich zu bewahren.

»Tante Lene, mein Plan und auch der Termin der Flucht stehen fest! Mein Freund und ich werden schon Ende nächster Woche mit einem aufblasbaren Schlauchboot an die Ostsee fahren und dort bei Nacht und Nebel versuchen, in den Westen zu kommen. Sag Mutter, wenn ich weg bin, dass ich nie aufhören werde, sie zu lieben und überzeugt bin, dass wir uns eines Tages wiedersehen werden. Glaube mir, dieser Schritt ist sehr schwer für mich, aber ich muss ihn gehen.«

Lene war verzweifelt und versuchte auf ihn einzuwirken: »Überleg dir die ganze Sache noch einmal. Denk an deine Mutter. Sie hat deinen Vater schon so früh verloren und du bist ihr einziger Sohn, ihr Ein und Alles. Sie hat doch sonst niemanden. Stell dir vor, sie erschießen dich auf der Flucht oder sie werfen dich ins Gefängnis, wenn sie dich erwischen. Dann ist sie ganz allein. Sie würde das niemals verkraften.«

Lene sah, wie Martin sehr nachdenklich wurde. Natürlich hatte er in Gedanken die Flucht schon tausendmal durchdacht und auch diese Fälle einkalkuliert.

Lene redete sehr ernst auf ihn ein und verwies dabei auf die unzähligen, die bereits ihr Leben verloren hatten und auf die vielen, die durch Verrat und falsche Anschuldigungen zu Staatsfeinden erklärt worden waren und in den Gefängnissen saßen, weil sie die Flucht gewagt hatten oder ihnen eine staatsfeindliche Einstellung unterstellt worden war.

Da begann Martin langsam zu sprechen, indem er seinen Blick senkte: »Ich weiß, ich weiß das alles Tante Lene, aber ich kann nun mal nicht anders. Und es hängt ja auch mein Freund mit dran.«

Hiermit gingen sie an diesem Tag, beide mit einem bleiernen Stein auf der Seele, auseinander.

Lene musste den Rückweg antreten, den Weg zurück zum Haus. Ihr Kopf war übervoll und ihre Gedanken in großer Unruhe. Sollte sie Chris oder irgendjemanden davon erzählen? War es richtig, ihr Wissen Mara gegenüber geheim zu halten? ›Nein‹, dachte sie. ›Ich würde das nur tun, um mein Gewissen zu erleichtern. Ich muss jetzt stark sein. Es ist ja noch über eine Woche Zeit.‹ Sie dachte an die Essenseinladung bei Mara Mitte der nächsten Woche. Mara wohnte mit Martin nicht weit entfernt von Christians Elternhaus. Lenes Familie konnte von dort zu Fuß zu Maras Wohnung laufen.

Mara war eine hervorragende Köchin. Ihre Spezialitäten waren Gänsebraten mit grünen Klößen und Rotkohl oder Karpfen blau mit Butterkartoffeln und Gemüse. Eines dieser beiden Gerichte tischte sie dann jeweils auf, obwohl sie als alleinerziehende Mutter eines heranwachsenden Sohnes überall sparen musste. Ihr Mann war schon früh im 2. Weltkrieg gefallen und so musste sie ein Leben lang bis zum Rentenalter arbeiten gehen, um sich und den Jungen ernähren zu können. Mara war eine fleißige und bescheidene Frau, die jeder mochte.

Trotz ihres geringen Einkommens ließ sie es sich nicht nehmen, mit Lenes Kindern das örtliche Schuhgeschäft aufzusuchen, um jedem der Kinder ein paar Schuhe zu spendieren, welche diese sich selbst aussuchen durften. Die Kinder freuten sich sehr über das Geschenk und dachten immer, sobald sie ihre Schuhe in die Hand nahmen, an ihre Tante Mara, als sie wieder zu Hause waren.

Lene schickte ihr später aus Bayern Lebensmittel wie Bohnenkaffee, Schokolade und anderes, was in der DDR rationiert, nicht zu bekommen oder unerschwinglich war. Hierüber wiederum freuten sich Mara und Martin, sofern die Waren heil ankamen.

Manchmal kam es vor, dass Pakete aus dem Westen, die mit der Notiz »Geschenksendung, keine Handelsware!« gekennzeichnet werden mussten, an der Grenze geöffnet und Teile des Inhalts entnommen wurden oder die ganze Sendung gar nicht ankam.

Mara hatte einen Schrebergarten gepachtet, wo sie Gemüse, Erdbeeren und anderes anbaute. So konnte sie mit ihrem Sohn von Frischem und Selbstangebautem leben. Aus ihren Erdbeeren, die den lustigen Namen »Mieze Schindler« trugen und anderen Früchten kochte sie Kompotte für Nachtische oder kreierte Obstkuchen und setzte jedes Jahr einen eigenen Wein an. Da kam es nicht selten vor, dass sich Lene und Chris am Abend vor dem Nachhause gehen in recht fröhlichem Zustand von ihr verabschiedeten!

Die nächsten Tage waren nicht leicht für Lene. Das Wissen um Martins Vorhaben und der innerliche Kampf mit ihrem Gewissen ließen sie nicht zur Ruhe kommen. Zudem fühlte sie sich im Moment ebenso wie die Menschen im Land. Auch sie durfte sich mit ihrer Familie während ihres Aufenthaltes nur in ihrem Bezirk und nicht im gesamten DDR-Bereich frei bewegen. Wie gerne hätten sie einmal einen größeren Ausflug gemacht.

Auch bedrückte Lene vieles, was sie in Chris' Elternhaus, in der Nachbarschaft und bei früheren Freunden zu hören bekam. Sie überlegte genau, wie sie sich öffentlich artikulierte, da es ihr am Herzen lag, niemals mit einer unbedachten Bemerkung Menschen zu verletzen. Sie wusste ja, dass diese keine Wahl hatten. So hielt sie sich mit kritischen Bemerkungen über den Staat zurück, gab sich bescheiden und versuchte eher, allen Mut zu machen. Im Umgang mit Fremden war sie sehr vorsichtig, aber sie wusste ja, wem sie vertrauen konnte. Sie war mit ihrer Familie einzig und allein hergekommen, weil hier diejenigen lebten, die ihr und ihrer Familie das Liebste und Teuerste bedeuteten.

Irgendwie konnte sie Martins Sehnen nach Freiheit nachfühlen und sie bereute es unter diesen Gegebenheiten kein einziges Mal, mit Chris und den Kindern nach Bayern ausgewandert zu sein.

Wieder war es spät in der Nacht. Die Schriftstücke hatten in Sofie eigene Erinnerungen entfacht, Erinnerungen, die sie liebte.

Mit geschlossenen Augen hatte sie sich in ihrem Stuhl zurückfallen lassen und genoss Bilder aus der Vergangenheit, die in diesem Moment an ihr vorbeizogen. Sie sah Friedrich in Grüna auf dem Sofa sitzend, den Kindern Geschichten erzählend, welche diese zum Spiel mit dem Puppentheater anregten und die Schaukel, die er im Flur für sie angebracht hatte. Wenn sie an seine Scherze dachte, die er stets parat hatte, musste sie einfach lächeln. So zum Beispiel gab er einmal, als alle an Berthas Tafel im Wohnzimmer speisten, den verschachtelten Satz aus einem Brief des Vaters eines seiner Schüler zum Besten, der seinen Sohn beruflich gerne in einem Büro gesehen hätte. Dieser schrieb: »... denn etwas Schriftliches, soll er, will ich haben, werden!« Hiermit brachte Friedrich wieder alle zum Lachen.

Heute verstand Sofie, warum er das getan hatte. Es war Friedrich wichtig gewesen, während des Beisammenseins in niemandem Wehmut aufkommen zu lassen, Traurigkeit, bei dem Gedanken an den Abschied! Die kurze, gemeinsame Zeit sollte schließlich richtig ausgekostet werden, denn keiner wusste ja, ob es je ein weiteres Wiedersehen geben würde.

Und Sofie sah in Gedanken Bertha, wie sie durch die Eingangstür schwebte, an die Tafel, an der alle versammelt waren und behutsam die große Platte mit dem Braten absetzte, den sie in dünne, gleichgroße Scheiben geschnitten hatte, damit auch jeder seine Portion abbekam.

Bei diesem Gedanken bemerkte Sofie plötzlich, wie ihr das Wasser im Munde zusammenlief und sie großen Appetit bekam. Schnell erhob sie sich, schlüpfte noch kurz in die Küche und schob sich ein Stück Wurst aus dem Kühlschrank in den Mund. Der ärgste Hunger war gestillt, auch wenn der Geschmack nicht annähernd an Berthas Braten herankam.

Längst war ihr eine gewisse Schwere und Müdigkeit in die Knochen gefahren, die ihr signalisierte, dass es trotz dieser schönen Gedanken an die Vergangenheit Zeit war, ins Bett zu gehen. Der Morgen nahte ja auch bereits.

Die Tage vergingen. Lene versuchte, so gut es ging, die Schatten auszublenden, die ihr auf dem Herzen lagen, auch wenn ihr das nur zeitweise gelang. Es fiel ihr schwer, den übrigen Familienmitgliedern in die Augen zu sehen, ohne dabei das Gefühl zu haben, dass sie sich unaufrichtig vorkam. Sie musste es ertragen, musste stark sein jetzt. Jede Ablenkung, die sie zeitweise ihre Gedanken an Martins Vorhaben vergessen ließ, tat ihr gut.

Am heutigen Tag war sie mit ihrer Familie bei ihrer Stiefmutter, die alle »Omi« nannten, zum Kaffee eingeladen. Lenes Vater war vor langer Zeit gestorben, so lebte die alte Dame ganz allein und war umgezogen in eine kleinere Wohnung, die, wie bereits in ihrem alten Zuhause, viele selbstgehäkelte Spitzendeckchen aufwies. Omi liebte es zeitlebens, zu handarbeiten, wenn nun auch mit einer ziemlich starken Brille.

Es war ein schöner Nachmittag, den sie mit ihr verbrachten, ein Nachmittag der Erinnerungen. Sie lachten viel und freuten sich über das Wiedersehen. Und als Lene Bohnenkaffee und Schokolade aus dem Westen auspackte und ihr die Mitbringsel übergab, war Omis Freude unbeschreiblich! Ganz besonders freute sie sich jedoch über die Bilder, die ihr die Enkel gemalt hatten. Diese legte sie in eine große Schatulle, die voller Erinnerungen steckte.

Sie wiederum hatte in der langen Zeit der Einsamkeit für jeden ein selbstgehäkeltes Geschenk gefertigt. Der Abschied schmerzte und Lene versprach, jetzt öfters zu schreiben und immer wieder einmal Fotos zu schicken. Als sie Omi Berthas Einladung zum Abschiedsessen übermittelte, das am Mittag des Tages vor der Abreise stattfinden sollte, erhellte sich Omis Miene. Nun war der heutige Tag ja gar kein Abschied mehr, denn es gab ja nochmals ein Wiedersehen!

Das Essen bei Mara

Dann war der Tag gekommen, an dem Lene, Chris und die Kinder bei Mara zum Essen geladen waren. Sie hatte sich wieder unsagbar viel Mühe gemacht.

Lene fiel es heute schwer, Mara in die Augen zu blicken und beim Essen verspürte sie ein Drücken in der Magengegend, obwohl Mara den Geschmack der Speisen wieder auf den Punkt getroffen hatte. Noch bevor Mara den Nachtisch gereicht hatte, verließ Lene die Stube. Sie war voller Unruhe und hatte in einer unbemerkten Sekunde Martin ein Zeichen gegeben, ihr auf den Flur zu folgen. Dort stand sie nun mit ihm. Die Zeit drängte und Lene wollte es auf keinen Fall versäumen, Martin ein weiteres Mal ins Gebet zu nehmen.

»Martin!«, flehte Lene ihren Neffen eindringlich an, »überleg dir die Sache nochmal. Die Regierung hat entlang der gesamten Zonengrenze Staatspolizisten positioniert, die auf jeden Flüchtenden schießen müssen. Ihr kommt da nicht durch! Du und dein Freund, ihr seid doch noch so jung. Was soll deine Mama ohne dich machen, sie wird daran zugrunde gehen, bitte, bitte tut es nicht!«

Martin schwieg, dann erhob er seinen Blick in ihre Augen und sagte: »Ich glaube, du hast recht! Es ist ja nicht so, dass ich nach unserem letzten Gespräch nicht nachgedacht hätte. Ich habe eine Zeit voller Gewissensbisse hinter mir, die mich fast umgebracht haben. Die war nicht leicht.«

Lene spürte Erleichterung. Nach einer Weile des Schweigens sagte er: »Ich werde versuchen, mich irgendwie zu arrangieren, meiner Mutter zuliebe. Es ist ja auch nicht alles schlecht hier. Alle haben Arbeit, jeder hat ein Dach über dem Kopf und genügend zu essen, auch wenn wir ewig lange keine Bananen oder Südfrüchte mehr gegessen haben. Vielleicht erlebe ich es ja noch, dass sich irgendwann einmal etwas ändert und wir DDR-Bürger in der Freiheit einer Demokratie leben können. Ich darf diese Hoffnung einfach nicht aufgeben!«

Lene strich ihm über den Kopf und sagte: »Du bist ein guter Junge, Martin! Lass deine Mama nicht allein. Haltet fest zusammen und macht euch das Leben so schön, wie es nur irgendwie möglich ist. Lass uns die Hoffnung nicht aufgeben, weißt du, irgendwann kommen vielleicht auch einmal andere Zeiten!«

Ihr fiel ein Stein vom Herzen, dass sie ihn von seinem gefährlichen Vorhaben hatte abbringen können. Sie gingen beide zurück zu den anderen, ließen sich nichts anmerken und konnten nun den Nachmittag und Abend doch noch genießen, nachdem eine schwere Bürde von beiden abgefallen war.

Mit Maras selbst gekelterten Wein prosteten sich Lene und Martin am Abend immer wieder zu, ohne dass es die anderen bemerkten und »begossen« den Beschluss! Lene behielt, wie sie es Martin versprochen hatte, ihr gemeinsames Geheimnis bei sich.

Der Tag der Abreise kam immer näher und alle merkten, dass die Anspannung stieg und Beklemmung von ihnen Besitz ergriff. Sie spürten deutlich, dass die Zeit des Zusammenseins doch sehr begrenzt war und sie diese nicht festhalten konnten. Der Abschied kam grausam auf sie zu und ein Wiedersehen war ungewiss.

So ging es den Großen, aber auch den Kindern, die sich von ihren Freunden, den Nachbarskindern, nicht trennen wollten. Die anfängliche Beklemmung erwuchs zu einer lähmenden Traurigkeit, obwohl der Abschied noch gar nicht da war. So kam es vor, dass Lene sich Tage vor der Abreise in ihrem Zimmer einschloss und die ganze Trauer darüber aus sich heraus weinte. Chris sah sie dann nur an und nahm sie wortlos in den Arm.

Am Vortag der Abreise beluden sie bereits vormittags das Auto mit einem Gefühl von Ungewissheit und Angst vor der erneuten Grenzkontrolle. Schließlich mussten sie auch vor dem Mittagsessen noch zur Abmeldung im Kreisamt erscheinen, die sie genauso empfanden wie bei der Ankunft. Diesmal fühlte sie sich aber an, als wäre sie eine formelle Besiegelung eines langen, eventuell sogar ewigen Abschiedes von den Lieben. Niemand wusste, wie sich die politische Lage entwickeln würde. Diese Ungewissheit machte sie jedes Mal besonders traurig.

Am Mittag vor dem Abreisetag hatte Bertha noch einmal für alle groß gekocht und sie saßen ein letztes Mal zu einem gemütlichen Essen an der Tafel zusammen. Die Runde war diesmal stark angewachsen. Alle waren gekommen. Sowohl Omi, Mara und Martin, als auch Christians Bruder Ernst mit seiner Frau und seinen drei Kindern. Keiner hatte es sich nehmen lassen, Chris, Lene und die vier Kinder zu verabschieden. Mit Friedrich und Bertha war die Runde auf insgesamt sechzehn Personen angewachsen, die dieses Mal nicht mehr so ausgelassen waren wie bei der Ankunft. In den Gesichtern war die Traurigkeit über den nahenden Abschied zu lesen.

Chris und Lene befanden sich gedanklich bereits auf der Reise und der Grenzübertritt mit all seinen möglichen Unannehmlichkeiten kam immer wieder als Gesprächsstoff zutage und drückte zusätzlich auf die Stimmung. Alle waren leiser geworden, gedämpfter und es kam kein fröhliches Lachen mehr auf.

Der Abend war kurz, nachdem sich Lene, Chris und die Kinder von allen ihren Lieben, die nicht im Haus wohnten, bereits verabschiedet hatten. Als sie endlich in ihrer Schlafkammer lagen, fiel es ihnen schwer, so einfach einschlafen zu können. Gefühle der Unruhe und Sorge waren nicht einfach zu verdrängen. Erschöpft schlummerten sie dann doch hinüber, um morgens schon früh von Bertha geweckt zu werden und sich noch ein letztes Mal mit Bertha und Friedrich am Frühstückstisch zu versammeln.

Dann kam der Abschied, unausweichlich, der eine Flut von Tränen auslöste. Sie gingen gemeinsam zum Auto, drückten und umarmten sich noch einmal, als wäre es das letzte Wiedersehen gewesen. Die Zurückbleibenden wünschten ihnen eine gute Fahrt und Chris und Lene mussten versprechen, so schnell wie möglich Nachricht über eine gute Heimkehr zu geben, oft zu schreiben und in ständiger Verbindung zu bleiben.

Als Chris, Lene und die Kinder dann im Auto saßen und Chris den Motor angelassen hatte, standen die anderen mit weißen Taschentüchern vor dem Gartentor, Tränen liefen über die Gesichter und sie winkten, bis das Auto nicht mehr zu sehen war.

Spätere Heimreisen Christians mit seiner Familie aus der DDR erfolgten oftmals mit der Bahn. Dann standen bei der Rückfahrt alle Grünaer Verwandten am Bahndamm und warteten auf den Zug, der aus Karl-Marx-Stadt über Grüna in Richtung Westen fuhr. Sie schwenkten bei der Durchfahrt des Zuges ihre weißen Taschentücher, bis der Zug außer Sichtweite war.

Chris, Lene und die Kinder setzen mit einem Gefühl, als würde eine bleierne Last ihre Herzen beschweren, ihre Heimreise fort und die Tränen liefen, bis die Grenze erreicht war. Dann schlug die Traurigkeit in Angst um und sie bangten dem entgegen, was sie nun wieder ereilen würde.

Auf dieser Reise inspizierten die Grenzer das Auto aufs Gründlichste. Die Beamten befahlen ihnen, das Fahrzeug sofort zu verlassen, durchsuchten jeden Winkel peinlichst, um zu überprüfen, ob sich nicht ein blinder Passagier im Wagen versteckt hatte, um sich in den Westen abzusetzen.

Hierfür montierten sie sogar Verkleidungen und Autositze ab. Zusätzlich »filzten« sie den Kofferraum, der vollständig entladen werden musste, und das Gepäck. Sie öffneten die Koffer und durchwühlten sie. Die Prozedur dauerte über zwei Stunden. Der Ablauf oblag der Willkür der jeweiligen Grenzbeamten.

Chris und Lene wussten, wonach die Männer suchten und sie fragten sich, wo bei einer sechsköpfigen Familie mit reichlich Gepäck noch ein blinder Passagier hätte Platz haben sollen? Jedes Wort, was die Beamten hätte provozieren können, vermieden sie jedoch. Der Anblick der Gewehre und scharfen Hunde jagte ihnen, aber besonders den Kindern, Angst ein.

Nach der Kontrolle durften Chris und Lene ihr Gepäck selbst wieder einladen, die Grenze passieren und ihre Fahrt in Richtung Bayern fortsetzen.

Sowie sie die Grenze überschritten und sich wieder im Westen wussten, fiel der eiserne Ring von ihrer Brust und sie atmeten Freiheit! Auch der Abschiedsschmerz wich langsam von ihnen und in dem Moment, als Chris ein Lied anstimmte und alle mitsangen, dominierte die Vorfreude auf ihr Zuhause. Nun kam gute Laune auf. Sie sehnten sich jetzt nach ihrem Heim in Bayern, das immer näher kam und das sie letztendlich am Abend erreicht hatten.

Daheim angekommen zog der Alltag schnell wieder bei ihnen ein und sie lebten in den Erinnerungen an ihre Lieben im Osten, die eigentlich so nah und doch so fern waren!

Das Leben von Chris und Lene in den Jahren nach 1956 im Strom der Zeitgeschichte

Nach den schlimmen Jahren des Krieges und der entbehrungsreichen Nachkriegszeit begann eine neue Zeit für Lene und Chris. Westdeutschland entwickelte sich zu einem politisch und wirtschaftlich stabilen Staat, wurde unter Konrad Adenauer Mitglied der Nato und somit ein stabiler Partner der westlichen Gemeinschaft.

Chris hatte nun einen guten und sicheren Arbeitsplatz bei Siemens und konnte seine Familie bestens ernähren. Auch alljährliche Fahrten zu den Verwandten, Italienurlaube und ein Auto überzogen den Familienetat nicht.

In der DDR regierte noch immer die SED, die 1961 die Mauer errichtet hatte, welche quer durch Berlin verlief und die Stadt in einen Ost- und einen Westteil trennte. Familienangehörige, Freunde und Kollegen waren plötzlich auseinandergerissen, was unendlich viel Trauer und Leid ausgelöst hatte.

Ebenso erging es den Menschen in den Ortschaften entlang der Zonengrenze. Sie suchten nach Wegen, trotzdem und irgendwie miteinander in Kontakt bleiben zu können, so wie es auch Chris und Lene mit ihren Verwandten im Osten taten.

Ihre Kinder waren herangewachsen und fühlten sich als Teil einer neuen Generation. Der Staat in der BRD hatte sich immer mehr Macht angeeignet und der Gegensatz von Arm und Reich war gravierend geworden. Dies empfand die junge Generation als krasse Ungerechtigkeit. Sie wollte sich weder den Älteren noch der staatlichen Autorität unterordnen, sondern mitreden, mitbestimmen und forderte Reformen. In den Jahren 1968 und 1969 erreichte die Protestwelle der Jugend den Höhepunkt, besonders an den Universitäten und Schulen.

Chris und Lene gingen stets auf ihre Kinder ein, wenn diese wieder einmal von einer Party oder durchdiskutierten Nacht bei Freunden zurückkamen und das Gespräch suchten. Das Zusammenleben in der Familie funktionierte demokratisch und es wäre weder Chris noch Lene je in den Sinn gekommen, die Kinder in ihrer Selbstverwirklichung zu beschneiden, das Gegenteil war der Fall. Die Grenze setzten sie aber dort, wo die Selbstverwirklichung eines Einzelnen das Recht der übrigen Familienmitglieder eingeschränkt hätte. Durch diese freiheitliche Erziehung, Vertrauen und Liebe, mit der Lene und Chris ihre Kinder unterstützten, sahen es diese als nicht erstrebenswert an, auf die Straße zu gehen, um zu protestieren, sondern wirkten entsprechend in ihrem Umfeld.

Chris und Lene waren meistens schon im Bett, wenn besonders ihre Tochter Sofie spätnachts nach Hause kam. Sie liebte es, mit ihren Freunden nächtelang durchzudiskutieren und dabei die Musik von Franz Josef Degenhardt und Janis Joplin zu hören.

Von 1950 bis 1970 stieg der Lohn von Chris um das Zweifache, was der Familie zu mehr Wohlstand verhalf. Chris, der immer sparsam war, konnte in dieser Zeit sogar Geld für Notzeiten zurücklegen, bis 1973 der Nachkriegsboom jäh durch die Ölkrise beendet wurde und Chris um seinen Arbeitsplatz bangen musste. Viele seiner Freunde beklagten Kurzarbeit und Arbeitslosigkeit. Insolvenzen unter den Firmen waren an der Tagesordnung. Zum Glück traf es ihn und seine Firma aber nicht, trotzdem machte er sich Sorgen um das Wohl seiner Familie.

Chris und Lenes weiterer Lebensweg im Alter

Als die Kinder dann erwachsen waren und das Haus verlassen hatten, übten Chris und Lene nur noch Tätigkeiten aus, an denen sie Spaß hatten. Damit besserten sie nebenbei ihre Familienkasse auf.

Im Laufe der Jahre war das Wohnhaus modernisiert und durch einen Zwischenbau mit der Garage verbunden worden. Nun hatten sie ein großes Wohnzimmer, eine über die ganze Südseite gehende Terrasse, eine separate Küche, ein modernes Bad und eine Gästetoilette.

Bei schönem Wetter saßen sie oft auf ihrer gemütlichen Terrasse, genossen das Miteinander, die Natur, das Vogelgezwitscher, die frische Luft und ihren nunmehr gepflegt angelegten Garten. Des Öfteren unternahmen sie auch Reisen nach Italien und in andere Länder, die sie zuvor nie gesehen hatten. Nun hatten sie endlich Zeit für sich und konnten tun, worauf sie Lust hatten.

Christian entdeckte seine künstlerische Ader wieder und fing jetzt im Rentenalter erneut an zu malen. Er begann, auftragsmäßig Schützenscheiben für Schützenvereine im Chiemgau mit alten Motiven zu bemalen sowie mittels Brandmalerei zu beschriften, wenn der Name eines Schützenkönigs feststand und auch, wenn irgendwelche besonderen Sprüche von Kunden gewünscht wurden.

Eines Tages sagte er zu Lene: »Weißt du was, du könntest mir doch helfen beim Scheibenmalen. Warum machen wir das nicht gemeinsam?«

Lene antwortete: »Ja, warum eigentlich nicht. Ich habe zwar keine Ahnung vom Malen, aber du kannst mir ja einiges zeigen. So schwer kann das doch nicht sein. Arbeite mich doch einfach ein. Wir schauen mal, was dabei herauskommt.«

So malten sie von nun an gemeinsam in ihrem Wohnzimmer oder bei schönem Wetter auf der Terrasse und es dauerte gar nicht allzu lange, da waren ihre Arbeiten begehrt und sogar eine Großhändlerin wurde auf sie aufmerksam. Bald hatten sie so viele Aufträge, dass immer größere Berge von Schützenscheiben im Haus lagerten, die bemalt werden mussten. Es verging selten ein Tag, an dem es nicht an der Haustür klingelte und ein neuer Auftrag einging oder fertige Scheiben von Kunden abgeholt wurden.

Lene und Chris freuten sich jedes Mal, wenn sie in irgendwelchen Gaststätten Essen waren und ihre eigenen Scheiben an der Wand hängen sahen. Diese Beschäftigung brachte ihnen jedoch nicht nur Freude und Geld ein, sie fanden auch echte Freunde innerhalb ihrer Kundschaft, die hauptsächlich aus Mitgliedern von Schützenvereinen bestand. Diese schätzten ihre Arbeit und nicht selten wurden Chris und Lene auch zu Vereinsveranstaltungen eingeladen, wobei Lene jedes Mal stur blieb, wenn Chris sie bat, ihn zu begleiten.

Sie sagte dann immer: »Da kannst du alleine hingehen, ich geh da nicht mit. Ich mache es mir lieber zu Hause vor dem Fernseher gemütlich. Und du hast wenigstens was Interessantes zu erzählen, wenn du heimkommst!«

Widerspruch war bei Lene zwecklos, also machte sich Chris alleine auf den Weg, wie auch zu einer besonderen Weihnachtsfeier des regionalen Schützenvereins.

Der Abend der Weihnachtsfeier eines Schützenvereins

Chris schwitzte erbärmlich in seinem Pullover unter dem Jackett. Der Kachelofen im Wirtshaus »Zur Post« verströmte eine unerträgliche Hitze. Rundum lärmten die Mitglieder des Schützenvereins im überfüllten Gastraum. Jeder überbrüllte jeden, um gehört zu werden. Chris verstand kein einziges Wort.

Am Weihnachtsbaum und auf den langen Tafeln brannten Stearinkerzen. Er beobachtete das Flackern, wenn die Raucher ihre Schwaden ausbliesen. An der Decke sah er Dunstschleier entlangziehen. Die Luft war zum Schneiden. Es wurde eng.

Er dachte an daheim, wo Lene gemütlich im Polstersessel am Fernseher saß, die Füße ausgestreckt auf einem zweiten Sessel, die Genüsse des Lebens in Reichweite auf dem runden Wohnzimmertisch. Doch was sollte es! Chris war dem Schützenverein verpflichtet, bestellte der doch seit Jahren Schützenscheiben bei ihm.

Er dachte auch an den Nachmittag, an dem der »Gruber Schorsch«, der jetzt Schützenmeister war, bei ihm vorbeigefahren war und geklingelt hatte.

»Ich möchte die Scheibn abholen«, sagte er zu Lene, während Chris in einem Zimmer gerade Heizöl in den Ofen füllte. »Aber zuerst möchte ich den Meister sprechen. Wo steckt er denn?«

»Chris!«, rief Lene.

»Ich bin schon da!«, rief er zur Antwort und eilte an die Haustür.

Schorschs fester Händedruck, der bis zum Schluss seiner Rede nicht nachließ, mit der er Chris zur Weihnachtsfeier seines Schützenvereins einlud, unterstrich die Verpflichtung, aus der es kein Entrinnen gab. So versprach Chris, teilzunehmen.

Und er erinnerte sich auch daran, wie einige Tage danach ebenso der »Meuer zu Haßmoning« vor der Tür stand, der früher einmal Schützenmeister gewesen war. Der »Meuer« also, so nannte man früher den Bauern des »Meierhofes« in jeder Ortschaft, der mit richtigem Namen Reitmeir Martin hieß, war ein liebenswerter, sympathischer Landwirt. Er hatte schon oft bei Chris Scheiben bestellt, wobei er auch immer Zeit für ein gemütliches, gemeinsames »Schnapserl« hatte.

Diesmal brachte er einen kunstvoll gedrechselten Maßkrug aus Birkenstamm Natur zum Beschriften. Links neben dem »Eichkätzchen« sollte stehen: »Zur Erinnerung an eine schwere Zeit«, rechts davon: »Deine Arbeitskameraden – Weihnachten 1982«, auf der Innenseite des Bierdeckels: »Wenn du denkst, es geht nichts mehr, kommt von irgendwo ein Lichtlein her«.

Chris fand das rührend und auch seinetwegen war es für ihn eine Pflicht gewesen, zu der Weihnachtsfeier des Vereins zu kommen, dem auch Martin angehörte. Außerdem hatten sie in der schlechten Zeit auf seinem Hof ab und zu ein Schwein zusammen geschlachtet und brüderlich geteilt.

Als sich Martin verabschiedete, fragte er: »Magst du eine Wildente haben?«

Chris erwiderte: »Gern!«

Martin versprach: »Ich bring dir eine!« Und er brachte ihm einige Tage später eine.

Als Lene die tote Wildente sah, tat ihr das arme Vieh leid. Sie sagte zu Chris: »Aber rupfen musst du!«

Chris sagte: »Stell dich nicht so an, andere Frauen müssen das auch tun!«

»Dann verschenke ich sie lieber.«

»Geschenktes verschenkt man nicht! Und daheim hat das meine Mutter auch gemacht. Vater hätte sich nie dazu bereiterklärt!«

Sie widersprach: »Ich kann das nicht. Da tut mir das arme Vieh leid. Gib sie in die Abfalltonne!«

»Eine Wildente ist ein Leckerbissen. Andere wären froh, wenn sie eine bekämen und wer bitteschön, bestellt sich denn immer Wild im Gasthaus? Du doch!«

»Lieber gehe ich davon!«

Es war nicht schwer zu erraten, wer hier Sieger blieb! Chris wollte im warmen Wohnzimmer zu rupfen beginnen.

Doch Lene protestierte energisch: »Nicht unter meinen Augen! Geh wenigstens hinaus auf die Terrasse! Außerdem, wer soll denn hinterher hier sauber machen? Du machst es ja doch nicht!« Das war seine zweite Niederlage.

Auf der Terrasse war es kalt, doch er begann zu rupfen. Es ging zuerst ganz gut, dann verblieben die Federkiele in der Haut. Sauber sollte der Braten sein, also versuchte Chris es mit Gewalt. Da zerriss die Haut und er dachte: ›Nun ist alles egal!‹ und schälte die Haut gleich mit ab. So blieb letztendlich so viel übrig, das von der Größe her einer Männerfaust glich, allerdings schön sauber. Das packten sie in einen Plastikbeutel und legten das Päckchen in die Gefriertruhe.

Lene sagte: »Mir ist der Appetit vergangen. Das ganze Drum und Dran und der Geruch, mir ist ganz schlecht. Nie wieder Wildente!« Und so lag diese dort im Gefrierschrank bis in alle Ewigkeit.

Als der Reitmeir Martin dann seinen Maßkrug abholte, erkundigte er sich: »Wie hat denn die Ant'n g'schmeckt?«

Lene antwortete, um ihn nicht zu verletzen: »Danke schön, gut!« Bei dieser Antwort dachte sie an den Fasan, den sie in der schlechten Zeit gegessen hatte, allerdings ohne ihn rupfen zu müssen.

Chris machte ihr später Vorhaltungen, weil sie nicht wahrheitsgemäß geantwortet hatte. »Du hättest doch sagen können, dass wir sie eingefroren haben für eine besondere Gelegenheit.« Dies war Lene jedoch bei der überraschenden Frage Martins nicht eingefallen. Auf alle Fälle beharrte sie auf ihrem Standpunkt: »Nie wieder Wildente!«

Chris wurde jäh aus seinen Gedanken gerissen. Der »Opfinger«, sein Tischnachbar auf der Weihnachtsfeier, sprach lautstark und eindringlich auf ihn ein, wobei er wiederholt stark mit dem Kopf nickte. Da Chris bei dem Lärm kein einziges Wort verstehen konnte, nickte er ebenfalls mit dem Kopf. Der »Opfinger« freute sich über seine Zustimmung und redete und redete und nickte und nickte und Chris nickte mit!

Dann mischte sich der »Flügl Schneider« ein und setzte sich lautstark durch, indem er Chris erwartungsvoll in die Augen sah, wobei dieser wiederum nichts verstand. Also nickte Chris wieder und er auch, als wollte er sagen: »Siehst du, ich habe recht!«

Hätte nicht der »Gruber Schorsch« gegen sein Weinglas geklopft, um sich Gehör zu verschaffen für seine fällige Rede als Schützenmeister, hätten die beiden wohl noch stundenlang genickt! Er musste Chris und den »Flügl Schneider« persönlich zur Ruhe bitten, da sie noch nickten, als bereits Stille im Saalbereich eingekehrt war.

Chris verfolgte die Rede des Schützenmeisters Schorsch, die nach unzähligen Vorbildern verlief: »Ich freue mich, dass ihr alle gekommen seid! Mein Dank an alle, die mitgeholfen haben. Eine Tombola haben wir auch. Darauf Prost!« Dann sah er, wie Schorsch sein Glas erhob. Chris und alle taten es ihm nach und sie tranken.

Dann zwängten sich die Losverkäufer mit Körbchen durch die Reihen und alle kauften Lose zum Preis von 50 Pfennig pro Stück. An Chris' Tisch kam der Rest der Lose und bevor er einzelnes Geld hervorholen konnte, waren alle Lose verkauft. So ging er leer aus. Dabei hatte Chris infolge eines Missverständnisses ein Päckchen im Wert von ungefähr 5 Mark mitgebracht, das ihm der »Gruber Schorsch« beim Betreten des Gastraumes abgenommen hatte, um es zu versteigern.

Die Tombola begann und Chris hörte: »Wer hat vier?« … »Hier!«… »Wer hat neunundneunzig?« … »Ich!« … »Wer hat siebenundvierzig?« … »Hab ich!« … So ging es weiter mit Lärm und Lachen. Merkwürdig war, dass sich unter den Preisen immer wieder Spannbänder für Autodächer befanden. Der Rabwitz, ein Vereinsmitglied an Christians Tisch, bekam auch ein Paar.

Chris sagte zu ihm: »Das ist ein praktisches Geschenk.«

Der Rabwitz entgegnete: »Die kenn ich, da reißen immer die Haken aus. Solche habe ich schon gehabt!«

Es schien, dass einer der Organisatoren aus der Autobranche stammte, zumal Zahnradschmiermittel an Christians Tisch gereicht wurde, über dessen Verwendungsmöglichkeit der Gewinner Alois nachgrübelte. Da dieser aber bereits eine Flasche 30%igen Klaren aus dem »Angebot der Woche« gewonnen hatte, hörte Chris, wie ihm der »Huber« riet: »Alois, das kannst du mit deinem Klaren verdünnen!«

Die Tombola ging weiter. »Wer hat sechs?« … Ein älteres Fräulein rief: »Hab i!« Der Manager »Gruber Schorsch« sah das Los und sagte: »Naaa, du ned! Da hast bloß verkehrt rum g'schaut!« Sie hatte die Neun.

Chris beobachtete, wie am Nachbartisch ein junger Schütze, der bereits dreimal Socken gewonnen hatte, mit dem »Meuer von Hörpolding« tauschte, der viermal die gleiche Grafik bekommen hatte.

Und dann hörte Chris, dass der »Flügl« für sein gewonnenes Helles lieber ein Weißbier haben wollte und sein Leid der Bedienung klagte. Diese hatte Mitleid und Chris sah sie mit dem Hellen zum Wirt gehen, der es, wenn auch schweren Herzens, wegen des Preisunterschiedes, gnädig umtauschte.

Chris sah den Wirt mit aufgekrempelten Hemdsärmeln, grüner Weste und zufriedener Miene hinter der Theke stehen und wenn alle Aufmerksamkeit von ihm abgelenkt war, Schluck für Schluck in seinen dicken Bauch hinein trinken, was sich durch seinen auf- und ab hüpfenden Adamsapfel bemerkbar machte.

»Eine Schorle fürs Nebenzimmer!«, hörte Chris die Bedienung rufen und sah, wie der Wirt ein Glas nahm und aus dem links angeordneten Kühlschrank eine Limo Flasche hervorholte. Er goss ein … noch ein wenig … hielt das Glas gegen das Licht und schaute genau … noch etwas … und noch etwas. Chris, der alles beobachtet hatte, dachte sich: ›Was schaut er nur so genau, wo das Glas doch ohnehin schon voll ist?‹

Der Wirt öffnete, nachdem er die Limo Flasche zurückgestellt hatte, den rechten Kühlschrank, entnahm ihm eine Zweiliterflasche Weißwein ohne Etikett, gab einen kleinen Schuss Wein unkontrolliert dazu und schon war die Weißweinschorle fertig! Chris lächelte in sich hinein und sinnierte: ›Wahrscheinlich hat er während des Mischens an die Preisdifferenz beim vorherigen Tausch Helles gegen Weißbier gedacht!‹

Schließlich erfolgte die Versteigerung des Päckchens, das Chris gespendet hatte und des Christbaumes. Mit fünfzehn Mark hörte Chris den Versteigerer den Anfangspreis ansetzen. Nach Christians Meinung viel zu viel, da der Christbaum eine kleine, magere Fichte war und Chris' Päckchen ja nur einen Wert von fünf Mark hatte. Jedoch ließen sich die Schützen nicht lumpen und Chris wurde es immer heißer, weil er dachte, dass sie in dem Päckchen sicher verborgene Schätze vermuteten.

Sie boten: »Siebzehn … zwanzig … fünfundzwanzig … dreißig … fünfunddreißig … vierzig … fünfundvierzig … und neunundvierzig … zum Ersten … zum Zweiten … und zum Dritten!« »Der Irthaler« bekam den Zuschlag. Chris sah, wie er sich triumphierend im Kreise umsah und sagte: »Für den Schützenverein ist mir nichts zu teuer!«

Chris beobachtete die Musikanten, die anfangs nur noch zwei Plätze auf der Ofenbank am heißen Kachelofen ergattert und schweißgebadet die ersten Musikstücke gespielt hatten. Dank einsichtiger Schützen konnten sie auf Plätze am gegenüberliegenden Fenster wechseln und spielten nun auf.

Für eine erstklassige Kapelle war es natürlich eine Selbstverständlichkeit, einen Lautverstärker zu besitzen und diesen auch zum Einsatz zu bringen, damit alle Gäste, auch die, welche im entferntesten Winkel saßen, in den Genuss ihrer Stimmungsmusik kamen. Je lauter sie spielten, desto lauter hörte Chris den »Flügl« und den »Opfinger« brüllen, aber auch die anderen Schützen.

Chris hatte sich vorgenommen, nicht allzu lange zu bleiben. Trotzdem saß er bereits volle vier Stunden in der Weihnachtsfeier. Nun dachte er ans Heimgehen. Er zwängte sich durch die Reihen, hinter ihm der »Opfinger«, der frohgelaunt aus vollem Halse sang. Als Chris im Flur angekommen war, kam ihm der »Reitmeir Martin« entgegen, der fragte: »Willst schon gehen?«

Chris antwortete: »Ja, für mich wird es Zeit!«

Martin schüttelte ihm die Hand mit der festen Zusage: »Versprochen, ich bring dir wieder eine Wildente! Und weil euch die so gut geschmeckt hat, bring ich dir am besten gleich zwei, eine zum Gleichessen und eine zum Einfrieren, für eine besondere Gelegenheit!«

Mit Bedacht legte Sofie Christians Erinnerungen aus der Hand, während ein Film vor ihren hellwachen Augen vorbeizog. Christians Erinnerungen waren zum großen Teil auch ihre Erinnerungen. Erinnerungen an Vergangenes, Selbsterlebtes. Selbsterlebtes, das unwiederbringlich war. Selbsterlebtes, das nur noch in ihren Gedanken existierte. Sie empfand in diesem Moment Dankbarkeit, Trauer aber auch Freude, vereint in Einem.

Langsam löste sie sich aus ihren Gedanken und fühlte einen Blick auf sich gerichtet. Sie sah zur Marionette hoch und wieder, wie so oft, sinnierte sie, was es mit dieser Kerbe auf sich hatte, die sich quer über ihre Stirn zog und eine Verwundung in ihr feines Gesicht zeichnete. Während sie sie betrachtete, überkam sie ein starkes Bedürfnis, die Wunde heilen, reparieren zu wollen. Doch als sie in ihre Augen blickte, hatte sie ein seltsames Gefühl, ein Gefühl, als sagten sie ihr: »Lass mich, wie ich bin. Es ist nicht die Kerbe, die mich schmerzt!«

Ein Schauer lief Sofie über den Rücken und ihre Haut kräuselte sich. Ihr Körper war eiskalt geworden. »Gute Nacht!«, murmelte sie leise, und während die Gedanken um ihr Rätsel kreisten, verließ sie den Raum und suchte Wärme, Wärme unter ihrer Bettdecke. Nur sehr langsam erwärmte sich ihr Körper und lange noch lag sie wach, bis sie endlich der Schlaf übermannte.

Der nächste Tag mit seiner langen Nacht nahte bereits. Ein guter Zeitpunkt, um dann ihre gedankliche Reise in den Erinnerungen ihres Großvaters Friedrich fortzusetzen.

Teil II: Friedrich und Bertha
Friedrich und Bertha lernen sich kennen

Bei einem Mittagessen im Oehlertschen Gasthof in Sehma begegnete Friedrich, der Lehrer aus der nahegelegenen Schule, Bertha zum ersten Mal. Es war bereits später Mittag. Nach dem Unterricht hatte Friedrich beschlossen, im Gasthof noch etwas zu sich zu nehmen, bevor er seine Wohnung aufsuchen wollte, um danach auf dem Sofa das Mittagsschläfchen zu halten und anschließend die Hausaufgaben seiner Schüler zu korrigieren.

Er saß an einem Tisch am Fenster der Gaststube, in der es nach allerlei Verlockungen aus der Küche roch. Jeder Tisch war mit einem weißen Tischtuch eingedeckt und mittig mit einem kleinen Blumengesteck dekoriert. Friedrich fühlte sich entspannt, war aber sehr hungrig und rief das stolze Mädchen mit den dunklen, hochgesteckten Haaren an seinen Tisch.

»Fräulein, würden Sie bitte meine Bestellung aufnehmen?«

Die junge Frau rief in seine Richtung: »Einen Moment bitte, ich bin sofort bei Ihnen!«

Nachdem sie noch kurz am Tresen hantiert hatte, kam sie an seinen Tisch und nahm seine Bestellung auf. Nach einer kurzen Wartezeit wurde das Essen serviert, allerdings von einer anderen Frau.

»Wo ist denn die nette Dame von vorhin?«, fragte er die Servierin.

Sie antwortete: »Sie haben Ihre Bestellung soeben bei Bertha Oehlert, der Tochter des Gasthofbesitzers aufgegeben, aber die Bedienung bin ich. Geben Sie zu, Sie wollten sie kennenlernen!«

Friedrich lächelte und empfand das geradezu als eine Aufforderung, sie zu bitten, Bertha nochmals an seinen Tisch zu holen.

Bertha ließ ihn geraume Zeit warten, bis er sein Essen verspeist hatte, das aus Rindsrouladen mit Rotkraut und grünen Klößen bestand. Dann sah er sie erneut an seinen Tisch kommen.

»Na«, sagte sie: »Wie hat Ihnen das Essen geschmeckt?«

»Es war vorzüglich, wirklich gut!«, antwortete er und lächelte sie an. »Verzeihen Sie mir, Fräulein Oehlert, ich habe Sie mit der Bedienung verwechselt. Wie sollte ich aber auch ahnen, wer Sie sind?«

»Ich habe kein Problem damit«, antwortete Bertha und fragte: »Aber wie kommen Sie denn in unser Gasthaus? Ich habe Sie hier noch nie gesehen!«

Friedrich erzählte ihr, dass er in der Schule, die ganz in der Nähe des Gasthofes lag, vor kurzer Zeit eine Lehrerstelle bekommen hätte und nun des Öfteren herkommen werde.

Er blickte sie an und fragte sie: »Würden Sie mir gestatten, meinen Irrtum wiedergutzumachen? Es wäre es mir eine Ehre, wenn ich Sie heute Abend einladen dürfte, eine Kleinigkeit mit mir einzunehmen. Außerdem ergäbe das eine gute Gelegenheit, dass wir uns etwas unterhalten und ein wenig kennenlernen könnten. Vielleicht können Sie mir auch ein paar Ratschläge geben. Ich bin ganz neu hier und kenne noch so gut wie niemanden.«

»Soso, da wollen Sie gleich eine Verabredung mit mir? Ganz schön forsch!«, antwortete Bertha.

Er verteidigte sich: »Nein, nein, verstehen Sie mich bitte nicht falsch. Es liegt mir fern, Ihnen irgendwie zu nahe treten zu wollen, wie Sie zu denken scheinen, ich meine das ganz ehrenhaft.«

Darauf Bertha: »Ist ja nett, dass Sie sich entschuldigen, aber es fällt mir wirklich kein Edelstein aus der Krone, nur weil ich einem Gast das Essen bringe. Anderenfalls finde ich Sie eigentlich ganz nett. Wissen Sie was, ich muss mir das überlegen.«

»Danke, nehmen Sie sich ruhig Muße dafür, aber ich würde mich wirklich freuen!«

Bertha lächelte und sagte: »Jetzt trinken Sie erst mal ihr Bier aus«, und verschwand hinter dem Tresen.

›Eine interessante Person, diese junge Frau‹, dachte Friedrich für sich. ›Aber auch unübersehbar widerspenstig.‹ Nun ließ er sich erst einmal sein Bier schmecken. Schon lange hatte er ausgetrunken und schon längst hätte er bezahlt und das Gasthaus verlassen, wäre da nicht diese Erwartung gewesen. Die Erwartung, wie sie sich wohl entschieden hatte. Das reizte ihn und machte ihn neugierig.

Bertha hatte längst bemerkt, wie er ungeduldig an seinem Tisch hin- und her rutschte. Sie genoss es, ihn ein wenig zu quälen. Dann aber ging sie auf ihn zu und fragte: »Na, war es gut, das Bier? Wollen Sie noch eins?«

Darauf erwiderte Friedrich: »Ich würde schon gerne, aber leider muss ich noch die Arbeiten meiner Schüler korrigieren. Da benötige ich einen klaren Kopf. Ich habe eine bessere Idee. Lassen Sie uns das doch am Abend machen, ein wenig Trinken, ein wenig Essen und ein bisschen reden. Also, wie denken Sie über meinen Vorschlag?«

Bertha sagte: »Sie sind ja ganz schön hartnäckig. Aber gut, weil Sie jetzt so lange gewartet haben, sage ich ausnahmsweise Ja. Kommen Sie um sieben vorbei, dann sehen wir weiter.«

Friedrich erhob sich und sagte: »Ich werde um sieben da sein und freue mich sehr auf ein Wiedersehen. Jetzt muss ich mich aber beeilen, es warten noch einige Stunden Arbeit auf mich und wenn möglich, möchte ich nur ungern auf mein tägliches Mittagsschläfchen verzichten.«

Bertha lächelte und streckte ihm die Hand zum Abschiedsgruß entgegen. So ging er von ihr, nicht, ohne tief in ihre braunen, fast schwarzen Augen zu schauen.

Friedrich fand an diesem Nachmittag nicht seine gewohnte Mittagsruhe auf dem Sofa. Auch das Korrigieren der Schularbeiten gestaltete sich heute schwieriger als sonst, da seine Gedanken immer wieder abschweiften. Als er dann auch noch ein volles Wasserglas umkippte und sich die Flüssigkeit über ein Schulheft ergoss, war seine Nervosität auf dem Höhepunkt angelangt. Während er mit einem Handtuch das Wasser vom Tisch aufsaugte und das Heft abtrocknete, so gut es möglich war, gingen ihm viele Gedanken durch den Kopf. Und die Stunden zogen sich.

Aber der Abend kam und bald marschierte er erneut in Richtung des Oehlertschen Gasthofes. Als er eintrat, war dieser voller als am Mittag. Viele Menschen aus Sehma und dem Umland hatten sich in dem beliebten Lokal eingefunden, um sich am Ende eines arbeitsreichen Tages mit einem gutbürgerlichen Mahl aus der Oehlertschen Küche zu belohnen.

Bertha hatte es nicht versäumt, den schönsten Tisch, der sich in einer etwas abgelegenen Nische befand, zu reservieren und machte sich gerade am Tresen nützlich, als Friedrich eintrat. Sie trug ein dunkles Kleid mit einem Kragen aus weißer Spitze. Ihre aufrechte Gestalt und dieses Selbstbewusstsein, das in dieser zierlichen Person steckte, weckten in Friedrich das Verlangen, sie näher kennenzulernen. Er konnte sich an keine Frau erinnern, die ihr ähnelte.

Bertha kam auf ihn zu, sie begrüßten sich und sie führte ihn an den Tisch, den sie für den Abend vorgesehen hatte.

Er bemerkte: »Ein schöner Tisch, den Sie da für uns ausgewählt haben, freut mich!«

Sie lächelte und meinte: »Ja, jetzt nehmen Sie erst mal Platz, dann sehen wir, was der Abend so bringt. Ausnahmsweise werden Sie heute einmal ganz persönlich von mir bedient!«

Friedrich lachte und antwortete: »Mir ist gar nicht bewusst, dass ich so eine Sonderbehandlung verdient habe. Aber Sie sollen wissen, heute wird gegessen und getrunken, worauf immer Sie Lust haben und Sie sind natürlich von mir eingeladen!«

Bertha meinte: »Na, dann lassen Sie sich mal überraschen«, und verschwand in der Küche. Wenig später erschien sie mit einem Tablett, worauf sich eine Karaffe Wein, Wasser, verschiedene warme Spezialitäten aus der hauseigenen Metzgerei und frischgebackenes Brot befanden.

Sie aßen, tranken und versanken in eine intensive Unterhaltung. Die anderen Gäste sowie einen gewissen Geräuschpegel in der Stube nahmen sie nicht mehr wahr. Sie verspürten Sympathie und Interesse aneinander, zumal es viele Gemeinsamkeiten gab. Beide spielten Klavier und liebten klassische Musik. Dann war da die Neigung zur Literatur und zur Lyrik, beide lasen gerne, interessierten sich für dieselben Autoren und beide liebten es, zu schreiben und Gedichte zu verfassen.

Friedrich beobachtete zudem fasziniert, wie sie beim Essen das Besteck hielt, die Speisen zum Mund führte und niemals, ohne vorher zur Serviette zu greifen, einen Schluck aus ihrem Glas nahm, wobei sie es erhob, ihm in die Augen blickte und zuprostete. Der Abend endete viel zu schnell und Friedrich spürte bereits jetzt das Verlangen, sie möglichst bald wiederzusehen.

Nun trafen sie sich öfter und bald duzten und verliebten sie sich. An einem freien Nachmittag trafen sie sich in einem kleinen Park. An einer Bank machten sie Halt und genossen die Zweisamkeit in der Sonne sitzend.

»Ich fühle mich so leicht heute!«, schwärmte Bertha, während Friedrich seinen Arm um sie gelegt hatte.

»Und ich bin glücklich, einfach glücklich, hier mit dir verweilen zu können!«, sagte er und lehnte seinen Kopf an den ihren. So genossen sie schweigend das Licht der Sonne, das die Vielfalt der Farben im Park zum Strahlen brachte.

Bevor sie den Heimweg antraten, schlug Friedrich vor: »Wie wäre es denn, wenn ich dir auf dem Rückweg noch kurz meine Wohnung vorstelle? Dich plagt doch schon seit längerem die Neugier, wo ich immer sitze, wenn ich die Hausarbeiten meiner Schüler korrigiere. Würde sich das jetzt nicht anbieten?«

Bertha antwortete: »Es interessiert mich sehr, wo du lebst. Aber ich komme nur ganz kurz rein, ich sollte dann lieber bald den Heimweg antreten.«

Händchenhaltend gingen sie los und erreichten bald das Haus, in dem Friedrich wohnte. Sie betraten das Treppenhaus und gingen in den ersten Stock, in Friedrichs gemütliche Wohnstube.

In diesem Moment registrierte er eine gewisse Unsicherheit an der immer beherrschten Bertha. Sie schien ziemlich aufgeregt zu sein, da ihr offensichtlich erst jetzt richtig bewusst geworden war, dass sie sich mit Friedrich zum ersten Mal völlig allein in einem Raum befand.

»Deine Hände fühlen sich ja eiskalt an«, bemerkte er, als er sie in die seinen nahm und es entging ihm nicht, dass sie auch ein wenig zitterten. Bertha lächelte ihn ohne Worte an.

Er sagte: »Ich werde uns erst einmal heißen Tee kochen.« Sie tranken Tee, das entspannte die Situation ein wenig. Dann setzten sie sich aufs Sofa, das an der Wand vor dem Esstisch stand.

Er blickte sie an und sagte: »Ich habe mich richtig in dich verliebt, Bertha.«

Sie sah ihn nur schweigend an und es war ihr nicht möglich, auch nur irgendein Wort herauszubringen. Als Friedrich sie umarmte und küsste, geschah es, was nicht hätte geschehen dürfen. Das Verlangen, einander ganz nahe zu sein, besiegte ihre Hemmungen und ließ sie alle Konventionen vergessen. Sie liebten sich mit Leidenschaft!

Sie spürten ein großes Glücksgefühl, aber auch eine ebensolche Verwirrtheit. Es dauerte eine Weile, bis sie sich wieder beruhigt hatten. Nach einem Blick auf die Uhr holte Bertha die Vernunft wieder ein. Sie schloss ihre Bluse, kleidete sich hastig an und fühlte sich getrieben, schleunigst den Heimweg anzutreten. Fast schien es, als wolle sie davonlaufen, flüchten vor ihren Gefühlen!

Als sie sich zurechtgemacht hatte, wurde ihr erst richtig bewusst, was soeben passiert war.

»Was haben wir nur getan? Das hätte nicht geschehen dürfen!«, hörte Friedrich sie vor sich hinmurmeln.

Er sagte: »Ich hatte das nicht vor und du auch nicht. Aber wir lieben uns eben. Das kann doch nicht schlecht sein.«

Nun war es geschehen und sie konnten es nicht ungeschehen machen. Vor den Eltern mussten sie das auf alle Fälle geheim halten. Keiner durfte davon erfahren, schließlich kannte jeder im Ort und darüber hinaus Berthas Familie. Schlechtes Gewissen plagte sie und trotzdem konnte sie das Geschehene nicht bereuen. Es fiel ihr schwer, ihn jetzt zu verlassen und nach Hause zurückkehren zu müssen. Aber sie musste vernünftig sein.

Friedrich bemerkte ihre Zerrissenheit und versuchte, vor ihr zu verbergen, dass es ihm ähnlich erging. Er nahm sie noch einmal in die Arme, streichelte sie und versicherte ihr erneut, wie lieb er sie hatte. Er küsste sie zum Abschied noch einmal und brachte sie zur Haustür, wo sie sich erneut verabredeten. Nun wurden sie immer inniger und vertrauter miteinander. Was geschehen war, blieb ihr beider Geheimnis.

Es vergingen so mehrere Wochen. Bertha bemerkte plötzlich eine Veränderung ihres körperlichen Zustandes. Sie wurde von einer eigenartigen, frühmorgendlichen Übelkeit geplagt und suchte heimlich einen Arzt auf. Nach eingehender ärztlicher Untersuchung erhärtete sich die Diagnose, sie war schwanger!

Es traf sie wie ein Blitz. Panisch lief sie aus der Arztpraxis direkt zu Friedrich, um ihm weinend davon Mitteilung zu machen.

Diese Botschaft brach über ihn genauso überraschend herein, wie für sie. Er nahm Bertha sofort in die Arme, als er in ihre verweinten Augen sah und strich ihr über den Kopf. »Nun hör einmal auf mich, Liebes. Beruhige dich! Ich lasse dich doch niemals im Stich. Wir werden das gemeinsam durchstehen. Das ist nun leider passiert und wir können es nicht rückgängig machen. Ich stehe zu dir und werde dich beschützen. Höre nicht auf das Gerede anderer Leute. Hauptsache, wir halten zusammen.«

»Aber was werden die Eltern sagen? Ich muss mit ihnen sprechen! Am besten, ich sage es erst mal im Vertrauen meiner Mutter. Ich habe solche Angst! Wie soll das nur weitergehen?«, schluchzte Bertha in Friedrichs Ohr, dem jetzt tausend Gedanken und Fragen im Kopf herumjagten.

Friedrich drückte sie fest an sich und streichelte sanft über ihren bebenden Körper. »Sprich mit deiner Mutter«, versuchte er als Beruhigung auf sie einzuwirken »Und sage ihr, dass ich um deine Hand anhalten werde. Natürlich nur, wenn du mich willst!«

Nun blickte Bertha auf und er bemerkte eine kleine Erleichterung in ihrem Gesicht, wobei er ihr mit seinem blütenweißen Taschentuch die Tränen abtrocknete.

»Natürlich will ich dich auch!«, sagte sie und schien nun wenigstens für einen Moment etwas ruhiger zu sein.

»Setz dich aufs Sofa und komme erst einmal zur Ruhe! Lass uns bei einem Kaffee wieder klare Gedanken fassen, die sind jetzt notwendig«, meinte er, während er sich mit dem Kaffee zu schaffen machte. Nun schmiedeten sie gemeinsam Pläne, wie sie das Berthas Eltern beibringen sollten.

Bertha sprach zuerst mit ihrer Mutter, die völlig außer sich war, als sie das Geschehene zu hören bekam. Freilich war ihr nicht verborgen geblieben, dass die Tochter verliebt war und sie hatte den gutaussehenden, jungen Lehrer des Öfteren mit ihrer Tochter in der Gaststube gesehen, aber dass diese nun von ihm schwanger war, das ging nun wirklich zu weit! Eine Schande für die Familie, würde das draußen bekannt werden. Und wie sollten sie das dem Vater klar machen, der sich für Bertha ausschließlich einen begüterten Schwiegersohn vorstellte, welcher ihr ein schönes und sorgenfreies Leben garantieren konnte. Ein armer Lehrer wie Friedrich wäre ihm niemals in den Sinn gekommen. Was für ein Desaster! Aber nun war es, wie es war und der Zwang, irgendeine Lösung zu finden, lastete niederdrückend auf ihnen.

Johanne, Berthas Mutter, gebot ihrer Tochter erst einmal Stillschweigen. Es sollte vorerst ein Geheimnis unter den beiden Frauen und Friedrich bleiben. Außerdem war es ihr wichtig, den jungen Mann erst einmal selbst näher unter die Lupe zu nehmen. War er überhaupt würdig für Bertha? So schlug sie ihr vor, ein Treffen mit Friedrich zu arrangieren. Dieses fand auch bald in seiner Stube statt.

Friedrich öffnete, begrüßte die beiden Frauen und ließ sie eintreten, worauf Johanne ihm einen kühlen Blick zuwarf, den er als Vorwurf wertete. Er hatte sich vorgenommen, der Mutter entschlossen und selbstsicher entgegenzutreten, aber dieser Blick hatte ihn tief getroffen und sein Vorhaben zunichte gemacht. Nachdem er den beiden Platz angeboten hatte, bemerkte er, wie Johannes Blick abschätzend den ganzen Raum abtastete.

»Ein nettes, bescheidenes kleines Zuhause haben Sie hier!«, sagte sie. »Aber wir wollen gar nicht lange um den heißen Brei herumreden, Bertha hat mir alles erzählt. Wenigstens Sie hätten vernünftig sein müssen, wenn schon Bertha die Kontrolle verlor.«

Friedrich spürte Trockenheit in der Kehle, sein Blick wanderte unstet durch den Raum. Er bemühte sich, seine Gedanken zu ordnen, fasste seinen ganzen Mut zusammen und erwiderte: »Ich verstehe Sie. Es ist mir klar, gnädige Frau, dass wir uns in einer prekären Situation befinden, die mit aller Diskretion behandelt werden muss. Sie können dabei hundertprozentig auf mich zählen. Bedenken Sie, dass Bertha und ich uns lieben! Ich bin zwar kein reicher Mann, aber ich kann von meinem Gehalt durchaus eine Familie ernähren. Natürlich werde ich für Bertha und das Kind sorgen, das verspreche ich Ihnen.«

Diese klare Ansage imponierte Johanne und stimmte sie etwas milder. Sie erkannte, dass Friedrich um Berthas Wohl ebenso besorgt war wie sie. Und sie ertappte sich dabei, ihn sogar langsam irgendwie zu mögen, obwohl sie sich vorgenommen hatte, ganz anders mit ihm umzuspringen.

Sie blickte erst ihn, dann ihre Tochter an, die alles schweigend verfolgt hatte und meinte: »Ich sehe, Sie meinen es ehrlich mit Bertha. Und Berthas Augen sprechen die gleiche Sprache wie die Ihren. Dann gibt es wohl keinen anderen Ausweg. Ich muss es irgendwie meinem Mann beibringen, aber wie?«

Die Blicke der beiden rührten sie und sie erinnerten sie an ihre eigene Jugend. Friedrich war zwar kein begüterter Mann, aber sie erahnte viele andere Vorzüge, die ihr wichtiger vorkamen als materielles Gut.

Als größte Hürde erschien allen, es nun Johannes Ehemann, Otto Oehlert, beizubringen und sie schmiedeten einen gemeinsamen Plan. Johanne schlug vor, einen guten Moment abzuwarten und zum richtigen Zeitpunkt die Liebe der beiden bei ihrem Ehemann anzusprechen, nicht ohne dabei die Vorzüge Friedrichs ins rechte Licht zu rücken und zu versuchen, Otto dazu zu bewegen, sich den jungen Mann einmal anzusehen. Es musste ihr gelingen, Berthas Vater irgendwie gnädig zu stimmen. Hierfür sollte Friedrich zu einem gemeinsamen Kaffeetrinken kommen und sich dem Vater einmal persönlich vorstellen. Und in einem passenden Moment müsse dann die Wahrheit ans Licht! Alle hatten Angst vor diesem Moment!

In den darauffolgenden Tagen wurde eine große Hochzeit im Gasthof gefeiert. Die Leute waren fröhlich, Gaststube und Tanzsaal waren mit Menschen gefüllt und auch in der Küche herrschte Betriebsamkeit. Otto Oehlert war zufrieden. Er wusste, dass an diesem Abend die Kasse mehr als gefüllt sein würde. Zudem freute er sich über seine Tochter Bertha, die umsichtig mithalf, wo immer sie sah, gebraucht zu werden.

In einem dieser Momente ging er auf sie zu und klopfte ihr auf die Schulter. »Was habe ich nur für eine tüchtige und kluge Tochter!«, sagte er zu ihr. Er küsste sie auf die Wange, nicht ohne Stolz, den auch die anderen anwesenden Gäste ruhig bemerken durften.

Die in der Nähe stehende Johanne kam dazu: »Hast du eigentlich schon bemerkt, dass Bertha verliebt ist?«, fragte sie, wobei Bertha, die sonst so selbstsicher durch die Welt ging, verunsichert und verlegen wurde.

»Ach was, wirklich?«, antwortete der Vater. »Wer ist denn der Glückliche?«

Nun blickte Bertha auf und sah ihrem Vater in die Augen. »Es ist Friedrich Thierach, der junge Schullehrer, der des Öfteren mittags zum Essen herkommt. Den hast du mit Sicherheit schon mehrmals hier sitzen sehen«, sagte sie.

»Ein armer Schullehrer! Für dich? Das geht ja gar nicht!«, meinte der Vater. »Du solltest dir den Sohn aus dem Nachbarsgut einmal genauer ansehen. Als ich letzthin mit seinem Vater zusammensaß, gestand er mir, dass sein Sohn ein Auge auf dich geworfen hätte. Eine gute Partie wäre der.«

Er bemerkte, wie Bertha ihn flehend ansah. »Aber den liebe ich nicht, ich liebe Friedrich und sonst keinen!«

Nun kam ihr die Mutter zu Hilfe. »Hör mal, wenn sie sich doch lieben, wir waren doch auch mal jung! Außerdem habe ich ihn kurz kennengelernt. Ich glaube, er meint es ernst mit Bertha. Ich habe den Eindruck, dass er weit mehr zu bieten hat als der reiche Sohn aus dem Nachbargut. Schließlich geht es um Berthas Glück und das hängt doch nicht ausschließlich von materiellem Besitz ab, auch wenn ich zugebe, dass ein wenig Geld recht angenehm ist. Sieh ihn dir doch wenigstens einmal an!«

Bertha nickte zustimmend. »Ich könnte deinen Lieblingskuchen backen und wir laden ihn einfach mal zum Kaffee ein. Wie wäre denn das?«

»Eine gute Idee!«, bekräftigte Johanne.

Einer solchen Übermacht der Frauen beugte sich der Vater schließlich und stimmte zu, indem er leise vor sich hin brummend in Richtung Tresen verschwand. Er war einfach nicht gewillt, sich an dem heutigen, so ertragreichen Tag seine gute Laune verderben zu lassen. Nun setzten Johanne und Bertha einen Termin fest, an dem das Kennenlernen stattfinden sollte. Der Vater sah dem Ganzen sehr gelassen entgegen.

Anders jedoch Friedrich, er achtete an jenem Tag besonders peinlich auf sein Aussehen und er wusste, er durfte auf keinen Fall Fehler machen. Schließlich sollte das Vorhaben gelingen, Berthas Vater die ganze Wahrheit irgendwie beizubringen und ihn herumzubekommen. Und da war nur diese einzige Chance.

Mit Blumen für Bertha und einer Flasche Rotwein für den Vater, zu dem ihm Bertha geraten hatte, machte er sich auf den Weg. Dieses Mal ging Friedrich nicht zur Gaststube, sondern läutete am Privateingang des Oehlertschen Wohntraktes.

Bertha empfing ihn aufgeregt und geleitete ihn in die gediegene Wohnstube, wo ihn Johanne und Otto erwarteten. Friedrich begrüßte Berthas Mutter und übergab ihr die Blumen.

Sie dankte ihm und sagte: »Wir haben uns ja schon einmal kurz kennengelernt. Kommen Sie doch herein!«

Er spürte, wie Bertha ihn beim Arm nahm. Sie führte ihn zum Vater und sagte: »Vater, das ist mein Freund Friedrich, er arbeitet drüben als Lehrer in der Schule. Friedrich, das ist mein Vater.«

Er sah dem Vater in die Augen mit den Worten: »Ich habe Ihnen eine Flasche Rotwein mitgebracht und hoffe, dass ihnen dieser zusagt. Ich freue mich, hier sein zu dürfen«, und übergab die Flasche.

»Danke junger Mann, ich liebe Rotwein und diese Sorte besonders. Kommen Sie, lassen Sie uns im Salon etwas trinken. Inzwischen können sich die beiden Frauen um den Kaffee kümmern«, meinte Otto und bot Friedrich Platz in einem der Jugendstilsessel an, die neben dem Getränkewagen standen, auf dem sich diverse edle Spirituosen befanden.

Nun begann die übliche Konversation, wie sie Väter mit den Freunden ihrer Töchter führen, wenn sie deren Absichten und Tauglichkeit zu ergründen versuchen.

Otto blickte Friedrich dominierend in die Augen und fragte: »Soso, Lehrer sind Sie also, drüben in der Schule, junger Mann. Das ist ja interessant. Was haben Sie denn für Vorstellungen von Ihrer Zukunft? Haben Sie Ziele, die Sie noch erreichen wollen? Irgendwann werden Sie ja auch einmal eine Familie gründen wollen. Reicht denn da so ein Lehrergehalt für ein vernünftiges Leben aus?«

Und so fühlte sich Friedrich Fragen über Fragen ausgesetzt. Er stellte in Aussicht, dass er irgendwann zum Oberlehrer berufen werden solle und dass Möglichkeiten, an der Schule aufzusteigen, durchaus vorhanden wären. Sein Bemühen, schlau zu antworten und dabei seine innere Aufregung zu unterdrücken, war sehr anstrengend. Otto sollte auf keinen Fall merken, wie unsicher er sich gerade fühlte. Otto war es, der das ganze Gespräch dominierte. Trotzdem bewies Friedrich Standhaftigkeit bei allen Fragen und hatte Antworten, die den Vater zufriedenstellten.

Mehr und mehr merkte Friedrich, dass er Berthas Vater irgendwie imponierte und dass dieser ihn als eine ernstzunehmende Persönlichkeit akzeptierte. Auch schien der Vater erkannt zu haben, dass Friedrich Bertha wirklich liebte und nicht hinter ihrer Mitgift her war. Friedrich war es gelungen, ihn zu beeindrucken. Trotzdem hörte er immer wieder heraus, dass Otto an Berthas Seite lieber einen begüterten Mann sehen würde.

»Der Kaffee ist fertig, kommt an den Tisch!«, hörte er Johanne rufen und die beiden Männer erhoben sich, um ins Esszimmer zu gehen, wo sich neben kostbaren Jugendstilmöbeln aus schwarzem Ebenholz eine lange, mit weißem Damast eingedeckte Tafel mit edlem Geschirr, hinzog.

Johanne bot Friedrich Platz an und alle saßen nun in sehr privater Runde zusammen. Friedrich erzählte von seinem Berufsalltag, seinem Elternhaus in Mutzschen, seinem Vater, der ebenso Lehrer, aber auch Kantor sei, seiner Mutter und seinen beiden Schwestern Trude und Elsa. Dabei ließen sie sich Kaffee und Kuchen schmecken. Der erste Bann war gebrochen.

Plötzlich sagte Johanne: »Otto, wir müssen dir etwas Wichtiges sagen. Aber bitte versprich mir, dass du dich nicht aufregst! Wollt ihr es machen, Kinder, oder soll ich es ihm sagen?«

»Ich möchte es Vater selbst sagen«, entgegnete Bertha. Sie stand auf und legte ihre Arme um Ottos Hals. »Ich weiß, dass du mich sehr lieb hast, Papa, und ich muss dir was beichten. Friedrich und mir ist etwas passiert. Nämlich, ich bekomme ein Kind von Friedrich!«

Otto hielt inne, seine Gesichtszüge gerieten außer Kontrolle. Seine Mundwinkel begannen zu zittern. Er saß regungslos da und sagte kein Wort. Plötzlich ballte sich seine rechte Hand zu einer Faust zusammen, mit der er auf den Tisch schlug. Alle zuckten zusammen! Die Blicke waren auf ihn gerichtet. Er sprang auf und verließ, ohne ein Wort zu sagen, den Esstisch.

Johanne eilte hinter ihm her, während Bertha und Friedrich voller Sorge am Tisch verharrten, als wären sie angeschweißt.

Johanne fand Otto am Getränkewagen sitzend, wo er einen Cognac in sich hinein kippte und gleich noch einen zweiten dazu. Er war leichenblass geworden und sagte kein Wort.

Sie näherte sich behutsam, legte ihre Arme um ihn und versuchte, ihn zu beruhigen. »Ich bin der Meinung, dass Bertha mit Friedrich nicht die schlechteste Wahl getroffen hat, glaube mir. Schließlich lieben sich die beiden doch und er hat alles, was man sich für einen guten Ehemann nur wünschen kann, auch wenn er keinen Reichtum besitzt. Schließlich sind wir ja auch noch da, wir können den Kindern doch ein wenig helfen!«, wirkte Johanne mit bemüht ruhiger Stimme auf ihn ein.

Nach dem ersten Schock begriff Otto, dass es war, wie es war und es für dieses Dilemma keinen Ausweg gab. Sie mussten mit der vorliegenden Situation so umgehen, dass die Familie vor größerem Schaden bewahrt wurde. Schließlich waren sie im ganzen Umkreis bekannt.

»Du hast recht!«, sagte er nun. »Komm, lass uns zurück ins Esszimmer gehen und mit den Kindern reden.«

Friedrich und Bertha saßen am Esstisch nebeneinander, hatten sich an den Händen gefasst und blickten schuldbewusst zu Boden. Sie vermieden den Blickkontakt mit Otto, als dieser mit Johanne ins Esszimmer zurückkehrte.

»Kinder, jetzt müssen wir Klartext reden, die Situation ist ernst!«, forderte dieser die beiden auf. Sie waren froh darüber, dass es er war, der das Gespräch eröffnete.

Otto hatte die Cognacflasche und zwei Gläser in der Hand. Er reichte Friedrich ein Glas und sagte: »Auf diesen Schock müssen wir erst mal Einen trinken und dann reden wir, wie es weitergehen soll.«

Friedrich sah erleichtert auf. In ihm hatte sich einiges angestaut. Endlich war es ausgesprochen! Er bemerkte, wie Johanne Bertha zuzwinkerte und sich Berthas Gesichtsausdruck daraufhin entspannte. Die beiden Männer stießen an und kippten einen Cognac. Ab sofort wurde Friedrich mit »Du« angesprochen und die Gläser erneut gefüllt.

Friedrich hatte die feste Absicht, Bertha zu heiraten und für sie und das Kind zu sorgen. Nachdem er Berthas »Ja-Wort« bereits hatte, hielt er nun bei den Eltern offiziell um ihre Hand an.

Was sollten Otto und Johanne in dieser ausweglosen Situation da anderes tun als zustimmen. In diesem Moment galt Friedrich als ihr zukünftiger Schwiegersohn. Nun drängten die Eltern auf eine baldige Hochzeit.

Dieses Ereignis und alles, was die nachfolgende Zeit noch so mit sich brachte, verband die beiden Verlobten immer enger miteinander. Friedrich liebte es, über Berthas langsam anschwellenden

Bauch zu streichen und Geräusche zu erlauschen, die er darin zu hören wähnte.

Hochzeit von Friedrich und Bertha und die folgenden Jahre

Mit einer Hochzeitsfeier im Kreis der engeren Familie, die Otto im Gasthof für seine Tochter ausrichtete, schloss das junge Brautpaar im Sommer 1913 den Bund fürs Leben. Auch Friedrichs Eltern Greta und Paul Thierach aus Mutzschen sowie seine beiden Schwestern Trude und Elsa waren zur Feier angereist. Und weil in einem schwachen Moment die Liebe Berthas und Friedrichs über ihre Vernunft gesiegt hatte, erblickte vier Monate nach der Hochzeit im Winter 1913 ihr Sohn Christian das Licht der Welt.

Die junge Familie lebte in Sehma, wo Friedrich vorerst weiter seinen Dienst an der dortigen Schule ausübte. Da er als Lehrer dringend benötigt wurde, blieb es ihm erspart, in den ersten Weltkrieg ziehen zu müssen, der 1914 ausbrach und 1918 endete. In den folgenden Jahren wurden dem Ehepaar noch zwei weitere Söhne geschenkt, wobei zu ihrer großen Trauer einer bei der Geburt verstarb. Im Frühjahr 1921 kam Christians Bruder Ernst zur Welt.

In den späteren Jahren verzog die Familie nach Grüna, einem Vorort der Stadt Chemnitz, wo Otto für Bertha und ihre Familie 1925 ein Baugrundstück erworben hatte und dieses in den Jahren 1926 und 1927 mit einem stattlichen, großzügigen Einfamilienhaus in villenähnlichem Stil bebaute. Dies bot von seiner Größe her durchaus Platz für zwei Familien. Auch bei Berthas Mitgift, die aus hochwertigem Hausrat bestand, erwies sich Otto als sehr großzügig.

Das Haus in Grüna war umgeben von einem großen Garten, den Friedrich ein Leben lang mit Hingabe bepflanzte und pflegte. Otto hatte ihm, Bertha und den Söhnen damit die Voraussetzungen für ein glückliches, sorgenfreies Leben mitgegeben. Er war zum Oberlehrer befördert worden und übte an der Grünaer Schule seine Lehrertätigkeit bis zur Pensionierung aus. Die Söhne Christian und der jüngere Ernst wuchsen unter Berthas Strenge, aber auch mit all ihrer Liebe auf. Die Ehe von Friedrich und Bertha funktionierte, da jeder den anderen mit Respekt behandelte. Zwar fühlte sich Friedrich zeitlebens als der »Major Domus«, aber nur, weil er eine sehr weise Frau hatte. Eigentlich entschied Bertha, was im Haus gemacht wurde.

Friedrich lebte seinen festen Tagesablauf. Nachdem er nachmittags von der Schule heimgekommen und Berthas Essen genossen hatte, zog er sich in sein Arbeitszimmer zurück. Dort versank er auf seinem Sofa in den gewohnten Mittagsschlaf. In dieser Zeit war jeder im Haus angehalten, Ruhe zu wahren. Wieder bei Kräften, korrigierte er danach bei einer Tasse Kaffee die Arbeiten seiner Schüler. Anschließend las er, schrieb Texte oder widmete sich den Kindern, die im Hause waren.

Die Jahre vergingen und irgendwann waren auch die Söhne verheiratet und selbst Eltern. Friedrich und Bertha konnten sich im Alter über sieben Enkelkinder freuen. Zur Traurigkeit aller wurde Friedrich irgendwann sehr krank. Er war ganze drei Jahre bettlägerig und pflegebedürftig. Bertha übernahm seine Pflege mit großer Hingabe und Aufopferung bis zu dem Tag, an dem er seine Augen für immer schloss.

Dieser Tag machte Christians Familie, die zu der Zeit bereits im weit entfernten St. Georgen im Chiemgau lebte, tief betrübt. Es geschah etwas sehr Merkwürdiges in Christians Haus. Aus unerklärlichen Gründen lag die Marionette, das Geschenk, das ihn so sehr mit seinem Vater verbunden hatte, plötzlich zusammengesunken auf dem Boden. Christian und Lene konnten sich nicht erklären, warum sie von der Wand gefallen war. Sie wurden mehr als nachdenklich, da dies ausgerechnet an Friedrichs Todestag geschah! Sollte das erneut ein Zeichen gewesen sein?

Bertha erfasste im Moment des Abschiedes von Friedrich große Trauer. Ein Abschied, der grausam und endgültig war! Sie sah ihn in Gedanken noch lange nach seinem Tod, wie er mit seinen lustigen Geschichten Heiterkeit in die Gesichter seiner Zuhörer zauberte, wenn alle wieder einmal versammelt waren. Sie erinnerte sich an die vielen Nachmittage, die er den Kindern mit Geschichtenerzählen und Spielen geschenkt hatte. Dann lächelte sie, wissend, wie sehr ihn alle geliebt hatten und ihn, gemeinsam mit ihr, schrecklich vermissten!

Nach Friedrichs Tod musste das Leben für sie aber irgendwie weitergehen, was zu DDR-Zeiten nicht immer leicht war. So ereignete sich einmal folgendes:

Eines Tages klingelte es an der Haustür. Bertha öffnete und sah zwei Männer davorstehen. Sie waren aus dem Ort und gehörten der regierenden Partei, der SED an. Da sie die Männer kannte, bat sie diese herein und erkundigte sich nach dem Anlass ihres Besuches. Bertha bemerkte, wie sich die beiden wortlos im gediegenen Wohnzimmer umblickten. Aber bald wurde sie von ihnen in ein Gespräch verwickelt. Sie rieten ihr eindringlich, in die SED einzutreten, da sie sonst mit Repressionen zu rechnen hätte.

Da wurde Bertha wütend und sagte: »Ich bin jetzt so alt geworden und nie in einer Partei gewesen. Und ich denke auch gar nicht daran, in eine einzutreten! Eure Drohungen könnt ihr euch an den Hut stecken. Ihr solltet euch schämen! Eine so alte Frau wie mich auf diese Weise zu bedrängen! Was glaubt ihr denn, soll ich von einer solchen Partei halten? Werdet erst mal so alt wie ich. Wenn ihr wollt, könnt ihr mich gerne einsperren. Ich habe keine Angst!«

Sie geleitete die beiden zum Ausgang und bat sie, das Haus zu verlassen. Kopfschüttelnd sah sie ihnen hinterher und schloss resolut die Tür hinter sich. Noch zweimal klingelte es an ihrer Haustür in gleicher Weise. Und jedes Mal schickte sie die Männer, jedoch dann gleich am Hauseingang, wieder weg, nachdem sie ihnen ihre Meinung deutlich gemacht hatte.

Bertha wusste, dass ihre Einstellung, selbst für eine so alte Dame, sehr gefährlich sein konnte. Aber das war ihr egal. Schließlich hatte sie ein Leben lang mit ihrer Meinung nicht hinter dem Berg gehalten, warum sollte sie es jetzt tun. Irgendwie hatte es sie wohl geschafft, die Männer mit ihrem energischen, resoluten Auftreten so zu beindrucken, dass sie fortan unbehelligt blieb.

Auch Berthas Leben neigte sich dem Ende zu. Sie erkrankte an Krebs, der sich aber aufgrund ihres hohen Alters sehr langsam ausbreiten konnte. Sie hatte noch viele schöne Jahre bis sie starb. So war sie dann, in einem anderen Leben, wieder bei Friedrich.

Lange Nächte waren wieder zu Ende gegangen. Sofie lehnte sich zurück, beseelt und blickte hoch zu ihrer Puppe. Diesmal mit einer eigenartigen Verbundenheit und Liebe, jedoch auch mit fragendem Blick. Was hatte es mit diesem zarten Wesen auf sich? Sie konnte in ihren Augen lesen, dass sie sich auf einem Weg befand. Dem Weg, der ihr die Antwort näherbrachte.

Vor dem Schlafengehen verschaffte sie sich nochmals einen kurzen Überblick und blätterte in den Unterlagen, die vor ihr lagen. Daraus ersah sie, dass Friedrichs Mutter Greta, ihre Urgroßmutter, vom 29. September 1850 bis 15. März 1940 lebte. Deren Eltern, Sofia und Heinrich Magnus waren Eigentümer eines Marionettentheaters. Mit Greta, ihren beiden Schwestern sowie zwei Brüdern zogen sie durch Sachsen und gaben an zahlreichen Orten Vorstellungen mit ihrer beliebten Marionettenbühne. Weiter entdeckte Sofie, dass Greta nach kurzen glücklichen Jahren mit ihrem Ehemann Paul viel zu schnell zur Witwe geworden war. Später lebte Greta bis zu ihrem Tode mit ihrer kinderlosen Tochter Trude zusammen. Sofie freute sich darauf, bald mehr über Greta zu erfahren. Nun war es aber Zeit geworden, schlafen zu gehen.

Sofie erhob sich mit dem Vorsatz, sich morgen einen weiteren Überblick zu verschaffen. Als sie das Arbeitszimmer verlassen wollte, schien es ihr, sie würde einen bohrenden Blick in ihrem Rücken verspüren. Als müsse sie sich rechtfertigen, hörte sie sich plötzlich murmeln: »Morgen, morgen mache ich weiter!«, und verließ das Zimmer.

Am nächsten Abend war ihr Arbeitstisch wieder hell erleuchtet und sie tauchte mehr und mehr in die Vergangenheit ein. Es schien ihr, als würde sie selbst alles erleben, was Greta erzählte, als diese in ihrer Stube saß. Als sie Gretas Geschichte erforschte, erfreute sie sich an interessanten Erlebnissen aus deren gesamtem Leben. Sie war erstaunt, was ihre Urgroßmutter erst in den letzten vier Jahren vor ihrem Tod in extrem hohem Alter zwischen 1936 bis 1940 aufgezeichnet hatte. Es überwältigte Sofie, was diese alte Dame noch alles berichten und zu Papier bringen konnte.

Sofie saß vor Gretas altem Foto, auf dessen Rückseite sie einen Vermerk ihres Vaters Christian fand: »Meine Großmutter Greta an ihrem 80. Geburtstag vor ihrem Wohnhaus in Mutzschen«. ›So sah also mei-

ne Urgroßmutter aus‹, dachte sie. Das Bild zeigte Greta in schwarzer Kleidung, wie sie zu ihrer Zeit üblich war. Sofie sah eine gereifte, selbstbewusste Frau mit gütigem Lächeln. Falten, die das Leben gezeichnet hatte, gaben dem runden Gesicht Gretas Ausdruck und Charakter. Das dunkle Haar war streng nach hinten gekämmt, hochgesteckt und in der Mitte gescheitelt und bildete eine kontrastreiche Umrahmung ihrer Gesichtskonturen. Ihr Antlitz erzählte Geschichten von Leid und Schmerz, aber auch von Lebensfreude und einer humorvollen Gesinnung.

Aus Friedrichs Unterlagen erfuhr Sofie des Weiteren, dass Greta bis ins hohe Alter über eine relativ gute körperliche Konstitution und einen wachen Geist verfügte. Von 1933 bis 1940 musste Greta, die drei Kriege erlebt hatte, am Ende ihres Lebens auch noch die Schrecken des Nationalsozialismus und die Anfänge des 2. Weltkrieges miterleben. Neben der vermeintlich »heilen Welt« in deutschen Familien schrieb die schreckliche Chronologie des Holocaust in Deutschland Geschichte. Über diese Entwicklung war Greta in ihren letzten Jahren sehr besorgt. Sie berichtete über entsprechende Erlebnisse, die in ihr Leben traten.

Gretas Unterlagen lagen nun vor Sofie und sie begann zu lesen. Schon nach kurzer Zeit erzeugten ihre Schilderungen Gefühle und Bilder in ihr. Auch die Aufzeichnungen des ersten Abends, an dem Greta vor dem Büchlein saß, das ihr Friedrich zum Geburtstag geschenkt hatte. Hier hinein sollte sie sich alles von der Seele schreiben und über ihr Leben berichten, wann immer sie sich einsam fühlte und Lust verspürte, sich mit ihrem Sohn zu unterhalten.

Und so begann das schriftliche Zwiegespräch mit ihrem Sohn Friedrich:

Teil III: Aus Gretas Leben

In der Stube: Gretas Erinnerungen an die Zeit von Oktober bis Dezember 1936

Greta an ihren Sohn Friedrich

Ich sitze in meiner Stube. Der Regen peitscht gegen das Fenster. Es ist heute finster draußen und man denkt, es wird gar nicht wieder hell. Mich fröstelt ein wenig. Wie unfreundlich und schwermütig war doch dieser Herbst! Und auch der Sommer war kein richtiger Sommer.

Ich beobachte die Wassertropfen auf der Fensterscheibe. Sie vereinigen sich, laufen nach unten und fließen schließlich ab. Ein fortwährendes Spiel! Dazu höre ich das monotone Prasseln, als würden Tausende kleiner Steinchen stetig an mein Fenster klopfen. Der Wind heult draußen ab und zu auf, als spiele er die Begleitmusik.

Trude ist zu unseren Bekannten gefahren und so werde ich mir die Stunden ohne meine Tochter vertreiben. Sie ist ja immer für mich da und da gönne ich ihr diese kleine Abwechslung. In meiner Stube brennt bereits Licht, obwohl es erst Nachmittag ist. Mein Blick gleitet hinüber auf das Fensterbrett, wo noch Dein wunderschöner Rosenstrauß steht, den Du mir zu meinem Geburtstag geschenkt hast. Es war ein schöner Tag, ich habe viel Liebe empfangen. Und es war mir vor allem eine Freude, wieder einmal Euch, alle meine Kinder, um mich zu haben. Es wird mir warm ums Herz, wenn ich daran denke.

Vor mir auf dem Tisch liegt das Büchlein. Du hast es mir zum Geburtstag geschenkt, damit ich all meine Erlebnisse, Gefühle und Gedanken für Dich darin festhalten kann, auf dass niemals Einsamkeit in mir aufkommen soll und Du mir als Gesprächspartner immer allgegenwärtig bist. Nun schreibe ich Zeile für Zeile hinein und ich frage mich, wie viel ich da wohl noch hineinschreiben kann? Wie lange wird mich der liebe Gott noch auf seiner schönen Erde lassen?

Was ereignete sich in meiner langen Lebenszeit nicht alles? Drei Kriege habe ich erlebt, eine ganze Kindheit voller Erlebnisse, eine ruhige Jungmädchenzeit und eine glückliche Ehe! Viel Freude wurde mir zuteil, aber auch viel Leid. Sechs meiner liebsten Menschen sind nach schwerem Leiden aus dem Hause auf den Friedhof getragen worden. Da gab es Tränen und auch manchmal Hadern mit Gott. Aber die Zeit lindert den Schmerz und der Glaube war immer eine große Stütze für mich. In manchen Geschehnissen sucht man vergeblich einen Sinn. So mache ich mir große Sorgen darüber, was sich gegenwärtig in unserem Land abspielt. Manchmal möchte man an Gott zweifeln, aber dürfen wir das?

Neulich hat mich zu meiner großen Freude unser ehemaliger Pfarrer besucht, ein guter Mensch und der beste Geistliche, den wir in unserer Gemeinde je hatten. Schade, dass wir ihn nicht behalten durften. Immer hatten gewisse Leute etwas an ihm auszusetzen. Dinge, die völlig unwichtig waren. Ich habe das Gefühl, sie wollten ihn los werden. Leider erkennt man das Gute immer erst, wenn man es nicht mehr hat! Wir unterhielten uns und er sagte mir, dass er mit seinem Nachfolger wegen dessen Gesinnung nicht einverstanden sei. Ich bin der Meinung, dass er recht hat. Ein solcher Mensch sollte kein Pfarrer sein und überhaupt sollte er nicht auf Menschen losgelassen werden. Wir redeten über vieles, was derzeit politisch und gesellschaftlich abläuft und ob man etwas dagegen tun könne? Aber, was kann ich als alte Frau noch Großes tun? In meinem Alter ist man froh, wenn man am nächsten Tag noch aufwacht.

Wir saßen lange und redeten. Er arbeitet gerade an einem Vortrag, mit dem er interessierte Menschen über einiges, was er als Unrecht empfindet, aufklären will. Das finde ich sehr mutig und gut und ich wünsche ihm, dass er Erfolg damit hat und unbehelligt bleibt. Leider musste er irgendwann wieder weg, aber er versprach mir wiederzukommen.

Momentan tut es mir sehr gut, zu lesen. Im Moment lese ich Friedrich Bodelschwingh. Ich bin fasziniert von der Gesinnung dieses Mannes und auch von der Art und Weise, wie er seine Kinder erzog. Ich denke, er ist einer von denen, die bestehen können, wenn wir einmal Rechenschaft ablegen müssen.

Meine Gedanken sind gerade bei Euch in der Ferne. Ich sehe mich im Geiste in Eurem schönen Garten in Grüna sitzen und in gewohnter Runde eine Partie Doppelkopf spielen. Man braucht solche Gedanken in dieser traurigen Zeit, gerade, wenn man, so wie ich mit meinen 86 Jahren, schon so viel erlebt hat. Da ist es wichtig, noch Träume zu haben. Gerade träume ich davon, Euch noch einmal besuchen zu können. Du siehst, lieber Friedrich, auch im Alter hat man noch ausgefallene Wünsche!

Indem ich mich diesen Gedanken hingebe, ist es mir, als würde die Sonne in mein altes, besorgtes Herz scheinen und es ist mir im Moment vollkommen egal, dass es draußen trüb und regnerisch ist. Ich weiß nicht, weshalb mir eben der Vers von Rückert einfällt:

Wie schön ist, wandernd nach dem Ziele streben,
erreicht es zu haben, ist noch schöner eben.
Gestorben sein ist wohl das allerschönste,
indessen doch, wie ist es schön zu leben!

Vorige Woche hat mich eine ebenfalls sehr betagte Freundin noch einmal besucht. Sie kam allein und schien mir sehr viel energiereicher zu sein, als ich es bin. Ich dagegen wage mich nicht mehr allein zu reisen, wenngleich ich mich im Moment, Gott sei Dank, sehr wohl fühle. Wir verbrachten schöne Stunden zusammen, haben viel über die Vergangenheit, aber auch über die Gegenwart geredet und zusammen Kaffee getrunken. Leider konnte sie nicht bleiben und ist am Abend wieder abgereist. Ich habe es sehr genossen, mich mit einer Gleichgesinnten austauschen zu können. Man muss ja immer vorsichtig sein mit allem, was man sagt und denkt.

Gestern, Sonntag, war ich mit Trude in Mutzschen, wo ein Orgelkonzert in der Kirche stattfand. Trotzdem rundherum Kirmes war, kam eine Vielzahl an Besuchern in die Kirche, um der musikalischen Darbietung zu lauschen. Wie Du weißt, liebe ich die Musik und speziell das Orgelspiel und habe diese Stunden ganz bewusst ausgekostet. Eine zusätzliche Freude machte es mir, danach einige alte Bekannte zu treffen, mit denen ich mich noch ein wenig unterhalten konnte. Manche Leute habe ich ja Ewigkeiten nicht mehr gesehen und es hat gutgetan, festzustellen, dass die wirklichen Freunde ihre Gesinnung beibehalten haben. Nicht umsonst habe ich sie mir ja irgendwann einmal als Freunde ausgesucht. Es schmerzt ein wenig, dass ich sie so selten sehen und mit ihnen zu einem Meinungsaustausch zusammenkommen kann. Aber ich muss zufrieden sein. Schließlich bekomme ich ja doch noch relativ viel Besuch.

Heute habe ich wieder einmal in dem Buch aus den Kriegsjahren von 1916 und 1917 gelesen, in das Du die schönen Gedichte geschrieben hast. Sie erfreuen und rühren mich immer wieder, wenn ich sie lese und hoffe, Du selbst hast sie nicht vergessen.

Trude war die ganze letzte Woche in Lausick. Aber wie Du weißt, hat mich während dieser Zeit Deine Bertha besucht, so war ich nicht allein. Was waren das für schöne Tage für uns zwei Frauen und was hatten wir für einen Spaß zusammen! Du musst Bertha öfter zu mir schicken. Wir beide verstehen uns einfach prächtig, was unter Schwiegermüttern und -töchtern nicht immer der Fall ist. Bertha ist mir zu einer Seelenverwandten geworden.

Nun sitze ich in meinem bequemsten Sessel am Tisch, unweit des Ofens, in dem ich Kohle nachgelegt habe. Es tut mir ungemein wohl, die Wärme auf meinem Rücken zu spüren. Heute fühle ich mich ausgeruht. Jedoch sind große Vorausplanungen regelrecht verwegen. Einen Tag geht es mir gut, am nächsten sieht es wieder ganz anders aus. In meinem Alter muss man die Dinge so nehmen, wie sie gerade kommen. Aber heute kann ich mich mit Leib und Seele den Erinnerungen hingeben. Dampfender Tee steht vor mir auf dem Tisch, benetzt beim Einatmen warm mein Gesicht und verströmt ein wunderbares Aroma. Ich nehme vorsichtig ein Schlückchen und während die Flüssigkeit meinen Körper durchwärmt, überkommt mich ein wohliges Gefühl.

Ich bin allein, habe Muße und sehne mich danach, mich mit Dir, lieber Friedrich, zu unterhalten. Ich bin gerade 86 Jahre alt geworden und denke, dass meine Alltags- und Krankheitsgeschichten für Dich langweilig sind, da sie sich tagtäglich irgendwie wiederholen. Viel interessanter dürfte es sein, Dir aus meiner Kindheit und Jugend zu erzählen, von Begebenheiten, die mir in besonderer Erinnerung geblieben sind. Alles ist mir noch so gegenwärtig vor Augen, als wäre es gestern gewesen. Bitte sei mir nicht böse, wenn ich dabei die Tage und Zeiten nicht mehr so ganz exakt benennen kann. Ich glaube, dass dafür meine Schilderungen umso lebendiger ausfallen werden. Vielleicht schreibst Du für Deine Kinder ja auch einmal einiges aus Deinem Leben auf und vielleicht wird es ja auch so wechselvoll wie meines.

Aus dem Leben eines Puppenspielerkindes
Greta an Friedrich
Kindheitserinnerungen

Ich war als Kind eher schüchtern und still. Das kam daher, dass mich die anderen Kinder stets als Sonderling ansahen und behandelten, weil ich, anders als sie, ein Schauspielerkind war. Meine Eltern besaßen ein Puppentheater mit wunderschönen Marionetten. Damit verdienten sie den Lebensunterhalt für unsere Familie. Sie zogen mit mir und meinen beiden Brüdern Conrad und Eberhard, später dann noch mit zwei weiteren Schwesterchen, von Ort zu Ort durch Sachsen und gaben Vorstellungen für die Bevölkerung. Wir zeigten klassische Theaterstücke für Erwachsene, da es damals wenige Möglichkeiten für die Menschen auf dem Lande gab, sich zu zerstreuen und schon gar keine, ein Theater zu besuchen. Selbstverständlich saßen auch Jugendliche im Publikum, manchmal auch Kinder in Begleitung Erwachsener.

Während der Spielzeit waren wir immer bei Wirtsleuten untergebracht. So kam es, dass wir ständig eine neue Bleibe hatten. Als sensibles und eher ängstliches Kind empfand ich es immer als sehr traurig, unentwegt die Schule wechseln zu müssen. Kaum hatte ich mich nach einem Neuanfang in einer Schule eingewöhnt und Freunde gefunden, ging es auch schon wieder weiter. Jeder Neubeginn in einer Schule, jeder neue Lehrer sowie jede neue Schulklasse bereiteten mir Angst und Aufregung. Ich beneidete die anderen Kinder, die im Gegensatz zu mir eine Heimat und ein vertrautes Umfeld hatten. Auch beneidete ich sie darum, dass ihre Mütter den ganzen Tag für sie da waren. Das konnte meine Mutter aufgrund ihrer Mitwirkung im Theater und der Pflichten gegenüber der Familie nicht leisten. Was habe ich in dieser Zeit ertragen und wie viele Tränen habe ich geweint!

Meinen beiden Brüdern, so glaube ich, fiel das alles sehr viel leichter. Ich habe nicht weniger als 86 Mal die Schule wechseln müssen und jeder Neubeginn bedeutete für mich eine seelische und nervliche Herausforderung. Daher möchte ich dir einige Begebenheiten aus meiner Kindheit berichten und solche, die mir meine Mutter erzählte:

Gretas Kindheitserinnerungen

Damals, als wir noch in Dresden waren, hing ich als Kleinkind sehr an meiner Mutter. Gerade hatten wir noch alle gemeinsam zu Mittag gegessen und eine rege Unterhaltung geführt. Wie immer erzählte mir meine Mutter danach einige schöne Geschichten, die ich ihr von den Lippen ablas. Diese Augenblicke liebte ich besonders und denke auch noch heute gerne daran. Es war einfach herrlich für mich, wenn sie Zeit hatte und mir diese widmete. Genaugenommen genossen wir das beide! Es näherte sich aber jedes Mal der Zeitpunkt, an dem sie wegmusste. Auch dieses Mal war es so. Sie verabschiedete sich, gab mir einen Kuss und wollte zur Tür hinausgehen.

Ich lief hinter ihr her, an meinen beiden Brüdern vorbei und rief: »Mama geh doch nicht weg! Nimm mich doch bitte mit!«

Am liebsten hätte ich mich an sie gehängt und sie festgehalten. Ich brauchte sie doch so notwendig. Ich streckte meine Finger nach ihr aus, aber da flog die Tür schon zu.

Meine Mutter hatte nicht bemerkt, dass sich meine kleinen Hände bereits im Spalt der Tür verklemmt hatten. Ich schrie ganz fürchterlich und stand mit blutenden Fingern da.

Völlig aufgelöst und erschreckt kam meine Mutter zurück. Leichenblass im Gesicht nahm sie mich in ihre Arme. Sie blies auf meine Hände in der Absicht, dadurch meinen Schmerz zu lindern und strich mir über den Kopf. Dann tröstete sie mich mit lieben Worten, kühlte und verarztete meine verwundeten Finger. Diese schmerzten sehr, jedoch noch mehr schmerzte mein Herz, weil sie wegmusste und nicht den ganzen Tag über bei mir bleiben konnte.

Ein anderes Mal fuhr ich mit meiner Mutter von Neudörfchen nach Großhartmannsdorf. Der Buttermann hatte uns netterweise auf seinem Pferdekarren mitgenommen und wir saßen unter einer großen Leinwandplane. Die Reise war nicht gerade gemütlich, aber wir waren froh, mitfahren zu dürfen. So reisten wir zur kranken Großmutter, die wir noch einmal besuchen wollten.

Die Freude der Großmutter war groß, als sie uns erblickte. Wir begrüßten uns in aller Herzlichkeit. Mir streichelte sie über den Kopf und gab mir einen dicken Kuss auf die Wange.

Während ich auf dem Rand von Großmutters Bett saß und ihr Gesellschaft leistete, brühte meine Mutter in der Küche Kaffee auf und bereitete für mich warme Milch.

Da sah mich meine Großmutter an und sagte: »Was für ein liebes kleines Mädchen du doch geworden bist!« Diese Anerkennung und ihr Lächeln taten mir gut und ich lächelte dankbar zurück.

»Sieh mal, da habe ich ein Geschenk für dich, das ich lange für dich aufgehoben habe. Ich wusste, dass ihr mich irgendwann besuchen werdet«, und sie zog unter ihrem Kopfkissen eine Puppe hervor, die aus lauter kleinen, bunten Stoff-Flicken bestand. Großmutter hatte sie in einer Zeit der Einsamkeit für mich gefertigt.

Diese Puppe drückte sie mir in den Arm und meinte: »Nun hast du selber ein Töchterchen, mit dem du spielen kannst. Hab viel Freude damit und gib gut acht auf sie!«

Sie muss wohl das Strahlen in meinen Augen gesehen haben, denn auch in ihrem Gesicht stand in diesem Augenblick, trotz schwerer Krankheit, ein Leuchten geschrieben.

Großmutter erfreute mich mit der kleinen Puppe unendlich und ihre Güte und Fürsorge taten mir wohl. Ich umarmte und küsste sie, dankte ihr ganz herzlich und drückte die Puppe an meinen Körper. Sie gab mir das Gefühl, eine eigene Tochter zu haben, der ich meine Liebe schenken konnte.

Die Puppe habe ich immer in Ehren gehalten und ging sorgsam mit ihr um. Sie war mir eine teure Erinnerung an meine liebe Großmutter, die damals selbst so große Freude empfand, als sie mir dieses Geschenk machen konnte. Später einmal habe ich dann mit der

Puppe eine Enkelin in gleicher Weise erfreut, wie es einst meiner Oma mit mir gelungen war.

Mutter kam zurück mit einem Tablett, auf dem zwei Tassen Kaffee und ein Glas warme Milch standen. Jeder bekam zu seinem Getränk noch ein paar Plätzchen, die Großmutter in der Schublade ihres alten Küchenschrankes für etwaige Besucher verwahrt hatte. Wir unterhielten uns prächtig und waren traurig, als die Zeit des Abschieds nahte. Da wir uns für die Rückreise nach Neudörfchen mit dem Buttermann zu einer gewissen Uhrzeit verabredet hatten, mussten wir Großmutter schweren Herzens wieder verlassen.

Wieder in Neudörfchen angekommen, saßen wir abends mit der ganzen Familie am Tisch und Mutter erzählte von der kranken Großmutter und wie unser Tag gewesen war. Alle waren in Sorge um die Oma, freuten sich aber über die Grüße, die wir von ihr bestellen sollten. Stolz zeigte ich allen meine Puppe, die mir Großmutter geschenkt hatte und jeder bemerkte meine Freude darüber, die mir förmlich aus den Augen strahlte. Wenige Zeit später starb Großmutter und unser letzter Besuch bei ihr war fortan für uns zeitlebens eine Erinnerung an sie.

Am nächsten Tag war meine Mutter mit Luise Karl, der Besitzerin des nahegelegenen Gasthofes, der früher einmal »Schänke« hieß, verabredet. Luise hatte reichlich Gemüse in ihrem Garten angebaut und Mutter angeboten, ihr einiges davon abzugeben. Dieses Angebot nahm Mutter nur allzu gerne und dankbar an und so machte sie sich mit mir auf den Weg zu Luise.

Vor deren Gasthof befand sich eine sogenannte »Plumpe« (Pumpe), die ringsherum mit großen Nägeln bestückt war. Immer wenn ich zu dem Gasthof kam, tanzte ich um diese herum, ich liebte das. So auch an jenem Tag.

Mutter sagte zu mir: »Tu das nicht, mein Kind! Stell dir vor, du stürzt und fällst in einen dieser Nägel!«

Sie hatte die Warnung kaum ausgesprochen, da war es bereits geschehen. Mutter riss erschrocken ihre Hände hoch und stieß einen Schrei aus, als sie mein blutendes Gesicht sah. Der Nagel hatte ein Loch in mein Gesicht gebohrt und es blutete heftig. Auch ich hatte einen furchtbaren Schreck bekommen und weinte bitterlich. Mutter nahm mich hoch und trug mich eilig in den Gasthof.

Luise sah sofort, was geschehen war und strich mir über den Kopf. Ihr fiel ein, dass sie Arnika im Haus hatte und so lief sie gleich, um es zu holen. Ich wurde von den beiden Frauen auf den Tisch gesetzt und aufgefordert, den Kopf schief zu halten. Meine Mutter nahm die Flasche Arnika in die Hand und goss die Flüssigkeit in das Loch, das der Nagel verursacht hatte. Die Wunde wurde verbunden und damit war die Sache abgetan.

Nachdem meine Mutter Luises Gemüse in Empfang genommen hatte, bedankte sie sich bei ihr, auch für die Unterstützung und wir gingen wieder nach Hause.

Dort genoss ich das Mitleid der übrigen Familienmitglieder und aller Menschen, die mich mit meinem Verband sonst noch zu sehen bekamen. Es tat so gut, einmal im Mittelpunkt zu stehen und die ganze Aufmerksamkeit meiner Mitmenschen zu spüren. Da vergaß ich sogar meinen Schmerz.

Dann kam der Abend und meine Eltern erlaubten mir sogar, eine kleine tote Maus in ein Bettchen zu legen und mit zum Schlafen zu nehmen. Meine beiden Brüder, die mit mir das Zimmer teilten, waren davon überhaupt nicht begeistert und meuterten unaufhörlich. Als ich morgens aufwachte, ging es mir schon viel besser. Die Maus aber, hatten sie mir genommen. Um die Plumpe vor Luises Gasthaus machte ich seit diesem Tag immer einen großen Bogen!

Ein besonderer Wintertag

An einem unangenehm nasskalten Wintertag verweilten wir wieder an einem anderen Ort. Meine Eltern hatten am Vorabend vor einem großen Publikum gespielt und fühlten sich daher übermüdet, da es spät geworden war, bevor sie ins Bett gekommen waren. Nach dem Essen empfanden sie es als Notwendigkeit, eine Stunde Mittagsruhe zu halten. Um nicht gestört zu werden, schickten sie meine beiden Brüder und mich in den Garten zum Spielen.

Außerhalb des Hauses lag noch Schnee. Trotzdem die ganz große Kälte vorüber war, herrschte diese unangenehme, feuchte Witterung, bei der eigentlich kein Mensch so richtig Lust hat, nach draußen zu gehen. Der Schnee war nass und schwer. Die Äste der Bäume bogen sich unter der Last nach unten, Blumen und Sträucher wurden flach, bis auf den Boden gedrückt. Die Oberfläche der Schneeschicht war leicht angefroren.

Als wir den Garten erreicht hatten, begeisterten sich meine Brüder Conrad und Eberhard sofort dafür, eine Schneeballschlacht zu eröffnen. Der Schnee eignete sich hervorragend dazu, um schwere, feuchte Bälle zu formen. Leider kamen die beiden auf keine bessere Idee, als mich zu ihrem Ziel oder besser gesagt, ihrem Opfer auszuwählen. Mehrere Schneebälle trafen mich, da ich nirgendwo eine Möglichkeit fand, in Deckung zu gehen. Ich hielt meine Hände vor den Kopf, ging in die Knie und hatte Angst, erneut getroffen zu werden.

Plötzlich spürte ich einen dumpfen Knall, als mich ein Schneeball direkt am Kopf traf. Die Stelle brannte und schmerzte, als hätte mir jemand eine heftige Ohrfeige verpasst. Wut und Rachegedanken stiegen in mir auf! Wäre ich ein Junge gewesen, hätte ich mich zur Wehr gesetzt und mich vermutlich mit ihnen geprügelt. Aber da ich mich als kleines Mädchen in der schwächeren Position wähnte, blieb mir nichts anderes übrig, als das rüde Spiel der beiden bis zum bitteren Ende zu ertragen. Sie trieben es soweit, bis ich mich tropfnass auf dem feuchten Boden zusammenkauerte und fürchterlich zu weinen begann.

Da bemerkten sie, dass sie zu weit gegangen waren und das Ganze wohl nur für sie ein Spaß gewesen war. Nun kamen sie reumütig auf mich zu, legten ihre Arme um mich und Conrad meinte: »Jetzt sei doch nicht so empfindlich! Das war doch gar nicht so schlimm. Wir wollten doch nur Spaß machen und dir nicht weh tun. Tut uns leid! Komm, wir bringen dich nach oben.«

Sie gingen mit mir, noch immer die Arme um mich gelegt, die Treppen hoch in die warme Stube. Dort kam ich völlig verängstigt, durchnässt und weinend an.

Meine Eltern, die bereits aufgestanden waren, merkten sofort, dass die beiden mit mir Unfug getrieben hatten und wollten wissen, was sich unten abgespielt hatte. Sie nahmen mich tröstend in Empfang, während meine beiden Brüder mit gesenkten Köpfen beichten mussten. Die Eltern schimpften sie gehörig aus und meinten: »Warum müsst ihr auch immer so rüde mit eurer kleinen Schwester sein!«

Meine Mutter zog mir die nassen Kleidungsstücke aus, verfrachtete mich mit einer Wärmflasche ins Bett und gab mir warmen Tee zu trinken. Ihre lieben Worte und ihr Streicheln waren Balsam für meine Seele und ließen mich das Ertragene schnell vergessen.

An diesem Tag hatte ich zwei Dinge gelernt: Erstens, dass die Gefühlswelt von Knaben und Mädchen völlig unterschiedlich ist und zweitens lernte ich, im Winter allen Buben aus dem Weg zu gehen, wenn sie sich bückten und nach dem Schnee griffen.

Das dumme Spiel meiner Brüder brachte mir noch eine zweiwöchige Krankheit ein, obwohl im ersten Moment alle gedacht hatten, dass es nichts Schlimmes sei.

Am Abend desselben Tages gaben wir in unserem Marionettentheater die letzte Vorstellung im Ort. Nach Schlussvorstellungen war es üblich, dass jedes Mitglied der Familie auf der Bühne eine kleine Rede halten musste, um sich von den Zuschauern zu verabschieden, bevor wir weiterzogen.

Natürlich wollten die Menschen im Ort mich, das kleine Mädchen, auf der Bühne sehen. Und so holte mich meine Mutter, obwohl ich mich krank fühlte, aus dem Bett und zog mir ein schönes, weißes Kleid an. Sie nahmen mich mit ins Theater und ich absolvierte brav wie die anderen die gewohnte Pflicht. Mein Erscheinen auf der Bühne erfreute die Menschen des Ortes natürlich, jedoch verschlimmerte sich mein Zustand danach.

Nachdem meine Eltern einen straffen Spielplan hatten, war es leider nicht möglich, sich nach der Vorstellung auszuruhen, nein, es musste gleich weitergehen in den nächsten Ort. Sie packten mich in Bettdecken und wir fuhren mit der Pferdekutsche nach Crossen.

Meine Krankheit, eine schlimme Erkältung mit Bronchitis, dauerte über zwei Wochen. Irgendwann jedoch war ich wieder gesund.

Greta nach einigen Wochen an Friedrich

Seit meinem letzten Eintrag sind nun einige Wochen vergangen und ich denke gerade an Euch. Nun ist es Winter und das Wetter draußen behagt mir gar nicht. Ich war heute Vormittag kurz in den Anlagen, habe mich aber gleich wieder in die warme Stube zurückgezogen, da mir der starke, kalte Wind sehr zu schaffen machte.

Nun sitze ich hier vor Deinem schönen handgeschriebenen Buch, das Du mir zu Weihnachten geschenkt hast. Ich habe es bereits mit Freude gelesen. Es ist mir besonders wertvoll. Jedes Mal, wenn ich es aufschlage, bewundere ich das Bild und die kunstvolle Schrift auf dem ersten Blatt. Dass dieses schöne Bild Euer Sohn Christian gemalt hat, hat mir Bertha verraten. Die kunstvolle Schrift, lieber Friedrich, kann jedoch nur von dir sein!

Ich bin heute wieder allein, da Trude bei ihrem Frauenkreis ist. Hoffentlich kommt sie wieder gut nach Hause, da es draußen gewaltig stürmt. Ich wage mich bei diesem Wetter heute nicht mehr hinaus. Stell dir vor, bei dem Sturm ist sogar ein Flieger bei der Pappelschänke abgestürzt! Man hört in dieser Zeit nur von Unglück, Feuer, Wassernot und anderen schrecklichen Dingen.

Augenblicklich laufen hier bei uns in der Gemeinde seltsame Dinge ab, die mir große Sorgen bereiten und mich nachdenklich stimmen. Woher kommt nur dieser blinde Hass auf die jüdische Bevölkerung? Haben diese Menschen jemandem etwas getan? Wir haben doch friedlich zusammengelebt und ich habe so viele Bekannte und Freunde unter ihnen. Es sickern immer wieder Einzelheiten durch, die ich nicht glauben mag.

Niemals hätte ich gedacht, dass ich in meinem Leben noch einen Kirchenstreit miterleben muss. In der Bibel steht ja so manches, was nicht wirklich zur Belehrung dient und für uns wichtig ist, aber sie birgt auch viel Schönes, gerade das Alte Testament. Ich meine die Stellen, die uns Halt im Leben geben und den Menschen den richtigen Weg weisen, was gerade in der heutigen Zeit sehr wichtig wäre.

Nun vergreifen sich einige vermeintliche Christen an diesem heiligen Buch und wollen alles Jüdische aus der Bibel entfernen. Dabei scheint es ihnen gar nicht um dieses Buch zu gehen. Ich vermute, das ist nur eine Ausrede und ich befürchte, sie werden immer weiter gehen! Eine Ahnung plagt mich, dass das nichts Gutes für die jüdische Bevölkerung bedeutet.

Dass unser neuer Pastor so dafür ist, ist sehr schädlich für unsere Gemeinde. Dieser Mensch hätte niemals Pastor werden dürfen! Nun ist mir auch klar, warum unser guter alter Pfarrer gehen musste. Er wurde entfernt, weil er zu deutlich seine Meinung kundtat. Ich weiß, dass er ein herzensguter und mutiger Mann ist.

Trude war vor ein paar Tagen wieder in Grimma bei der Pfarrersassistentin des Ortes wegen der Bekenntnissache. Sie besuchte einen diesbezüglichen Vortrag des dortigen Pfarrers, der sehr erzürnt darüber ist, dass sich Kirchen für politische Zwecke und Ziele ausnutzen lassen und sich für derartige Machenschaften hergeben. Er bestärkt alle, jetzt an ihrem Glauben festzuhalten, bereitet sie aber auch zugleich auf eine aufregende Zeit vor.

Ich komme nicht zur Ruhe! Diese gottlosen Menschen wissen gar nicht, welche Schuld sie auf sich laden. Und es sind nur wenige, die versuchen, etwas dagegen zu tun.

Die Pfarrer der umliegenden Kirchengemeinden, außer natürlich unser neuer Pfarrer, haben sich zusammengetan, um darüber aufzuklären, dass die Bemühungen jener Gewissen- und Verantwortungslosen, welche unter anderem auch die Texte der Bibel umändern wollen, großer Frevel und Irrtum sind. Die verbündeten Pfarrer gehen mit Unterschriftslisten herum, worin sich die Christen zu ihrer Bibel bekennen sollen.

Gestern waren drei Bekenntnispastoren bei uns. Es waren die Pastoren von Großbartau, von Döben und unser guter, alter Pastor. Natürlich haben wir sofort unterschrieben.

In unserer Gemeinde gibt es einen ewig unverbesserlichen Mann, den sie auch zu einer Unterschrift bewegen wollten. Aber da hatten sie sich gründlich getäuscht, natürlich hat er nicht unterschrieben! Mir ist nicht klar, was er sich von dieser Haltung verspricht. Ich finde sie einfach nur dumm. Aber wer weiß, vielleicht erhofft er sich ja einen Orden dafür!

Da ist es schon erfreulicher zu berichten, dass wir vor einigen Tagen bei guten Bekannten zur Silberhochzeit eingeladen waren.

Dabei konnten wir für einige Stunden die Sorgen, die uns so quälen, ausblenden und der Wein, den wir diesmal etwas reichlicher zu uns nahmen, hat auch seine Wirkung getan. Das war wieder einmal ein recht schöner Tag!

Trude ist heute früh erneut mit dem Rad nach Grimma zu einem Vortrag gefahren, um sich entsprechend zu informieren.

Nun aber möchte ich dir Weiteres über meine Kindheit berichten.

Greta schreibt weiter

Als ich drei oder vier Jahre alt war, durfte ich einmal länger aufbleiben und wurde abends mit ins Theater genommen. An diesem Abend wurde »Griseldis« aufgeführt. Darin gab es eine Szene, die mich bereits als kleines Kind dermaßen beeindruckte, dass ich die ganze Nacht nicht einschlafen konnte. In dieser Szene soll einer Mutter das Kind weggenommen werden und sie spricht den Satz »Mein Kind bekommt ihr nicht, eher gebe ich mein Augenlicht!« Dieser Satz traf mich mitten ins Herz. Er hatte bei mir einen so tiefen Eindruck hinterlassen, dass ich am Tag darauf die Szene auf meine Art nachspielte:

Ich nahm aus dem Holzkasten neben dem Ofen zwei Holzscheite und band sie mit einem Bindfaden zusammen. Dann stieg ich auf eine Lade, die meine Bühne darstellen sollte und führte das Stück, nachdem ich mich ohne Zuschauer wähnte, in der Stube auf. Das eine Holzscheit sollte der Beauftragte sein, der das Kind holen soll, das andere Scheit die Mutter Griseldis. Und so begann ich meine Szene:

»Ich gebe mein Kind nicht her! Ich habe es geboren! Eher bekommt ihr mein Augenlicht!«

Da blickte ich auf und sah an der Tür meine Mutter und die Wirtin stehen. Beide hatten vor Rührung Tränen in den Augen! Dieses Erlebnis hat mir meine Mutter noch so manches Mal erzählt.

Als wir in Hartha gastierten, sagte meine Mutter am Morgen zu mir: »Komm Greta, zieh dich schnell an und hole Brötchen. Gleich um die Ecke ist der Bäcker!«

Ich war noch klein, ging noch nicht zur Schule und befolgte die Anweisung der Mutter. Also zog ich mich gleich an und ging mit dem Geld, das sie mir für die Brötchen in die Hand gedrückt hatte, aus dem Haus.

Der Ort war mir fremd und meine Mutter hatte gesagt, dass der Bäcker gleich um die Ecke ist. Also bog ich um die nächste Ecke. Dort sah ich ein schönes Haus und dachte für mich: ›Da gibt es bestimmt schöne Waren zu kaufen.‹

So ging ich zielstrebig auf das Haus zu und stand plötzlich vor einer sehr vornehmen Haustür. Ich klopfte an die Tür, aber niemand öffnete. Da entschloss ich mich, einfach hineinzugehen. Nach dem Eintreten sah ich eine Stubentür, an die ich wiederum klopfte. Die Tür wurde mir geöffnet. Ein stattlicher Herr im Schlafrock stand vor mir und blickte auf mich herunter.

Er sagte: »Was willst du denn, mein Kind?«

Ich war zu Tode erschrocken. Indem ich ihm die Hand hinstreckte, brachte ich gerade noch weinend heraus: »Hier haben Sie Geld, ich möchte Brötchen kaufen!«

Da lächelte der Mann und sagte: »Ja, mein liebes Kind, Brötchen habe ich zwar nicht, aber wenn du mir welche mitbringen würdest, wäre das sehr lieb von dir!« Er beugte sich zu mir herunter, zeigte in Richtung des Bäckerladens und drückte mir Geld in die Hand.

Nun ging ich frohen Mutes zum Bäckerhaus. Als ich dem Mann auf dem Rückweg seine Brötchen vorbeibrachte, freute er sich darüber. Er bedankte sich herzlich bei mir und strich mir über den Kopf mit den Worten: »Du bist ein sehr liebes Mädchen!«, und ich solle gut nach Hause kommen.

Etwas verlegen sagte ich »Auf Wiedersehen«, gab ihm die Hand und kehrte zurück zu meinen Eltern und Brüdern, die schon sehnsüchtig auf die Brötchen warteten.

Sobald ich zur Stubentür hereinkam, musste ich mich gleich vor den Eltern rechtfertigen, weshalb ich so lange ausgeblieben war. Da erzählte ich die soeben erlebte Geschichte und war völlig verdutzt, als alle laut anfingen zu lachen, bis die Tränen aus den Augen kullerten. Wahrscheinlich war es auch mein dummer Gesichtsausdruck, der im Zusammenhang mit der Situation noch mehr zu ihrer Heiterkeit beitrug.

Endlich klärte mich meine Mutter auf: »Der Herr, bei dem du warst, um ihm Brötchen abzukaufen, ist der Rechtsanwalt des Ortes!«

Nun fing auch ich an zu lachen und konnte mich gar nicht mehr beruhigen!

Dann begann die Zeit, in der ich zur Schule gehen musste. Wie ich Dir bereits berichtete, habe ich alle vier bis fünf Wochen die Schule wechseln müssen. Das bedeutete für mich als Kind eine große Herausforderung. Du kannst Dir gar nicht vorstellen, welche Ängste ich durchlebt und wie viele Tränen ich damals vergossen habe. Die Angst vor jedem Anfang in einer neuen Schule und nicht zu wissen, was auf mich zukam, brachte mich fast um. Jedes Mal stellte ich mir die gleichen Fragen: »Ob mich die Lehrer mögen? Ob die Kinder wohl gut zu mir sind?«

Ich behielt es aber für mich und beschwerte mich nicht. Schließlich war ich mir meiner Pflicht den Eltern gegenüber bewusst. Und es hatte jeder in der Familie seine Opfer zu bringen. Wahrscheinlich wäre mir alles ein wenig leichter gefallen, wenn ich nicht so ein zartes und sensibles Kind, sondern eher robuster, ähnlich wie meine Brüder gewesen wäre.

Viele Pädagogen merkten mir wohl meine Unsicherheit an und spürten, wie unglücklich ich war. Das betraf meistens den ersten Schultag. Jedoch auch sehr oft den letzten, wenn ich mich in einer Schule besonders wohlfühlte, gerade Freunde unter den Kindern gefunden hatte und diese schon wieder verlassen musste. Dann versuchten mich die Lehrer zu trösten. Sie ließen in vielen Fällen am letzten Schultag alle Kinder antreten, damit mir diese zum Abschied einzeln die Hand reichen. Da gab es dann oftmals auch wieder Tränen, und zwar auf beiden Seiten.

Meinen allerersten Schultag erlebte ich in Zschoppach. Mutter hatte mir etwas Hübsches angezogen und ich war sehr aufgeregt, als meine Eltern mit mir zur Schule gingen. Sie hatten mir eine kleine Zuckertüte zum Schulanfang zurechtgemacht, die ich stolz im Arm trug.

Als wir in der Schule ankamen, standen die Kinder alle mit Riesen-Zuckertüten da. Vor lauter Aufregung über den Schulanfang und alles Neue, was sich im Klassenzimmer abspielte, bemerkte ich gar nicht, dass meine Zuckertüte, im Gegensatz zu denen der anderen, sehr klein war. Da kam plötzlich der Lehrer auf mich zu und überreichte mir eine große Zuckertüte, die er selbst für mich gefüllt hatte. Nun stand ich da mit zwei gefüllten Tüten. Diese rührende Geste des netten Lehrers hatte mich so froh und stolz gemacht! Ich sah ihm an, dass ihn meine Freude ebenfalls glücklich machte und habe ihn bis zum heutigen Tag nicht vergessen!

Ich glaube, es war im Alter von zehn Jahren, als wir in Fremdiswalde gastierten. Während dieser Zeit bekam ich ein Schwesterchen.

Trotzdem sie hochschwanger war, arbeitete Mutter bis zu ihrer Niederkunft im Theater mit. Einige Tage nach der Geburt jedoch, standen auf dem Spielplan noch mehrere Vorstellungen in Ragewitz. Da meine Mutter nun frisch entbunden hatte, war es für sie mit dem neugeborenen Lieschen unmöglich, mit dem Vater dorthin zu reisen und zu spielen. So musste sie mit dem Säugling in Fremdiswalde zurückbleiben.

Mein Vater beauftragte mich, bei Mutter zu bleiben und mich um sie und die Kleine zu kümmern. Zusätzlich musste ich an den Vorstellungstagen nach dem Schulunterricht zu Fuß nach Ragewitz laufen, um Mutters Stelle im Theater zu übernehmen. Das hieß, bei den abendlichen Vorstellungen den weiblichen Marionetten meine Stimme zu leihen.

Mit Angst und Zittern übernahm ich diese Aufgabe. In den Nächten, in denen ich aufgrund dieser Vorstellungen bei Mutter in Fremdiswalde abwesend war, ließen unsere guten Wirtsleute eine Magd zur Pflege bei Mutter und Kind und mein Bruder Conrad musste das Kochen übernehmen.

Oft kam er mir, wenn ich nachts nach der Vorstellung auf dem Heimweg war, ein Stück des Weges entgegen und begleitete mich nach Hause. Immer hatte er eine Tasse heißen Kakao für mich bereitgestellt, den ich dankbar trank und mich damit aufwärmte.

In den Nächten konnte ich nicht schlafen, da ich immer sofort aufstehen musste, wenn meine Mutter oder das Kind Hilfe benötigten, was mehrmals der Fall war. Morgens musste ich schon unausgeschlafen sehr früh aufstehen, damit ich rechtzeitig nach Erledigung meiner morgendlichen Pflichten bei Unterrichtsbeginn in der Fremdiswaldener Schule sein konnte. Es hat schon mehr als meine ganze Kraft gefordert, da ich ja selbst noch ein Kind war.

War es da ein Wunder, dass ich während des Unterrichts manchmal einschlief? Gott sei Dank hatte ich in Fremdiswalde einen guten und verständnisvollen Lehrer, der wohl meine Sorgen und Nöte nachvollziehen konnte, die ich in meinem kleinen Kinderherz mit mir herumtrug! Er gebot den Kindern ruhig zu sein, damit sie mich nicht wecken sollten.

Irgendwann einmal erholte sich meine Mutter. Da fuhren uns die netten Wirtsleute mit unserem Baby nach Ragewitz zur übrigen Familie. Nun waren alle wieder vereint! Du kannst Dir gar nicht vorstellen, lieber Friedrich, dass niemand froher darüber gewesen ist als ich. Endlich konnte ich wieder einmal richtig durchschlafen und vor allen Dingen, morgens ausschlafen!

Da wir in der Zeit der Niederkunft meiner Mutter so brav zusammengehalten und alle Kinder gewissenhaft ihre Pflicht erfüllt hatten, versprach Vater, uns zur Belohnung mit nach Dresden zu nehmen. Das war für uns Kinder etwas ganz Besonderes und wir freuten uns riesig, in diese schöne Stadt reisen zu dürfen. Meine Eltern kannten die Stadt und hatten dort Bekannte.

An einem schönen Tag im Jahre 1860 traten wir dann aufgeregt die Reise nach Dresden an. Als wir die Stadt erreichten, kamen wir Kinder gar nicht aus dem Staunen heraus und saugten alles begierig auf, was wir zu sehen und hören bekamen.

Mein Vater nahm mich bei der Hand und ging mit mir in ein Geschäft. Dort kaufte er mir wunderschöne grüne Glacéhandschuhe, die ich natürlich sofort anzog, so sehr freute ich mich darüber. Ich fühlte mich damit, als würde sie ganz Dresden sofort sehen und bestaunen.

Wir sahen uns die Stadt an, besuchten mehrere berühmte Gebäude und Straßen und mein Vater gab uns interessante Erklärungen dazu und erzählte uns Geschichten aus der Vergangenheit. Er wollte uns unbedingt noch die schönste Villa Dresdens zeigen, die einem Prinzen Albrecht gehörte.

So gingen wir in Dresden Neustadt die Blasewitzer Straße entlang. Plötzlich näherte sich uns ein junger Mann auf einem seltsamen Gefährt mit zwei Rädern. Alle Menschen blieben wie angewurzelt stehen, als er an ihnen vorüberfuhr und sahen ihm mit offenem Munde nach.

Mein guter Vater war außer sich! »Was denkt sich dieser Mensch eigentlich! Wie unverantwortlich! Er kann jederzeit von diesem Gefährt herunterfallen und andere Menschen umreißen! Welche Unvermessenheit!«, rief mein Vater vorwurfsvoll und schüttelte noch lange den Kopf, als der junge Mann bereits außer Sichtweite war.

Wir waren dem ersten Radfahrer unseres Lebens begegnet! Ich denke oft an diesen kuriosen Vorfall und frage mich, was Vater wohl über die vielen Autos und Flugzeuge der heutigen Zeit sagen würde, wenn er vom Himmel heruntersehen könnte?

Danach besuchten wir die Bekannten meiner Eltern, die Saalmanns. Ich war mir sicher, dass ihnen sofort meine Glacéhandschuhe auffallen würden. Aber dies geschah zu meiner großen Enttäuschung nicht! Erst als mein Vater die Saalmanns darauf aufmerksam machte, wurden sie bestaunt.

Das Einzige, was Liese Saalmann mir zu sagen hatte, war ein Ausspruch, den ich einst als kleines Kind von mir gab, als ich mich über ihre unsensible Art wohl sehr geärgert hatte. Das waren eigentlich nur zwei Worte, nämlich »Niese bumm«, was so viel wie »Liese dumm« bedeuten sollte!

Meine Eltern versäumten es auch nicht, mit uns das Dresdner Hoftheater und das Sommertheater zu besuchen. Das war einfach märchenhaft! Im Sommertheater hörte ich das erste Mal das Lied »Wenn du noch eine Mutter hast« aus dem Stück »Der Zillertaler«. Dieses Lied berührte mich so sehr, dass ich das nicht vergessen habe!

Gretas Nacht und der Morgen danach

Irgendwann hörte Greta das Pendel der Uhr schlagen. Es klang, als wolle es sie warnen: »Es ist schon spät. Du bist eine alte Frau! Denk an deine Nachtruhe!«

Sie blickte auf und sah, dass die zwölfte Stunde bereits überschritten war und konnte es gar nicht fassen, dass es schon so spät war. Die Zeit, die sie in ihrer Gedankenwelt verbracht hatte, war ihr wie im Fluge vergangen. Sie wähnte sich in einer anderen Welt und vergaß das Hier und Jetzt. Sogar die allmählich einsetzende Kälte hatte sie nicht bemerkt. Es war nur noch etwas Glut im Ofen. Alles zog an ihr vorüber, wie ein Film aus vergangenen Zeiten. Und sie war glücklich!

Da vernahm sie plötzlich Geräusche im Flur. Trude war von ihrem Frauenkreis, der in der Pfarrei stattgefunden hatte, zurückgekehrt. Sie öffnete die Stubentür und sah Greta verwundert an. Sie sagte: »Ja sag mal, bist du denn immer noch auf? Gewöhnlich liegst du doch um diese Uhrzeit schon im Bett!«

Nachdem Greta ihr von ihrem Zwiegespräch mit Friedrich erzählt hatte, sah Trude, wie viel ihre Mutter aufgezeichnet hatte. Und sie bemerkte ihr glückliches Gesicht. Sie lächelte und freute sich darüber, wie gut ihre Mutter sich die Zeit vertrieben hatte.

Die beiden verweilten noch ein wenig zusammen in der Stube und Trude erzählte von ihrem Abend mit den Frauen, der offensichtlich sehr interessant gewesen war. Als Greta schließlich zu gähnen begann und Trude es ihr nachmachte, merkten sie beide, dass sie doch recht müde waren.

Trude sagte: »Komm, Mama, lass uns zu Bett gehen, es war ein langer Tag für uns beide!«

Sie erhoben sich und Greta bemerkte erst in diesem Moment, dass ihre Teetasse noch halb gefüllt und der Tee bereits erkaltet war. So sehr war sie in ihre Gedanken abgetaucht, dass sie vergessen hatte, ihn zu trinken. Sie nahm die Tasse, entleerte sie und stellte sie in den Spülstein. Dann löschten sie das Licht und gingen ins Schlafzimmer. Nachdem sie in ihr Nachtgewand geschlüpft waren, warteten ihre Betten schon auf sie und sie kuschelten sich rasch unter die wohligen Zudecken. Sogleich schliefen sie, müde vom Tag, ein.

Der nächste Morgen brachte ihnen Sonnenschein und herrliches Wetter. Trude war schon vor Greta aufgestanden und hatte bereits den Frühstückstisch gedeckt.

Nun kam sie ans Bett der Mutter und weckte sie mit den Worten: »Mama, es ist schon Zehn, wir haben heute beide lange geschlafen. Komm in die Stube, dort warten Kaffee und frische Brötchen auf dich!«

Allmählich erwachte Greta und als der Duft von frisch gebrühtem Kaffee ins Schlafzimmer strömte, wurde sie endgültig wach. Sie erhob sich langsam und schlüpfte in ihre Filzschuhe, die am Rande ihres Bettes standen.

Als sie die Stube betrat, wartete Trude bereits auf sie und begrüßte sie mit einem Lächeln und einem: »Guten Morgen! Hast du gut geschlafen?«

Greta konnte ihre Frage mit einem »Ja, ich habe heute Nacht wieder einmal schlafen können wie ein Murmeltier!« beantworten und sie bemerkte noch: »Was für ein schöner Tag heute!«

Nachdem sich Greta am Tisch niedergesetzt hatte, bekam sie sogleich von Trude Kaffee eingegossen. Sie freute sich auf ihn, da er für sie morgens wie ein Lebenselixier wirkte. Beide genossen das gemeinsame Frühstück und hatten jetzt Muße für ein ausgiebiges Gespräch.

Trude berichtete ihrer Mutter von eigenartigen Geschehnissen, die sie beim Frauenabend erfahren hatte. So erzählte sie, sie hätte gehört, dass der Bekannte einer Frau, ein Beamter, wegen seiner Ehepartnerin aus dem Staatsdienst entfernt worden sei. Eine andere Frau hätte berichtet, dass man dem Arzt Dr. Spielberg, zu dem sie so gerne zur Behandlung gegangen sei, die Zulassung entzogen hätte und keiner wüsste, weshalb. Und es würde gemunkelt, dass Männer des Regimes ganze Familien wegbrächten. Man wüsste nicht genau, was mit den Menschen geschehe. Die Frauen hätten sich auch darüber unterhalten, dass bereits viele ihrer Bekannten aus dem Land geflüchtet seien.

Das hörte Greta mit großer Traurigkeit und Besorgnis und plötzlich fand sie den Tag nicht mehr so schön, obwohl die Sonne hell vom Himmel lachte! Sie fragte sich, wie so etwas in ihrem Land möglich sein konnte und warum niemand etwas dagegen unternahm! Ihr war klar, dass sie ohne ihre Tochter wohl sehr wenig erfahren würde, da sie nur noch selten die Stube verließ.

So saßen sie beide am Tisch und redeten über den Vortag und -abend. Trude eröffnete ihr, dass sie auch heute wieder mit dem Rad nach Grimma fahren wolle, um sich den Vortrag eines mutigen Pfarrers anzuhören. Er beabsichtige, die Menschen davon zu überzeugen, dass die Herrschaft der gegenwärtigen Regierung schädlich für das ganze Vaterland, die Kirche und die gesamte Christenheit sei. Auch solle es wieder um das Thema gehen, dass Hitler alles Jüdische aus der Bibel streichen wolle und die Frage, welche Absicht hinter der anhaltenden Ankurbelung der Rüstungsindustrie zu vermuten sei.

Greta sinnierte darüber, wer jemals daran gedacht hätte, dass sie sich nach so kurzer Zeit solche Fragen stellen mussten? Alle schienen doch am Anfang so begeistert, da es mit der Wirtschaft aufwärts zu gehen schien, das Straßennetz ausgebaut wurde und Arbeitsplätze geschaffen worden waren.

Trude fragte sie: »Kommst du heute Nachmittag noch mal ein paar Stunden allein zurecht? Kann ich vorher noch irgendetwas für dich tun?«

Darauf antwortete Greta ihrer Tochter, dass sie ruhig gehen solle. Schließlich wäre sie doch in einem Alter, wo sie nicht jeden Tag mit so einer alten Frau zusammensitzen müsse! Immer wäre sie ja für sie da, wenn sie gebraucht würde. Und schließlich müsse eine junge Frau unter Leute kommen und sich austauschen. Außerdem fände sie es gerade jetzt sehr wichtig, dass Trude sich informierte. Für sie selbst hätte es den Vorteil, dass sie auch ein wenig davon mitbekäme, was da draußen vorging, auch wenn sie die momentanen Geschehnisse traurig machten. Und außerdem wäre sie ja auch nicht immer allein, da gelegentlich Bekannte, Nachbarn oder Verwandte zu Besuch kämen. Da wäre es gar nicht mehr so schlimm, wenn sie kaum mehr aus dem Haus kam.

Trude stand auf, legte ihren Arm um Greta und gab ihr einen Kuss. Sie sagte: »Danke, dass du so eine kluge und verständnisvolle Mama bist. Ich hab dich lieb!«

»Ist schon gut«, antwortete Greta und strich über Trudes Hände. »Gib nur immer gut auf dich Acht, das ist mir sehr wichtig!«

Danach setzten sie ihr Frühstück fort und genossen es dann doch, als sich ein Sonnenstrahl in ihrer Stube Raum verschaffte.

Der Vormittag verging schnell mit Kochen und Essen und bevor Greta sich versah, war schon wieder der Nachmittag da. Ihr tägliches Nickerchen nach dem Mittagessen war vorüber und Trude bereits weg. In der Stube war es warm und gemütlich und sofort hatte Greta wieder tausende Bilder im Kopf, die in ihrer Erinnerung vorbeizogen. Sie dachte, dass das ein guter Moment sei, um wieder einige Begebenheiten aus ihrer Kindheit für Friedrich aufzuschreiben. Sie nahm ihren Stift und begann zu schreiben:

Greta schreibt weiter

Ich war elf Jahre alt, als ich in Ablaß erneut ein kleines Schwesterchen bekam. Das bedeutete für mich, dass ich Mutters Stelle im Theater wieder aufnehmen, mich um alle kümmern und nebenbei auch noch zur Schule gehen musste. Wie es mir damit erging und ich mich fühlte, habe ich dir ja bereits berichtet. Es folgte das gleiche Szenarium, bis Mutter wieder gesund war. Damit jedoch war das Ganze für mich diesmal nicht beendet, denn ich bekam die Aufgabe, mich um mein neues Schwesterchen, die kleine Martha, zu kümmern. Das tat ich auch, so gut ich konnte, sie lag mir ja am Herzen. Aber als ich die anderen Kinder spielen sah, hatte ich meine Aufgabe oft recht satt, was sich entsprechend auf mein Gemüt auswirkte. Noch schlimmer war es, wenn mir die anderen Kinder zuriefen: »Wir spielen Kästchenhüpfen, spiel doch mit!«, und ich konnte nicht, weil ich das Kind auf dem Arm hatte. Das fing sofort zu schreien an, wenn es merkte, dass ich ihm nicht meine ganze Aufmerksamkeit widmete. Wie oft hätte ich gerne mit den anderen Kindern gespielt, aber ich war in meiner Pflicht gefangen.

Dies war unserer Wirtin, Heidrun Kohlmann, einer sehr lieben Frau, nicht entgangen. Sie sah mir meinen Kummer an und sagte zu mir: »Komm mit mir auf den Dachboden, dort ist etwas, was ich dir zeigen will.«

Sie stieg mit mir die Treppe hinauf und blieb vor einem alten Kinderwagen stehen.

Sie sagte: »Weißt du, was das ist? Das ist ein Kinderwagen. Da kannst du dein kleines Schwesterchen hineinlegen und es draußen herumschieben. Willst du den haben?«

»Ja, ja! Den nehme ich gerne, danke!«, erwiderte ich und meine Augen leuchteten.

Sie muss mir angesehen haben, wie sehr ich mich darüber freute. Wir holten mit vereinten Kräften den Wagen vom Dachboden und legten die kleine Martha hinein. Ich empfand das Verständnis Heidrun Kohlmanns für meine Situation und ihr Geschenk als eine unermessliche Erleichterung, da ich nun wieder ein bisschen herumkam, Kontakt mit den Kindern haben konnte und dabei die Kleine nicht vernachlässigen musste.

Ähnliches erlebte ich im nächsten Ort Kiebitz, wo mir Ursula Mengert, die Frau des Kantors, des Öfteren die kleine Martha abnahm und viel Mitgefühl zeigte. Ich habe keine Ahnung, ob sie mehr das Kind oder mich bedauerte, aber ich merkte ganz deutlich, dass sie uns alle beide ins Herz geschlossen hatte und mich verstand, als könne sie in meiner kleinen Kinderseele lesen. Sie gab mir oft Bilderbücher zum Ansehen und passte auf mein Schwesterchen auf, während ich ein wenig Ruhe und Freiheit genießen konnte.

Obwohl ich mich oft in vielerlei Hinsicht überfordert fühlte, hätte ich meiner Mutter niemals einen Vorwurf gemacht, da ich ja wusste, wie überlastet und fleißig sie war. Sie hatte mit der Familie und dem Theater schrecklich viel zu tun und nähte nebenbei auch noch Marionettengarderobe für unsere Theaterpuppen. Da war sie froh und dankbar, wenn ich ihr die kleine Martha abnahm.

Wie unglücklich ich auch oft war, dass ich eigentlich keine Kindheit wie die anderen Kinder hatte, so groß war auch mein Verständnis für meine Eltern, die alles dafür taten, dass wir alle satt wurden und stets ein Dach über dem Kopf hatten. Zudem war mein Vater ein sparsamer Mann, der nebenbei noch versuchte, Rücklagen für die Familie zu bilden, da man sich ja auch für Zeiten, in denen die Vorstellungen nicht so gut liefen, rüsten musste. Außer, dass wir einmal mit nach Dresden durften, kann ich mich nicht erinnern, dass wir irgendwann einmal eine Auszeit genommen und uns ausgeruht oder gar eine Sommerfrische genossen hätten. Wir gönnten uns nur das Notwendige, was man zum alltäglichen Leben benötigt und wenn Geschenke gemacht wurden, freuten wir uns über Kleinigkeiten. Maßgeblich war für uns nur die Absicht, die dahinter stand.

Einige Male gastierten wir in einem Ort namens Pulsitz. Als wir das erste Mal dort waren, musste ich die Schule im nahegelegenen Jahna besuchen. Ich erinnere mich mit Schaudern an meinen ersten Schultag in dieser Schule:

Bereits die Nacht verging für mich ziemlich schlaflos, in der ich mich ständig fragte: ›Was wird dich morgen bei Schuleintritt erwarten? Wirst du vom Lehrer willkommen geheißen oder abgelehnt?

Wie werden dich die Kinder aufnehmen?‹ Ich fühlte ein Drücken in der Magengegend und wälzte mich unruhig hin und her. Irgendwann übermannte mich dann doch die Müdigkeit und ich schlief ein, wobei mich ein Alptraum plagte.

Der Morgen kam und die Wirklichkeit hatte sofort wieder voll Besitz von mir ergriffen, als ich die Augen auftat. Unausgeschlafen stand ich auf. Die beruhigenden Worte meiner Familienmitglieder, die mir meine Angst und Unsicherheit nehmen wollten, taten mir gut, halfen mir aber nicht wirklich. Nach dem Frühstück, das mir nicht besonders gut bekam, machte ich mich auf den Weg zum unbekannten Schulgebäude.

Vor dem großen Schulhaus blieb ich noch einmal stehen und atmete tief durch. Dann ging ich hinein. Ängstlich und verunsichert betrat ich mit meinem Schulranzen das Klassenzimmer und suchte sofort den Blickkontakt mit dem Lehrer.

Dieser sah nicht einmal auf, drehte mir den Rücken zu und tat so, als sähe er mich gar nicht. Klein genug war ich ja, aber in diesem Moment fühlte ich mich auch noch so! Es dauerte einige Zeit, dann sah er mich mit strengem Blick an und fand es nicht einmal für notwendig, mich zu begrüßen oder gar den Kindern vorzustellen. Er zeigte nur mit dem Zeigefinger in Richtung einer abseits stehenden, leeren Bank und sagte: »Setz dich dort in die leere Bank!«

Zutiefst unglücklich ließ ich mich dort nieder. Ich hatte schon vieles erlebt, aber es war mir in meinem kleinen Leben noch nie vorgekommen, dass mich ein Lehrer dermaßen unfreundlich behandelt hatte, indem ich mich ganz allein in eine Bank setzten musste, wo ich mich doch sowieso schon einsamer denn je fühlte. Sicher haben mir alle angesehen, wie unglücklich ich war, doch die Kinder verstärkten das Ganze noch. Sie drehten sich nach mir um, kicherten und tuschelten miteinander.

Ich fühlte mich ausgestoßen, ungerecht behandelt und einfach allein! Auf dem Nachhauseweg sagten die Kinder zu mir: »Weißt du eigentlich, wo dich der Lehrer hingesetzt hat?« Ich sah sie fragend an. »Du sitzt in der Bank für unartige Kinder, bei uns heißt sie die Lausebank!«

Das traf mein kleines Kinderherz wie ein Dolchstoß und ich fing furchtbar an zu weinen! Den ganzen Weg über liefen mir die Tränen über die Wangen und ich konnte mich gar nicht mehr beruhigen.

So kam ich mit vollends verweinten Augen zu Hause an. Schluchzend, mit bebendem Körper erzählte ich meinen Eltern, was mich so schrecklich verletzt hatte. Kaum hatte ich es ausgesprochen, da nahm Vater, ohne ein Wort zu sagen sein gutes Gewand aus dem Schrank, zog sich an, setzte seinen Hut auf und es dauerte keine Viertelstunde, da war er schon aus dem Haus, um den Pfarrer von Jahna aufzusuchen.

Meine Mutter hatte mich getröstet und in den Arm genommen, jedoch beschlich mich erneut die große Angst vor dem nächsten Schultag. Ich wusste ja nicht, wie Lehrer und Kinder auf das Handeln meines Vaters reagieren würden und ich verspürte eine große Unsicherheit darüber, ob sie mich nun vielleicht noch mehr hänseln oder gar ganz ablehnen würden. Die Nacht verging ähnlich wie die vorherige und ich stand auf, um mich nach dem Frühstück erneut zur Schule aufzumachen.

Vater sah in meine Augen und sagte: »Hab keine Angst, mein Kind. Heute wird dir nichts geschehen. Ich werde es nicht zulassen, dass dir irgendjemand wehtut! Denk immer daran, du hast uns. Wir werden dich beschützen!«

Er nahm mich in die Arme und drückte mich an sich. Mit seinen lieben Worten hatte er mir Mut gemacht und Halt gegeben und so ging ich erneut, diesmal etwas mutiger, zu jenem ungeliebten Ort, dieser Schule.

Auf dem Schulweg traf ich die ersten Kinder und es wurde mir sofort klar, dass sie bereits vom Lehrer darüber aufgeklärt worden waren, dass mein Vater mit dem Pfarrer des Ortes gesprochen hatte. Sie benahmen sich heute mir gegenüber höflich und respektvoll, wenn auch distanziert.

Als ich das Klassenzimmer betrat, empfing mich der Lehrer an diesem Tag überaus freundlich und gab mir zum Gruß sogar die Hand. Diesmal setzte er mich in die erste Bank und verbot den Kindern mit strenger Miene, auch nur irgendein unschönes Wort zu mir zu sagen. So wurden meine Schultage an dieser Schule zumindest für mich erträglich. Mein erster Eindruck von diesem Lehrer allerdings ließ sich in meinen Gedanken nicht auslöschen und ein unangenehmes Misstrauen in meinem Herzen wollte bis zum letzten Schultag nicht von mir weichen!

Ich war froh, als wir dann nach Rathendorf weiterzogen. Dort wurde ich für alles, was ich in Jahna erlebt hatte, entschädigt. Sowohl der Lehrer als auch die Kinder, waren in diesem Ort ausgesprochen gut zu mir. Dort liebte ich es, zur Schule zu gehen. Nach dem Unterricht traf ich mich an den Nachmittagen mit den Kindern zum Spielen und fand gute Freunde unter ihnen. Es waren ganz besondere Kinder, die ein Gefühl für ihre Mitmenschen hatten, sich für das Recht anderer einsetzten und treu zusammenhielten. Dass sie echte Freunde waren, bewiesen sie auch dadurch, dass sie alles mit mir teilten. Man merkte ihnen einfach eine gute und liebevolle Erziehung an.

Nur ein Junge namens Wolfgang und ausgerechnet der Sohn des dortigen Pfarrers mochte mich nicht. Er war ein dummer Junge mit bösartigem Charakter, der anderen gern übel mitspielte. Auf dem Weg zur Schule musste ich eine Mauer passieren, die sich entlang der Pfarrei hinzog. Hinter dieser lauerte Wolfgang an jedem Schultag und wartete auf mich. Kaum hatte er mich bemerkt, beschimpfte er mich lautstark mit üblen Ausdrücken und warf Steine nach mir.

Ich verspürte jedes Mal große Angst, dieses Stück Weges zu gehen und versuchte, so schnell ich konnte, an der Mauer vorbeizukommen. Plötzlich sprang Wolfgang dann hervor, zog fürchterliche Grimassen in meine Richtung, streckte mir die Zunge heraus und rief mir die unflätigsten Worte hinterher. Ich rannte dann schnell weiter und dachte für mich: ›Was für ein ungezogener Junge und dies als Sohn eines Pfarrers!‹

Aber nachdem alle anderen Kinder zu mir hielten, fühlte ich mich nicht allein und ausgeliefert. Das gab mir Kraft und Stärke. Jedoch dachte ich schon mit Grauen jeden Tag an dieses Martyrium, das Wolfgang für mich darstellte. Die Rathendorfer Kinder bemerkten sein Treiben mir gegenüber und erzählten dies dem Lehrer. Der setzte Wolfgangs Tun bald ein Ende und ich konnte fortan unbehelligt meinen Weg zur Schule gehen.

Ich war furchtbar traurig, als die Rathendorfer Zeit zu Ende ging und wir nach Seelitz weiterzogen. Zutiefst betrübt ließ ich meine geliebte Rathendorfer Schule mit ihren Kindern hinter mir. Wieder sah ich mich Neuem und Fremdem ausgesetzt. In meiner Sehnsucht schrieb ich dem Rathendorfer Lehrer einen Brief, den er den Kindern vorlesen sollte: »Bitte besucht mich doch einmal in Seelitz! Aber bitte ohne Wolfgang!«

Der Lehrer hatte den Brief erhalten und ihn den Kindern vorgelesen. Er riet ihnen: »Ich bin dafür, dass ihr Greta einmal besucht. Geht nur hin!«

Das taten sie auch und kamen zu meiner Freude wirklich an einem Sonntag nach Seelitz. Auch die Kinder des netten Lehrers waren dabei.

Neben mir freuten sich auch meine Eltern über den Besuch und meine Mutter bot sofort an, Kakao für alle zu kochen. Allerdings war uns Kindern die Zeit für Kakaotrinken zu schade. Wir zogen es vor, unter uns zu bleiben. Alles, was der Ort Seelitz zu bieten hatte, wollten sie von mir gezeigt bekommen, vor allem die dortige Schule. Wir genossen einen wunderschönen gemeinsamen Nachmittag und freuten uns alle, wieder vereint zu sein. Aber wie es schöne Nachmittage so an sich haben, gehen sie viel zu schnell zu Ende und so mussten die Kinder, nach einem herzlichen Abschiednehmen leider wieder fort. Nie habe ich diese großartigen Freunde vergessen!

Viele Jahre später, als wir dann in Döben wohnten, traf ich zufällig im Ort auf der Straße einen jungen Mann. Er sah mir in die Augen und sagte zu mir: »Kennen Sie mich noch?«

Ich sah ihn erstaunt an und erkannte in ihm jenen Wolfgang aus Rathendorf. Er war als Inspektor hierhergekommen und diente dem Herrn von Burau.

»Ach«, sagte ich, »Sie sind doch der ungezogene Junge aus Rathendorf!«

Darüber konnte er sich totlachen und fand keine Worte der Erklärung oder Entschuldigung für seine früheren Untaten. Er schien sich kaum verändert und nichts dazugelernt zu haben und wieder hatte ich dieses ungute Gefühl ihm gegenüber. Fortan bin ich ihm aus dem Weg gegangen.

Einige Wochen später an Friedrich

Nun habe ich einige Wochen ausgesetzt mit dem Schreiben, da wir vier Wochen bei Euch waren. Es war schön, dass ich diese Reise noch einmal unternehmen konnte, ich hätte es nicht gedacht!

Leider ist während unserer Abwesenheit wieder eine gute Bekannte von mir gestorben. Das macht mich sehr traurig. Marlene war ein eifriges Mitglied unseres Frauenvereines und die Wirtin des Schützenhauses hier. Wie oft habe ich mit ihr zusammengesessen und wir haben einem Gläschen Likör zusammen getrunken. Ich vermisse sie und die guten Gespräche mit ihr. Bei jedem Abschied umarmte sie mich und drückte mir einen Kuss auf die Wange. Nun kann sie es nicht mehr. Gott hat sie abberufen, ohne dass wir uns verabschieden konnten und ich habe erneut eine Freundin weniger. So geht einer nach dem anderen aus dieser Welt und die Einsamkeit wird immer größer! Ich frage mich stets, wann es mich treffen wird und ob es wohl eine bessere Welt sein wird, die uns dort erwartet?

Zu unserer großen Überraschung besuchtet Du und Christian, der ja jetzt frischgebackener Autobesitzer ist, uns letzten Sonntag. Unsere Freude war riesengroß, auch über den schönen Rosenstrauß, den Ihr mir mitgebracht habt. Er steht jetzt noch auf dem kleinen Tischchen neben dem Fenster und verschönert meine Stube.

Es hat uns sehr interessiert, dass Christian an dem schrottreifen Auto, das er vom Nachbarn bekommen hat, so lange herumgebastelt hat, bis es wieder fahrbereit war. Bei seinem technischen und künstlerischen Talent hätte er vielleicht doch lieber einen anderen Beruf erlernen sollen. Vielleicht war die kaufmännische Laufbahn, die Du für ihn angedacht hast, doch nicht die Richtige? Gut ist auf alle Fälle, dass er sein Auskommen verdienen kann.

Dass Ihr uns dann ins Auto geladen habt und mit uns nach Oschatz gefahren seid, wo wir alle Kaffee getrunken und Kuchen gegessen haben, war eine großartige Idee. Wir danken Euch nochmals für diesen herrlichen Ausflug. Er hat Abwechslung in unseren Alltag gebracht. Wir hatten alle so viel Spaß, auch wenn es danach schon bald wieder nach Hause ging und Ihr leider wieder fortmusstet.

Christian schien mir sehr ruhig und ich frage mich, ob ihm etwas zu schaffen macht oder er irgendeinen Kummer mit sich herumträgt? Aber ich kann mir vorstellen, dass das, was sich gerade in unserem Land zusammenbraut, auch bei ihm große Besorgnis erregt und leider ist kein Ende in Sicht!

Draußen bläst heute ein ziemlicher Wind. Trotzdem ist Trude wieder mit dem Rad nach Grimma gefahren. Und ich werde mich entsprechend einpacken und jetzt noch ein wenig nach draußen gehen. Danach setze ich mich hin und berichte dir erneut aus meinem Leben.

Greta schreibt weiter

An einem Ort, der Greifenhain hieß, spielten wir im strengen Winter. Es schneite unentwegt und man war froh, wenn der Schneefall einmal für kurze Zeit unterbrochen war. Die Straßen wären unpassierbar gewesen, hätten nicht fleißige Menschen immer wieder geräumt und versucht, der Schneemassen Herr zu werden. Um in die dortige Schule zu gelangen, musste ich einen halbstündigen Fußmarsch antreten.

Als ich nach dem Frühstück dorthin aufbrechen wollte, fand ich keine Schuhe, die für diese Schneeverhältnisse geeignet gewesen wären. So entschied ich mich dafür, ein paar hohe Stiefel meines Bruders, die mir viel zu groß waren, überzuziehen und fort ging es in Richtung Schule.

Der Weg war sehr mühsam aufgrund der Schneehöhe. Dazu kam noch, dass es mich beim Gehen mit meinen kleinen Füßen viel Kraft kostete, die Stiefel nicht vom Fuß zu verlieren. Der Schulweg lag vor mir und ich kannte ihn noch nicht genau. So ging ich einfach den Weg immer geradeaus und kam nach geraumer Zeit erhitzt, schnaufend und mit roten Wangen tatsächlich wohlbehalten in der Schule an.

Der Unterricht begann und die Kinder verfolgten ihn aufmerksam. Im Klassenzimmer herrschte Stille, die nur von der monotonen Stimme des Lehrers unterbrochen wurde. Keiner hatte bemerkt, dass es mittlerweile draußen stark schneite. Als die Schulglocke ertönte und die Schule aus war, strömten alle Kinder rasch aus dem Klassenzimmer und verließen mit mir das Schulhaus.

Es hatte furchtbar viel Schnee heruntergeworfen und die Wege waren dermaßen zugeschneit, dass man sie nicht mehr erkennen konnte. Der Schneefall hatte jetzt aufgehört und alle Kinder wollten so schnell wie möglich nach Hause in die warme Stube, so auch ich. Jedoch hatte mir meine Mutter aufgetragen, vor dem Nachhausegehen beim Kaufmann im Ort noch etwas für sie zu besorgen. Nachdem mir der Heimweg doch noch recht unbekannt war und alle Straßen durch den Schnee verwischt waren, bat ich die Kinder, auf mich zu warten, bis ich vom Kaufmann zurück wäre, um mit ihnen gemeinsam heim zu gehen. Die Kinder versprachen, zu warten.

Also ging ich zum Kramerladen, besorgte rasch die Sachen für meine Mutter und ging zum vereinbarten Treffpunkt zurück. Alle Kinder waren weg! Ich stand mutterseelenallein da und hatte keine andere Wahl, als den Heimweg auf gut Glück allein anzutreten.

Dann ging und ging ich mit meinen viel zu großen Stiefeln, obwohl ich eigentlich gar nicht genau wusste, wohin! Ich versank förmlich im Schnee, die Stiefel wurden feucht und immer schwerer.

Meter für Meter kämpfte ich mich vorwärts. Es kostete mich unheimlich viel Kraft, mein Atem wurde heftiger und bald war ich nass geschwitzt am ganzen Körper. Die Kräfte verließen mich zusehends. Es schneite wieder stark und ich sah nur noch eine endlose, weiße monotone Weite. Müdigkeit überfiel mich und mir wurde angst und bange!

In meiner Verzweiflung dachte ich für mich: ›Ich setze mich jetzt in den Schnee und warte, bis irgendjemand kommt!‹ Das tat ich dann auch und verharrte geraume Zeit, aber es kam kein Mensch. Da begann ich bitterlich zu weinen. Die Müdigkeit übermannte mich mehr und mehr, aber etwas in mir sagte: ›Steh auf und versuche es noch ein Stück!‹ Ich nahm meine ganze Kraft und meinen Mut zusammen, stand auf und kämpfte mich weiter durch den Schnee. Große Hoffnungslosigkeit überfiel mich, meine Kräfte hatten mich verlassen. Schließlich konnte ich nicht mehr und setzte mich erneut in den Schnee. Ich hatte das Bedürfnis einzuschlafen, aber ein innerer Wille hielt mich wach. Die Schneeflocken tanzten um mein Gesicht und ich blinzelte in die Ferne.

Plötzlich bildete ich mir ein, einen schwarzen Punkt am Horizont zu erkennen, der sich auf mich zu bewegte. War es Einbildung?

Der Punkt wurde größer und je näher er kam, desto mehr erhielt er die Form einer menschlichen Gestalt. Es war meine Mutter! Sie war in großer Sorge zu den Nachbarskindern gegangen, weil ich nicht mit den anderen Schulkindern nach Hause gekommen war und hatte nach mir gefragt. Völlig außer sich vor Angst kam sie mir jetzt entgegen.

Als ich sie sah, wurden aus meinen bitteren Tränen Freudentränen! Sie war meine Rettung!

Auf den letzten Metern versuchte sie schneller zu werden, was ihr jedoch aufgrund der Schneehöhe nicht gelang. Sowie sie bei mir angekommen war, schloss sie mich in die Arme und schien mich vor Mitgefühl und Erleichterung fast zu erdrücken.

Da sah ich, dass auch sie Tränen in den Augen hatte. Sie nahm mir alles ab, was zu tragen war, fasste mich bei der Hand und führte mich, da ich durch ihre Anwesenheit erneut Mut und Kraft geschöpft hatte, aus der Schneehölle heraus in mein sicheres, warmes Zuhause.

Ich war so unterkühlt, dass ich am nächsten Tag nicht zur Schule gehen konnte und das Bett hüten musste. Ab jenem Tag ließen mich die Kinder nie wieder allein nach Hause gehen. Der Lehrer hatte sie tüchtig ausgeschimpft!

Worte an Friedrich

Hätte ich das nur alles schon früher aufgeschrieben, mein lieber Friedrich! Sicher wären meine Schilderungen dann noch detaillierter und interessanter ausgefallen. Es ereignete sich so vieles, was dazumal mein Herz bewegt hat und es macht mir große Freude, mich daran zu erinnern. Ich könnte unentwegt weiterschreiben!

Nun merke ich jedoch, dass der frühe Abend angebrochen ist und ich heute bereits so viele Stunden genutzt habe, um Dir weiter über meine Schulzeit zu berichten, die, wie Du sehen kannst, keine übliche war. Jene Zeiten haben mir so manches an Mut und Stärke schon in frühen Jahren abverlangt. Jedoch waren da auch diese unzähligen wunderbaren Momente mit meinen Eltern und Geschwistern, in denen ich sehr glücklich gewesen bin.

Das Leben ist es, egal wie es abläuft, das aus uns diejenigen macht, die wir letztendlich als gereifte Erwachsene sind. Und es formt uns weiter bis zum letzten Atemzug! Ich habe die Einsicht gewonnen, dass auch die schwierigsten Momente und Entbehrungen während unseres Daseins einen Sinn ergeben und eine Spur hinterlassen in unserem Wirken, aber auch in unseren Gesichtern. Gerade der Mensch, der selbst Ungerechtigkeit, Mühsal und Nöte erlebt hat, bemüht sich besonders, gerecht, gütig und verständnisvoll zu sein. Und hätte er keine schlechten Zeiten durchlebt, so wüsste er die guten gar nicht zu schätzen und zu genießen, sondern würde alles als selbstverständlich betrachten!

Gerne möchte man als älterer Mensch dann seine Erfahrungen an die Jungen weitergeben, aus Liebe und Fürsorge, um sie vor Fehlern und Ungemach zu beschützen. Doch das ist ein vergebliches Bemühen. Sie wollen ihre Erfahrungen und Fehler selbst machen, um dann genau wie wir heranzureifen und eine eigene Lebensphilosophie zu entwickeln. Und je tiefer ich darüber nachdenke, desto mehr bin ich mir klar darüber, dass das so auch richtig ist.

Bald wird Trude zurückkommen. Da ich heute ein wenig müde bin, werde ich früher zu Bett gehen. Diesmal wird sie mich, wie so oft, schlafend vorfinden.

Der Morgen und Abend danach

Als sie am nächsten Morgen erwachte, leuchtete ihr ein schöner Tag entgegen. Den nutzten Greta und Trude, um ein wenig ins Freie, in die Anlagen zu gehen.

Es war so belebend für Greta, wieder einmal aus der Stube zu kommen, das Grün der Bäume und Wiesen zu genießen und dabei die frische Luft in sich hinein zu saugen, den Duft der Blumen und blühenden Sträucher einzuatmen und sich für kurze Zeit eine kleine Ru-

hepause auf der alten Bank neben dem Teich zu gönnen. Sie nahm mit geschlossenen Augen einen tiefen Atemzug und es überkam sie ein Gefühl von Leichtigkeit und Freiheit. Diese Augenblicke, auch wenn nur kurz, waren für sie heilsamer als jede Medizin!

Und die beiden gingen weiter, ihre immer kürzer werdende Runde durch den kleinen Park. Greta musste Rücksicht auf ihre Beine und ihren Rücken nehmen. Jedoch war ihr bewusst, dass sie kein Recht hatte zu jammern. Es ging ihr verhältnismäßig gut für ihr hohes Alter und sie war glücklich, dass sie noch immer auf dieser Welt sein durfte! Viele ihrer Lieben, gute alte Freunde und Nachbarn waren bereits nicht mehr bei ihr und fehlten ihr schrecklich!

Am Abend ging Trude wieder aus dem Haus, da sie bei ihrer Freundin Suse eingeladen war.

Die Stube war vom Licht der Lampe erhellt, im Ofen prasselte ein kleines Feuer und Greta hatte sich etwas zu trinken bereitgestellt. Ein geschälter, geviertelter Apfel auf einem Tellerchen wartete darauf, von ihr verzehrt zu werden. Er schmeckte reif, süß und saftig. Während sie ihn aß, erinnerte er sie daran, wie sie und ihre Geschwister als Kinder Obst liebten, wenn sie solches zu essen bekamen. Manchmal hatten Wirtsleute einen oder mehrere Obstbäume in ihrem Garten und schenkten Gretas Familie so manches, was gerade reif war. Darüber freuten sie sich und verspeisten die Früchte ebenso genüsslich, wie sie es eben jetzt tat.

Sie blickte auf den Tisch, auf dem Friedrichs Büchlein vor ihr lag. Es schien ihr sagen zu wollen: »Ich warte! Nun fang endlich an zu schreiben!« Also begann sie wieder aufzuzeichnen.

Greta schreibt weiter

Mein Bruder Conrad war vier Jahre älter als ich. Mit ihm verstand ich mich immer besonders gut. In einer wirtschaftlich sehr schlechten Zeit beauftragten mich meine Eltern manchmal, in ein anderes Dorf zu gehen, um bei Landwirten nach Brot und Eiern zu fragen. Mir klopfte bei dieser Aufgabe das Herz bis zum Hals, aber ich wollte meine Familie nicht enttäuschen und nicht mit leeren Händen nach Hause kommen. Also überwand ich meine Aufregung und Angst und machte mich schweren Herzens auf den Weg. Auf diesen Gängen war mir mein Bruder Conrad immer eine große Hilfe, denn er begleitete mich. Dann erzählte er mir schöne Geschichten und ich konnte gar nicht genug davon bekommen.

Einmal kam uns eine Frau mit einem Korb Äpfel entgegen. Sie sah uns an, griff in ihren Korb und gab uns einige davon ab. Wir bedankten uns bei ihr und freuten uns sehr über diese Geste. Da sagte Conrad zu mir: »Jetzt erzähl ich dir mal unser Märchen. Ich bin der Hänsel und du bist meine Schwester Gretel. Und die Frau ist unsere gute Fee, keine Hexe und heim finden wir auch wieder!« Dann versicherte er mir noch, dass mich der Liebe Gott liebhat und stets beschützend seine Hand über mich halten würde.

Er blieb stehen, stellte sich vor mich hin und sah mir ganz tief in die Augen. Dabei sagte er mit Nachdruck noch einmal: »Hörst du! Gott liebt dich!«

Dann hob er einen Stein auf, der eine herzförmige Form hatte und drückte ihn mir mit den Worten in die Hand: »Das ist dein Edelstein, der gibt dir immer Mut und Kraft!«

Das rührte mich sehr. Er ahnte damals gar nicht, dass ich seine Worte mit hinausgenommen habe in mein Leben. Immer und immer wieder sagte ich sie mir vor, wenn es mir schlecht ging oder ich traurig war. Dann nahm ich seinen Stein in die Hand und fühlte Halt und Kraft in mir. Niemals werde ich ihn und unsere gemeinsamen Wanderungen vergessen.

Der darauffolgende Sonntag wurde in unserer Familie, wie immer, wenn wir nicht zur Kirche gingen, feierlich zelebriert. Mein Vater hatte eine Predigt aufgesetzt, die er in der Wohnstube verlas. Wir Kinder liebten es, ihm dabei aufmerksam zuzuhören. Anschließend saßen wir alle versammelt beieinander und sangen Lieder aus unseren Gesangbüchern. Das waren wundervolle Sonntage! Meistens standen Nachbarn und Wirtsleute vor unserer Tür und hörten zu.

Mit dieser Art, die Sonntage zu feiern, wurde uns Kindern der Weg in einen festen Glauben vermittelt, wofür ich meinen Eltern noch heute sehr dankbar bin. Was hätten wir in so mancher Zeit der Not und bei all den Sorgen, die uns auf unserem Lebensweg so viele Male plagten, tun sollen, wenn wir unseren Glauben nicht gehabt hätten?

An einem Sommerabend gastierten wir in Commichau. Das Theater war voll besetzt, da die Leute das Stück »Genoveva« liebten. Sie nahmen mit Leib und Seele an unserer Aufführung Anteil.

Plötzlich schreckten alle zusammen. Jemand im Saal brüllte in die Menge »Feuer!« Die Menschen reagierten panisch und stürmten mit erschreckten Gesichtern hinaus ins Freie. In kürzester Zeit war der Aufführungsraum menschenleer.

Auch mich hatte die Angst ergriffen und mein Herz schlug kräftig. Mein Vater, der die Vorstellung unterbrochen hatte, versuchte, möglichst vernünftig zu bleiben. Aber ich sah ihm an, dass auch er innerlich Panik hatte, jedoch damit kämpfte, diese nicht zu zeigen. Er reagierte erst einmal ratlos, aber ich bemerkte das Zucken in seinem Gesicht. Dann ersuchte er uns mit bemüht ruhiger Stimme, auch ins Freie zu gehen, um die Sachlage zu ergründen.

Es stellte sich heraus, dass im Gut nebenan ein Brand ausgebrochen war. Die Menschen standen umher und beobachteten das Geschehen, tuschelten miteinander und wir überlegten, ob wir die Vorstellung für diesen Abend abbrechen sollten. Durch das rasche Eingreifen vieler Helfer war das Feuer aber bald unter Kontrolle und ehe wir uns versehen konnten, saßen alle Zuschauer wieder auf ihren Plätzen und gaben uns damit ein sicheres Signal dafür, dass sie Wert darauf legten, unsere Vorstellung weiter zu verfolgen. Die Aufführung wurde an diesem Abend ein Riesenerfolg. Die Menschen waren so begeistert, dass wir das Stück am nächsten Tag bei ebenso vollem Haus wiederholen mussten. »Genoveva« war eines unserer Zugstücke, beim Publikum ausgesprochen beliebt.

Unsere nächste Station war der Ort Leibnitz, an den ich besondere Erinnerungen habe, weil ich während unserer Zeit des Verweilens dort wirklich gute Spielkameraden fand.

Nachdem mein Vater gelegentlich auch als Kantor tätig war, hatten wir in jedem Ort beste Kontakte zu den Pfarrersfamilien, wie auch hier in Leibnitz. Die Familie des dortigen Pfarrers hatte eine Tochter namens Camilla, die ebenso alt war wie ich. Eine weitere, befreundete Familie meiner Eltern war die des örtlichen Kantors mit vier Töchtern, nämlich der kleinen Thekla sowie den drei größeren Mädchen Hildegard, Mona und Christel. Wir waren oft bei ihnen eingeladen und ich liebte es, mit den Mädchen zu spielen.

Die Kinder des Pfarrers besaßen ein kleines Puppentheater mit Pappfiguren, damit spielten wir stundenlang. Unser Einfallsreichtum beim Erfinden von Geschichten und Texten war unendlich. Wir spielten alles, was uns im alltäglichen Leben beschäftigte. Immer gab es einen Bösewicht, aber stets siegte das Gute zum Schluss. Wir führten einen ewigen Kampf gegen die Ungerechtigkeit und tauchten mit Leidenschaft in Traumwelten ein. Unheimliche Gestalten, Bösewichte, schreckliche Drachen, Prinzessinnen mit schönen Kleidern, Könige und allerlei subtile Gestalten stachelten dabei unsere Fantasie an.

Im Gegensatz zum Theater meiner Eltern, die anspruchsvolle, klassische Stücke und Dramen aufführten, die von meinem Vater individuell für erwachsene Menschen inszeniert wurden und festgesetzte Textpassagen hatten, ließen wir Kinder unserem Erfindergeist und den Gefühlen freien Lauf und erzählten in unserer Kindersprache alles, was aus unseren Herzen und Mündern herauswollte. Es war ein herrliches Spiel und es erleichterte unsere Seelen, da wir alles, was uns bewegte, ungehemmt passieren lassen konnten. So siegten in unseren Spielen am Ende immer Liebe und Gerechtigkeit, die wir in unserem Alltag manchmal schmerzhaft vermissten.

Sowohl ich als auch meine Eltern hatten hier mit diesen beiden Familien echte Freunde gefunden, was sich auch später, als wir dann nach Döben zogen, bewies. Sie kamen uns dort recht oft besuchen und sooft wir zusammenkamen, war es jedes Mal ein freudiges Wiedersehen und ein großes Fest für alle. Die Freundschaft überdauerte Jahre, in denen wir Kinder heranwuchsen und irgendwann kam auch der Zeitpunkt, an dem in uns Mädchen, aber auch in den Buben, langsam das Interesse am anderen Geschlecht erwachte.

In dem Ort Seuslitz, wo wir einige Zeit unsere Vorstellungen aufführten, gab es ein schneeweißes Schloss mit vielen Türmchen und Erkern, unzähligen kunstvoll gerahmten Fenstern und einem großen, prächtigen Park mit grünen Hecken, Rosen und bunten Pflanzungen. Das Anwesen gehörte einem Grafen. Immer, wenn ich mit meiner Mutter spazieren ging, wünschten wir uns zutiefst, einmal durch diesen schönen Park gehen zu dürfen. Leider wurde uns dieser Wunsch nie erfüllt.

Während unserer Gastspielzeit stand eines Tages plötzlich der Diener des Grafen in unserer Haustür. Er sagte zu meinen Eltern: »Mich schickt der Herr Graf mit einer Bitte. Ich soll Ihnen bestellen, dass er sich sehr freuen würde, wenn Ihre beiden Söhne mit mir ins Schloss kämen, um mit den jungen Grafen zu spielen. Erlauben Sie, dass ich die beiden mit ins Schloss nehme?«

Meine Eltern waren von der Bitte überrascht, jedoch einverstanden und so gingen meine beiden Brüder mit dem Diener. Als sie abends wieder nach Hause kamen, waren sie hellauf begeistert. Sie berichteten uns von riesigen Räumen im Schloss, seidenen Vorhängen, kostbaren Kronleuchtern, edler Einrichtung und vor allem von traumhaften Spielsachen der jungen Grafen. Außerdem wären diese ausgesprochen nett gewesen und hätten sich sofort mit meinen Brüdern verstanden.

Nach diesem Tag kam nun der Diener sehr oft und holte die beiden ab. Ich war jedes Mal sehr traurig, nicht mitgehen zu können, da es keine Mädchen im Schloss gab. So blieb es das Privileg meiner Brüder, sich in der aufregenden Märchenwelt des Schlosses als Spielgefährten der Grafenkinder aufzuhalten. Als wir nach einiger Zeit wieder weitermussten, begriffen wir schon als Kinder, dass nur die Veränderung im Leben Bestand hat und Träume meistens nur von kurzer Dauer sind.

Dann kamen wir nach Steina, wo wir nach unserer Ankunft bemerkten, dass unter den Ortsleuten große Aufregung herrschte. Natürlich bemühten wir uns sogleich, zu erfahren, was die Menschen dort so furchtbar umtrieb.

Die Leute erzählten uns, dass die Kunde umging, in einigen Tagen um Punkt zwölf Uhr würde die Welt untergehen. Zwar belächelten meine Eltern das, jedoch war es für die meisten Leute im Ort bitterer Ernst! Viele schlachteten ihre Schweine, ein Mann sogar drei Stück auf einmal. Sie aßen sich noch einmal dermaßen satt, dass sie fast platzten. Auch tranken sie zu viel und einige torkelten auf der Straße herum. Andere wiederum vergruben ihr Geld und ihre Wertsachen und alles, was sie an Kostbarem besaßen in ihren Gärten.

Es lag eine sonderbare Stimmung über dem Ort und ich fragte mich, ob sich die Menschen so den Aufbruch in den Himmel vorstellen.

Vater konnte nur herzlich darüber lachen, weil ihn der Gedanke beschäftigte, was sie wohl von ihren vergrabenen Sachen und vollen Bäuchen hätten, wenn die Welt untergegangen sei.

Meine Brüder fanden das alles auch sehr lustig und es fiel ihnen nichts anderes ein, als sich irgendwelche Dummheiten auszudenken, die sie während des Weltunterganges ausüben könnten. So hatten sie Papiertüten aufgeblasen, die sie platzen lassen wollten, um die Andacht der Leute zu unterbrechen und diese, die sowieso schon vor Angst starben, auch noch zu erschrecken.

Mir hingegen war es etwas bange ums Herz, da unser Lehrer sogar die Schule hatte ausfallen lassen. Er ahnte wahrscheinlich, dass sowieso niemand gekommen wäre.

Als der Tag des Weltunterganges da war, stand ich am Fenster und sah hinaus auf die Straße. Überall hatten sich Leute versammelt und standen in Grüppchen wild diskutierend und gestikulierend auf dem großen Platz. Sie sprachen über das Schreckliche und malten sich bildlich Szenarien aus, die denen in der Hölle gleichkamen.

Meine Eltern dachten gar nicht daran, ihren Tagesplan zu ändern. Pünktlich wie immer wurde das Mittagessen eingenommen und mein Vater legte sich seelenruhig hin, um danach ein Schläfchen zu machen. Als es knapp vor zwölf Uhr war, bat ich meine Mutter, doch meinen Vater zu wecken. Schließlich könne er doch nicht einfach schlafen. Auch war ich der Meinung, er müsse uns sagen, wie wir uns verhalten sollten.

Auf einmal zogen am Himmel drohend rabenschwarze Wolken auf, es wurde fast finster. Eine unheimliche Stille lag über dem Ort.

Plötzlich hörten wir die Leute in den Straßen weinen und eine Frau lehnte am Gartenzaun, die Hände vors Gesicht geschlagen. Eine andere kam auf sie zu und legte ihre Arme um sie. So umschlungen verharrten sie. Ein alter Mann mit einem Gehstock rief die Worte: »Es geschehe!« mehrmals gen Himmel und fuchtelte mit dem Stock durch die Luft. Sein unheimliches Gebrüll war so laut zu hören, dass mein Vater dann doch aufstand und zum Fenster ging, obwohl ich ihm noch immer keinerlei Angst oder Unsicherheit ansah. Ich bemerkte nur, dass er mit dem Kopf schüttelte, als er auf den Platz hinunterblickte und irgendetwas in seinen Bart hinein murmelte.

Das dauerte einige Minuten und wie die Wolken gekommen waren, verzogen sie sich urplötzlich wieder, der Himmel hellte sich auf und die Sonne blitzte hervor. Erst einige Zeit später begriffen die Leute, dass es vorbei war mit dem vermeintlichen Weltuntergang. Jetzt brachen sie in lauten Jubel aus und freuten sich, da sie von einem Weiterbestehen der Welt überzeugt waren. Allerdings ärgerten sich diejenigen, die ihre Schweine geschlachtet hatten, ganz fürchterlich über ihre eigene Dummheit!

Die ganze Sache hatte jedoch auch etwas sehr Gutes. Am nächsten Tag war unser Vorstellungssaal restlos voll. Die Menschen freuten sich so sehr über den Fortbestand der Welt, dass sie dies ausgiebig mit einem schönen Theaterabend feierten!

Nun, lieber Friedrich, bemerke ich, dass mir der heutige Abend wieder wie im Fluge vergangen ist und ich nun müde geworden bin. Trude ist gerade nach Hause gekommen, eine gute Gelegenheit, um uns gleich zusammen zur Ruhe zu begeben. Bald werde ich Dir weiter erzählen von Orten, die ich mit meiner Familie bereist habe und von Erlebnissen, die mich besonders bewegt haben. Schließlich ist morgen ein neuer Tag!

Der Tag danach

Am Morgen erwachte sie, als Trude schon weg war. Diese war für ein paar Tage zu Bertha und Friedrich nach Grüna gefahren und hatte bereits Essen für Greta vorgekocht. Es würden Tage folgen, an denen sie sich nicht allein fühlen musste, da ihr Friedrichs Büchlein Gesellschaft leistete und sie sich darauf freute, wieder hineinzuschreiben.

Greta hatte sich vorgenommen, diesen Tag zu benutzen, um sich auszuruhen und viel zu schlafen, nachdem sie sich etwas angestrengt fühlte. Zumal sie und Trude vorgestern auch Besuch von Lore, einer Nachbarin hatten, die ihnen einen frischgebackenen Haselnusskuchen mitbrachte, den sie mit ihrer speziellen Johannisbeermarmelade gefüllt hatte. Eine wahre Köstlichkeit!

Greta dachte an die fröhliche Unterhaltung, in der sie ihre bewegte Vergangenheit aufleben ließen. Neben duftendem Kaffee, den Trude aufgebrüht hatte, ließen sie sich sogar einige Gläschen ihres selbstgemachten Kirschlikörs schmecken, der sie in eine beschwingte Stimmung versetzte.

Lächelnd dachte Greta an die heiteren Episoden, die jeder zu erzählen wusste. Ein wirklich lustiger Nachmittag war das gewesen! Sie hatte seit Langem wieder einmal so richtig gelacht. Das tat Leib und Seele ungemein wohl, gerade in diesen dunklen Zeiten. Im Moment erwog sie, vielleicht noch kurz ein paar Schritte an die Luft zu gehen, bevor sie sich niederlegen wollte.

Den ganzen Nachmittag hatte sie dann verschlafen, der Abend war da und das Abendbrot bereits eingenommen. Angenehm erwärmte der Ofen ihren Rücken. Büchlein und Stift lagen schreibbereit und ihre Gedanken kreisten bereits wieder im Vergangenen. Eine gute Zeit, um sie erneut festzuhalten.

Greta schreibt weiter

Als wir damals in Mutzschen, wo ich heute lebe, gastierten, lernte ich dort Magda, ein Mädchen aus dem Stadtgut, kennen. Magda nahm mich immer auf ihrem Schlitten mit auf den Markt. Wir besuchten diesen oftmals zusammen mit anderen, um dort einzukaufen. Ich liebte diese Tage und denke noch heute gern daran. Wer jedoch hätte damals je daran gedacht, dass ich einmal eine Lehrersfrau in Mutzschen werde und Magda hier meine Nachbarin und beste Freundin wird! Da bewahrheitet sich wieder der Spruch: »Wie ist die Welt doch klein!«

Ebenso erging es mir mit Andreas, einem der Söhne aus einem großen Gut in Großweitschen, wo wir auch Aufführungen hatten, als ich noch ein Kind war. Er wurde viel später der erste Bräutigam meiner Schwester Anne, die insgesamt dreimal verlobt war.

Und Bernd, einer der Söhne meines Großweitschener Schullehrers, besuchte später mit Deinem Papa das Lehrerseminar in Grimma. Beide wurden dann Lehrer in Leipzig. Dein Vater nahm mich immer zu seinen Klassentreffen mit, wo ich auch Bernd wiedertraf. Immer wenn ich ihn sah, musste ich an meine Schulzeit in Großweitschen und an frühere Zeiten denken. Er hatte mich damals beschützt, als mich ein paar Buben aus der Klasse ärgern wollten.

Ich erinnere mich an eine Weihnacht in Frohburg, wo meine Mutter die Bekanntschaft von Lotte Bösel, einer Näherin gemacht hatte. Ihr Mann war gestorben und sie hatte ganz allein für ihre sechs Kinder zu sorgen. Obwohl die Frau sehr fleißig war, konnte sie die Familie nur kümmerlich ernähren.

Es war Heiliger Abend, aber wir waren alle nicht so recht in der Lage, uns richtig freuen zu können. Mutter hatte uns die Geschichte von Frau Bösel erzählt. Da holten meine Eltern einen Korb, den sie mit vielen nützlichen und süßen Sachen, wie Obst, Eiern, Mehl, Brot, einem Stück Butter, Plätzchen, Kuchen, einigen Knäueln Wolle und Stoffresten vollpackten. Sie beauftragten mich, diesen bei den Bösels abzugeben.

Ich lief dorthin und pochte an die Haustür. Es war unbeschreiblich, als sich die Tür öffnete und ich den Korb übergeben konnte. Die Familie freute sich so sehr über unsere Geschenke, dass ich ganz ergriffen war und am liebsten noch meine Puppe, die ich gerade zu Weihnachten bekommen hatte, dazugegeben hätte! Dies wurde dann noch ein besonders schöner Weihnachtsabend, der mir im Gedächtnis geblieben ist.

Im Ort Otzdorf, wo wir anschließend Vorstellungen gaben und mein Vater wiederum auch als Kantor tätig war, spielte ich oft mit den Kantors- und Pfarrerskindern. Als unsere Gastspielzeit zu Ende ging, sagten sie mir, dass in zwei Wochen das alljährliche Schulfest stattfindet. Alle wollten mich gern dabeihaben und das war auch mein tiefster Wunsch. Wie bedauerte ich es, als wir schon bald wieder in den nächsten Ort abreisen mussten und als der Abschied kam, war ich unendlich traurig.

Wie wir dann am letzten Abend nach altem Brauch wieder auf der Bühne unsere Rede an das Publikum richten mussten, wurde unser Abschied von den Menschen sehr bedauert, viele weinten sogar!

Ich erinnere mich daran, dass meine Mutter ein weites Kattunkleid besaß, das mit roten Blumen übersät war und das ich furchtbar scheußlich fand. Ich riet ihr daher immer, wenn sie vor ihrem Kleiderschrank stand: »Zieh nur dieses Kleid nicht an!«

Da zog sie es nicht mehr an. Nachdem aber der Stoffaufwand für das Kleid sehr groß gewesen war und es nun ungenutzt herumhing, kam meine Mutter auf die blendende Idee, es zur Schneiderin zu bringen, um für mich daraus zwei Kleider fertigen zu lassen. Ich war außerordentlich verdrossen, nun die ungeliebten Kleider selbst tragen zu müssen, eines die Woche über und das andere sonntags. Und da ich zur Freude meiner Mutter mit meinen Sachen sehr pfleglich umging, hielten die Kleider ewig. Da klagte ich oft: »Wenn nur die beiden scheußlichen Kleider endlich kaputt gingen!« Über diesen Ausspruch konnte Mutter jedes Mal lachen, bis ihr die Tränen kamen!

Im Ort Zettlitz gab es eine Schule, die nur von den Pastoren- und Lehrerkindern besucht wurde. Wir gingen auch auf diese Schule und hatten uns mit ihnen angefreundet.

Nach dem Unterricht trafen wir uns und spielten miteinander. Die Pastorenfamilie hatte einen großen Garten, der für unsere Spiele und besonders für die der Jungen, geeignet war. Wie schön, dass die Pastors auch ein Mädchen namens Monika hatten, mit der ich mich sehr gut verstand. Die Buben liebten es, in diesem Garten »Räuber« zu spielen. Natürlich war auch ich es wieder einmal, die, wie so oft, von ihnen als Opfer auserwählt worden war.

Ich hatte bei diesem wilden Spiel das ungeliebte, mit roten Blumen übersäte Kleid an und erschrak fürchterlich, als ich an einem Ast hängengeblieben war und mir ein Loch hineingerissen hatte. Die Angst, was meine Mutter wohl dazu sagen würde, hatte mir momentan erst einmal die Lust am Spielen genommen.

Da meinte Monika: »Ich komme mit zu deiner Mutter. Wir sagen einfach, dass es meine Schuld war, weil ich dich festgehalten habe, während du dich losgerissen hast!«

Ich erwiderte darauf: »Was meinst du, wenn wir sagen, dass wir beide Schuld haben. Dann wird uns die Mutter schon nicht den

Kopf abreißen. Aber danke, dass du das für mich machen willst. Du bist eine echte Freundin!«

Irgendwie war ich froh darüber, dass das gehasste Kleid endlich defekt war. Da kam mir aber der Gedanke, dass die Mutter es reparieren könnte. Ich erzählte Monika von meiner Abneigung diesem Kleid gegenüber, nahm den Stoff kurzerhand zwischen die Finger und zog das Loch beherzt auseinander, bis sich ein langer Riss gebildet hatte, der bis zum Saum ging. Gleich danach plagte mich jedoch ein unsagbar schlechtes Gewissen.

Nun gingen wir zu meiner Mutter und erzählten ihr unsere erfundene Geschichte. Natürlich war sie nicht begeistert über dieses Missgeschick und meinte ärgerlich: »Das Kleid können wir wegwerfen!«

Freude und schlechtes Gewissen in Einem kämpften in mir und Monika blinzelte mir seitlich von der Mutter unbemerkt zu. Da sagte meine Mutter: »Na ja, ist ja eigentlich nicht ganz so schlimm. Du hast ja von dem Kleid noch ein zweites. Das kannst du gleich anziehen!«

Da war es vorbei mit meiner Freude, aber auch mit meinem schlechten Gewissen! Irgendwann einmal, als ich erwachsen war, habe ich meiner Mutter die ganze Sache gebeichtet. Da konnten wir beide herzlich darüber lachen.

Auf unseren Reisen kamen wir auch für kurze Zeit in den Ort Bocka, der nicht weit von Altenburg entfernt liegt. Die Leute des Ortes trugen alle die Altenburgische Tracht.

Selma, unsere Wirtin, war auf eine Hochzeit eingeladen und ließ meine Mutter holen, da sie ihr den schönen »Altenburgischen Staat« einmal zeigen wollte. Ich ging mit meiner Mutter zu ihr und erinnere mich, dass sie Selma fragte, wie viel Seide sie wohl zu solch einem Kleid, das aus lauter kleinen Seidenfältchen bestand, brauchen würde.

Da meinte Selma: »Dafür brauchst du 60 Ellen Seide!« Meine Mutter war beeindruckt. »Willst du es einmal anziehen?«, fragte Selma.

Mutter war begeistert und noch mehr, als sie sich mit dem Kleid vor dem Spiegel hin und her drehte. Es saß einfach perfekt an ihr. Sie murmelte vor sich hin: »Wäre das schön, heute an unserem Abschiedsabend den Menschen in dieser Altenburgischen Tracht auf Wiedersehen sagen zu können.«

Da meinte Selma: »Wenn du mir versprichst, gut auf das Kleid aufzupassen, borge ich es dir heute Abend gerne kurz für die Verabschiedung!« Meine Mutter und ich freuten uns unsagbar.

Weniger angetan war ich dann, als ich mich auf die Bühne stellen und meine Abschiedsrede an das Publikum halten musste. Dieser Auftritt kostete mich so oft Tränen der Aufregung. Von meiner Rede, die mein Vater verfasst hatte, sind mir lediglich die letzten Zeilen in Erinnerung geblieben:

»Lebt wohl, die Ihr mit mir in die Schule gegangen
und sehen wir uns wieder hier,
Ihr werdet mich empfangen!«

Niemals hätte mein Vater daran gedacht, dass es irgendwann einmal möglich sein könnte, vom Publikum mit Fahnen und »Heil Hitler« empfangen zu werden. Ich weiß nicht, was in ihm vorgehen würde, könnte er heute vom Himmel schauen. Sicher weiß ich aber, dass sich die Menschen damals alle freuten, wenn wir wiederkamen!

Im nächsten Ort Clausnitz ging ich gern zur Schule und war traurig, als wir wieder fortmussten. Die beiden jungen Lehrer dort waren sehr gut zu mir und holten mich am letzten Schultag noch in ihre Stube. Dort hatten sie Kakao gekocht und Kuchen für mich bereitgestellt. Ich konnte jedoch vor Tränen gar nicht essen! Da schenkte mir einer der beiden eine schöne Tasse und der andere eine Zuckertüte zum Abschied. Obwohl mir furchtbar wehmütig ums Herz war, freute ich mich sehr darüber.

Jedes Jahr reisten meine Eltern nach Dresden. Diese Reise war für sie ein »Muss« und eine einzigartige Freude. Besonders der Besuch des dortigen Hoftheaters, da sie Theater sehr liebten. Durch ihre Berufe hatten sie die Liebe hierfür ja im Blut. Und es machte ihnen jedes Mal unsagbaren Spaß, diese schöne Stadt wiederzusehen, das Stadtleben für kurze Zeit genießen zu können und durch Dresdens Straßen zu schlendern.

Ein anderer, noch wichtigerer Grund, dorthin zu kommen, war Frau Korber, die gebrauchte Garderobe aus dem Theaterfundus verkaufte. Zu ihr gingen sie während jedes Dresdenaufenthaltes und kauften ein, da die edlen Stoffe wunderbares Material für Marionettenkleidung lieferten. Aus diesen Stoffen nähte meine

Mutter dann tagelang zu Hause Kleider und Anzüge für unsere Theaterpuppen.

Stets wartete ich schon ungeduldig und gespannt auf die Rückkehr meiner Eltern, um die kostbare Theaterkleidung zu sichten. Da gab es beispielsweise schöne hellgraue, seidene Kleider mit kostbarer Goldstickerei darauf oder weiße Seidenkleider mit Silberstickerei, die mir immer besonders gut gefielen und die ich sofort anprobierte. Darin kam ich mir vor wie eine Prinzessin und drehte und wendete mich vor dem Spiegel. Ich fand es nur sehr schade, dass ich nie eines behalten konnte, aber es machte mich andererseits ebenso stolz wie meine Eltern, unsere Marionetten dann so edel gekleidet zu sehen. Und ich hatte große Freude daran, meiner Mutter bei der Auswahl der richtigen Stoffe für die jeweiligen Kleider beratend zur Seite stehen zu dürfen.

In einem Ort mit dem Namen Pulsitz gastierten wir einige Tage. Ich erinnere mich noch genau an diese Zeit, da ich und meine Brüder dort besonders gute Freunde fanden.

Es gab ein großes Landgut im Ort, deren Besitzer zwei Mädchen, Gisela und Ursula, sowie einen Sohn namens Oskar hatten. Die Kinder der Gutsbesitzer, die wie wir, schon herangewachsen waren, genossen eine vornehme Erziehung und waren sehr gebildet.

Am Abend, als wir unsere zweite Vorstellung gaben, waren auch sie anwesend. Nach der Vorstellung sprachen sie mich und meine Brüder an und wir unterhielten uns sehr angeregt. Wir verbrachten anschließend den ganzen Abend zusammen und schlossen Freundschaft.

In der Folgezeit wurden sie richtig gute Freunde und luden uns, als wir später in Döben wohnten, oftmals auf ihr Gut ein. Mehr und mehr fühlte ich irgendwann in Oskars Gegenwart, die mir vorher so entspannt und vertraut schien, eine seltsame Anspannung in mir, die mich ein wenig verunsicherte. Es sollte sich jedoch erst viel später herausstellen, was das auf sich hatte. Dann verging einige Zeit, in der sich wichtige Dinge ereigneten, an die ich mich besonders gerne erinnere.

Da ich nun fast am Ende meiner Erzählungen bin, muss ich Dir jetzt unbedingt noch mein schönstes Reiseerlebnis berichten:

Als wir Pulsitz verließen, kamen wir nach all unseren vielen Reisen nach Döben. Wir waren bereits bei den Menschen im Ort angekündigt und wurden von ihnen herzlich willkommen geheißen. Döben war auch der Ort, in welchem ich aufgrund meiner frühen Einschulung mit dreizehneinhalb Jahren vom dortigen Kantor konfirmiert wurde. Er kannte mich schon jahrelang und hielt viel auf mich. Ein großer Schmerz dieser Zeremonie war für mich jedoch, dass er mich nach der Konfirmation nach all den Jahren mit »Sie« ansprach.

In Döben waren wir sehr angenehm untergebracht. Unsere Wirtin Paula Bäumer hatte ein anheimelndes, altes Haus mit Erkern, gediegenen Möbeln, Teppichen auf dem Boden und romantischen Vorhängen an Fenstern. In den Zimmern und dem wundervoll bepflanzten Garten, mit altem Baumbestand, blühenden Stauden und Blumenwiese, konnte man sich so richtig zu Hause fühlen. Auch war die ganze Familie sehr angetan von den netten Menschen, dem schönen Ort und alle Familienmitglieder schienen den gleichen Gedanken zu haben: ›Ach, wenn wir doch nur hierbleiben könnten!‹

Dies ließen wir auch die Wirtin Paula Bäumer, eine liebenswerte zweiundsiebzigjährige Frau, wissen. Da sagte die alte Dame zu uns: »Ich habe das Gasthausleben gründlich satt! Kaufen Sie mir das Haus doch ab und bleiben Sie einfach hier!«

»Ja«, erwiderte mein Vater, »das würde ich schon sehr gerne tun, wenn ich nur so viel Geld hätte!«

Der Gasthof sollte sechstausend Taler kosten und unser Vater hatte mit Mühe und Sparsamkeit gerade einmal zweitausend Taler für schlechte Zeiten zur Seite legen können. Die große Familie war trotz Vaters Sparsamkeit immer gut versorgt und ordentlich gekleidet gewesen und wir hatten stets anständig zu essen sowie immer ein Dach über dem Kopf gehabt. Daher war das Ersparte eine bemerkenswerte Leistung, für die unser Vater vollen Respekt verdiente. Aber bedauerlicherweise reichte das Geld nicht aus, um das Haus kaufen zu können.

Von dieser Geschichte hörte auch der Herr von Burau, ein guter Bekannter meines Vaters und Bewunderer unserer Marionettenbühne. Eines Tages kam er plötzlich zu Besuch und bot meinem

Vater an, ihm das noch fehlende Geld für den Hauskauf zu borgen. Mein Vater nahm das Angebot freudestrahlend an und die ganze Familie war überglücklich.

Nun wurde es wirklich endlich wahr, wir bekamen eine Heimat! Es gab niemanden auf der Welt, der glücklicher war als ich. Meine Mutter und ich weinten vor Freude!

Bis zur Hausübergabe mussten wir noch ein Vierteljahr Vorstellungen geben. Wie leicht fiel uns das jetzt, da wir wussten, dass nun alles gut werden würde. Mein sehnlichster Wunsch, auch endlich ein Zuhause zu bekommen, sollte wahr werden!

Allerdings fiel ich aus allen Wolken, als mein Vater im darauffolgenden Winter verkündete: »Wir müssen den Winter über wieder spielen!« Das bedeutete, mein Vater, die beiden Brüder und ich. Meine Mutter und die beiden kleinen Mädchen Lieschen und Martha blieben zu Hause.

Während dieser Zeit habe ich viele Tränen vergossen und war sehr unglücklich, da ich mich mangels der Anwesenheit meiner Mutter ohne jeden Halt fühlte. Im Gegenteil, ich musste sie noch in allem ersetzen. Es war sehr hart für mich und ich war unendlich überfordert, obwohl ich verstehen konnte, dass wir Geld verdienen mussten, um das Haus abzubezahlen. Ich erfüllte die Anforderungen, die an mich gestellt wurden, ganze dreieinhalb tränenreiche Jahre lang.

Wenn ich besonders verzweifelt war, sagte ich mir stets jenen Satz vor, den Conrad mir auf unseren damaligen Wanderungen mit ins Leben gegeben hatte: »Gott liebt Dich!« Und wenn ich dann den herzförmigen Stein, meinen Edelstein in der Hand fühlte, kamen Mut und Kraft zu mir zurück. Die Kraft, weiterzumachen und alles bis zum Ende durchzustehen! Irgendwann konnten wir endlich zu Hause bleiben. Darüber war ich ungemein glücklich!

Wir hatten gute Freunde im Ort gefunden, zu denen auch der dortige Pfarrer Kiebisch, der Kantor von Flöhberg sowie der Herr von Schloben gehörten. Zusammen mit den beiden Herren wurden wir von diesem eines Tages zum Mittagessen eingeladen. Die alten Herren mit ihren blütenweißen Hemden und schwarzen Gehröcken benahmen sich sehr gesittet und vornehm, genauso sprachen und aßen sie auch.

Ich kann mich noch gut erinnern, dass es für mich als fünfzehnjähriges Mädchen eine Pein war, im Kreise der für mich eher stocksteif anmutenden Herren und meiner Brüder speisen zu müssen. Diese bemühten sich um ein besonders gesittetes Benehmen. Ich fühlte mich sehr unsicher, da ich alles richtig machen und in gar keinem Fall unangenehm auffallen wollte. Zum Abschied überreichte der Gastgeber, Freiherr von Schloben, jedem der Geschwister noch eine Schachtel mit köstlichen Leckereien als Geschenk. Darüber freuten wir uns alle und empfanden dies als sehr noble Geste.

Eines Tages besuchten uns dann auch Gisela und Ursula mit ihrem Bruder Oskar aus dem Gut Pulsitz in unserem Haus, die wir damals nach der Abendvorstellung dort kennengelernt und als Freunde gewonnen hatten. Sie blieben acht Tage bei uns in Döben.

Wir waren nun alle herangewachsen, keine Kinder mehr und als ich Oskar mit seinen glänzenden dunklen Haaren wiedersah und er mich mit seinen tiefbraunen Augen anblickte, spürte ich erneut, wie mich seine Gegenwart verunsicherte.

Er war mir gegenüber außerordentlich zuvorkommend und ich bemerkte, dass er sich in jeder Situation wie ein vollkommener Kavalier benahm. Aber mir blieb auch so mancher verstohlener Blick, den er mir zuwarf, nicht verborgen. Dabei verspürte ich ein mir bisher unbekanntes Gefühl. Wenn sich unsere Blicke trafen, stieg eine eigenartige Wärme und Unruhe in mir auf und ich blickte schnell zu Boden.

Ein noch intensiveres Gefühl verspürte ich, wenn wir uns zufällig berührten. Oskar öffnete mir die Türen, ließ mir immer den Vortritt, rückte mir vor dem Hinsetzen meinen Stuhl zurecht und nahm mich ritterlich in Schutz, wenn er meinte, mich vor irgendjemandem verteidigen oder beschützen zu müssen. Das tat mir unendlich gut und ich genoss seine Aufmerksamkeit in vollen Zügen.

Es war nicht zu übersehen, dass er ein Auge auf mich geworfen hatte und ich ihm mehr als gut gefiel. Ich bemerkte aber auch, dass er mir nicht egal war und unbekannte Gefühle in mir auslöste. Das machte mich unsicher und unruhig, da ich nicht wusste, wie ich mit der Situation umgehen sollte. Langsam baute sich eine immer größer werdende Spannung zwischen uns auf.

Eines Tages, als wir uns zufällig im Flur trafen, ging er plötzlich auf mich zu, nahm meine Hand und gestand mir seine Liebe! Er sagte mir, dass er mich unbedingt einmal heiraten wolle.

Ich lächelte ihn verlegen an und konnte erst einmal darauf gar nichts sagen. Ich fühlte, wie mein Gesicht errötete und blickte verunsichert zu Boden. Da hob er sanft mein Kinn an, nahm meinen Kopf zärtlich in seine Hände und unsere Blicke trafen sich zum ersten Mal mit einer solchen Intensität, dass keine Worte notwendig waren. Er sah mir tief in die Augen, unsere Gesichter näherten sich und wir küssten uns. Das war ein wundervoller Augenblick und ich wollte die ganze Welt umarmen! Mehr jedoch gestattete ihm seine gute Erziehung nicht und natürlich auch mir nicht die meine. Wir gingen zurück in die Stube und waren den anderen gegenüber bemüht, uns ganz normal zu verhalten, obwohl ein Feuer in uns loderte! Unsere Liebe wuchs mit jedem Tag unseres Beisammenseins.

Für mich erschien es damals ziemlich klar, dass ihm seine Eltern wohl nie erlauben würden, seine Absicht wahrzumachen, mich zu heiraten. Gisela und Ursula, denen natürlich unsere Gefühle nicht verborgen geblieben waren, meinten jedoch während eines unserer Mädchengespräche: »Wenn Oskar dich heiraten will, dann wird er das bei den Eltern durchsetzen, da sind wir uns ganz sicher!«

Als sie wieder abreisten, verabschiedeten wir uns alle sehr herzlich in dem Bewusstsein auf ein baldiges Wiedersehen, auf das wir uns schon freuten. Ich winkte zum Abschied, bis Oskar, Gisela und Ursula nicht mehr zu sehen waren.

Dann kam der Siebzigerkrieg und Oskar musste einrücken. Er fiel gleich in der ersten Zeit! Gisela und Ursula unterrichteten mich über das traurige Ereignis und schickten mir ein Foto, das Oskar als Soldaten zeigte. – Das war alles, was mir von Oskar blieb!

Worte an Friedrich

Nun habe ich Dir, lieber Friedrich, vieles erzählt, was mich während meiner Kindheit und Jugend so sehr bewegt hat, ob es Freud oder Leid war. Es ist auf alle Fälle schön, dass ich noch einmal Zeit und

Gelegenheit hatte, im Zwiegespräch mit Dir mein ganzes Leben vorbeiziehen zu sehen. Du wirst, wenn Du dieses Büchlein liest, so manches Mal an Deine alte Mutter denken. Wer weiß, vielleicht fließen auch bei Dir ein paar Tränen, wenn Du Dich beim Lesen in mein kleines Kinderherz hineinfühlst. Aber sei beruhigt, ich habe mein Leben immer geliebt! Es hat viel Schönes mit sich gebracht und an manchen Dingen, die mir oft sehr schwer erschienen, bin ich gewachsen und habe daraus gelernt.

Ich bin nun alt und stehe ganz nah vor Gottes Tür, aber ich liebe mein Leben immer noch! Dieses Denken, bei allem, was Dir im Leben widerfahren mag, möchte ich Dir, lieber Friedrich, gern mit auf den Weg geben.

Hier ein kleines Gedicht für Dich:

Nun hab ich von meiner Kindheit geschrieben.
Ach, wenn wir doch immer nur Kinder blieben,
so unschuldsvoll, dankbar für jeden Blick,
die schöne Zeit kommt niemals zurück.
Für uns ist das Beste Zufriedenheit.
Da gehen wir munter durch die Zeit.
Und ich, die ich nun 87 Jahr,
weiß genau, wie es im Leben war!
Doch hat mir Gott ein starkes Herz gegeben,
da trug ich Freud und Leid stets gottergeben.
Nur jetzt, wo ich vor seiner Türe steh,
tut mir oft das arme Herze weh.
Hab mich gefragt stets, womit kann ich bestehen?
Ließ ich kein ungut Wort aus meinem Munde gehen?
Ach nein, so ist's wohl oftmals nicht gewesen
und Du Gott kannst in meinem Herzen lesen,
dass tief bereu ich all meine Sünden
und wer bereut, soll doch Vergebung finden!

Für heute, so denke ich, habe ich Dir, lieber Friedrich, vieles gesagt, was mir wichtig und richtig erscheint. Nun werde ich, da es wieder sehr spät geworden ist und ich bereits mehrmals ausgiebig gegähnt habe, in mein Bett schlüpfen und es wäre schön, wenn ich heute Nacht von Dir und den Lieben in der Ferne träumen würde!

Der Morgen und Spätnachmittag danach

Als die Sonne das Dunkel der Nacht verdrängt und das Zimmer in ein warmes Licht getaucht hatte, erwachte Greta. Ein Sonnenstrahl streichelte ihr Gesicht. Der Blick auf die Uhr verriet ihr, dass es schon später Vormittag war. In der Nacht hatte sie in tiefem Schlaf gelegen, was nicht immer die Regel war. So fühlte sie sich an diesem Tag wunderbar ausgeruht.

Sie erhob sich langsam und streckte sich vorsichtig. Nachdem sie in ihre Hausschuhe geschlüpft war, begab sie sich in die Stube, um dort bei einem duftenden Kaffee und einem Marmeladenbrötchen das Frühstück einzunehmen und in Gedanken die Vergangenheit noch einmal passieren zu lassen.

Der Vormittag verging rasch und sie wagte sich, aufgrund des schönen Wetters, noch einige Schritte allein hinaus ins Grüne zu gehen, nachdem Trude verreist war. Nach dem Mittagsmahl, das sie an diesem Tag etwas später eingenommen hatte, genehmigte sie sich noch ein kleines Nickerchen.

Der Spätnachmittag eignete sich wunderbar dafür, um es sich in der Stube gemütlich zu machen und erneut mit den Erzählungen fortzufahren.

Sie hatte sich vorgenommen, heute Friedrich ihr wichtigstes Erlebnis zu berichten, was ihr eigenes Leben, aber auch seines und das seiner beiden Schwestern Trude und Elsa, grundlegend beeinflusst hatte.

Greta schreibt weiter

Wir schrieben den Sommer 1873 und hatten den Krieg zwischen Frankreich und Preußen hinter uns, jener Krieg, in dem Oskar fiel. Es war wieder Ruhe im Land eingekehrt.

An einem schönen Abend im Juni war im Garten des Pfarrhauses in Döben ein großes Sommerfest angesetzt. Alle Menschen des Ortes freuten sich und halfen beim Aufbau mit. Die Terrasse des Pfarrhauses wurde zu einer kleinen Tanzfläche umgestaltet und bunte Lampions mit Lichtern an einer Kette aufgereiht. Eingerahmt von blühenden Rosenranken und Jasminbüschen war alles in ein wunderschönes Licht getaucht, sobald es dunkel wurde.

Die Frauen des Ortes hatten nicht damit gespart, reichlich Salate, selbstgebackene Kuchen sowie allerlei Naschereien zum Fest beizusteuern. Es gab so gut wie niemanden, der nichts mitbrachte, um das Sommerfest zu bereichern. Die Menschen hatten eine lange Tafel aufgebaut, an der sich jeder nach Herzenslust bedienen konnte. Meine Mutter schenkte ihre selbstgemachte Waldmeisterbowle aus, die recht regen Absatz fand und allseitig gelobt wurde.

Die Gesichter der Menschen strahlten vor Freude über diesen Abend und auch die älteren Anwesenden waren sehr glücklich, ihre Bekannten und Freunde treffen und sich wieder einmal ausgiebig unterhalten zu können.

Wir Jugendlichen nutzten diese Gelegenheit, um uns untereinander auszutauschen und vielleicht auch neue Bekanntschaften zu schließen. Im Gegensatz zu mir, die ich das Jahr über mehr unterwegs als zu Hause gewesen war, kamen die meisten Jugendlichen sehr selten aus ihrem Ort heraus oder gar in eine andere Stadt, da alles zu Fuß oder mit der Kutsche bereist werden musste. Daher freuten sich alle, hier einmal im Jahr Gleichaltrige treffen zu können.

Neugierig stand ich mit den anderen Mädchen beieinander. Das galt auch für meine Brüder Conrad und Eberhard, die sich in einer Gruppe Jungens unterhielten.

Die Mädchen des Ortes hatten sich besonders hübsch gemacht, da schließlich jedes einen guten Eindruck machen wollte, besonders bei dem anderen Geschlecht.

Ich trug ein Sommerkleid mit rundem Ausschnitt und weitem Rock, der knapp über meine Knie reichte und hatte mir eine Kette von Mutter mit künstlichen Perlen ausgeborgt, die meine Weiblichkeit unterstreichen sollte. An diesem Tag ließ ich meine langen, dunklen Haare offen über die Schultern fallen, eine Spange hielt sie leicht zusammen.

Die jungen Männer standen geschniegelt in Grüppchen herum und warfen den einen oder anderen verstohlenen Blick in die Richtung, wo wir Mädchen miteinander tuschelten und unseren Spaß hatten. Es war eine sternklare Nacht, sogar der Mond grüßte an diesem Abend vom Himmel. Die Luft war lau und ich habe noch heute den Geruch der blühenden Sträucher des Pfarrgartens in der Nase. Der Pastor sowie der Kantor hatten einige junge Männer gebeten, Instrumente mitzubringen und so hatten wir auch noch schöne Unterhaltungsmusik, zu der getanzt wurde.

Zum Fest waren auch die Schüler des Lehrerseminars Grimma eingeladen, was besonders uns Mädchen sehr erfreute. Neugierig und verstohlen musterten wir die jungen Studenten, was diese uns gleichtaten, indem sie in unsere Richtung blickten.

Mir und meiner Freundin Heidrun war aufgefallen, dass sich unter ihnen ein besonders gutaussehender junger Mann befand, der seinen Blick immer wieder einmal zu der Gruppe Mädchen richtete, der auch wir angehörten. Nicht nur Heidrun und ich, sondern auch die anderen Mädchen hatten ihn sofort erblickt. Seine braunen Augen, sein sensibler Mund und seine Figur waren nicht zu übersehen. Mir gefielen auch seine Gestik, besonders seine feingliedrigen Hände und das etwas längere, dunkle Haar, glänzend und voll. Irgendwie hob er sich von den anderen jungen Männern ab.

Die Mädchen, Heidrun und ich tuschelten aufgeregt miteinander.

Als ich einmal in seine Richtung schaute, blickte ich ihm zufällig direkt in die Augen. Dieser eine, nur kurze Blick, traf mich wie ein Blitz. Schnell wandte ich verlegen meine Augen von ihm ab. Irgendwie war es mir peinlich und ich fühlte mich unsicher, ein wenig, als würde der Boden unter meinen Füßen schwanken. Ich bemühte mich, das vor meinen Freundinnen, aber auch vor ihm zu verbergen. ›Sicher war das nur Zufall‹, dachte ich für mich, ›er hat bestimmt nach einem der anderen Mädchen geschaut.‹ Und so stürzte ich mich in eine angeregte Diskussion mit Heidrun, um mich abzulenken und wieder zu sammeln. Im gleichen Moment spielten die Musikanten auf und mehrere Gäste des Sommerfestes bewegten sich langsam zur Tanzfläche.

Der junge Mann muss wohl seinen ganzen Mut zusammengenommen haben, denn er näherte sich unserer Gruppe. Heidrun strahlte, da sie ganz sicher war, dass sie die Auserwählte war.

Plötzlich stand er vor uns. Aber es war nicht Heidrun, nein, er fragte mich, ob ich ihm diesen Tanz schenken würde. Vollkommen überrascht und schüchtern bejahte ich seine Bitte, unter den neidischen Blicken meiner Freundinnen. Und es war nicht nur dieser eine Tanz, wir tanzten den ganzen Abend lang miteinander. Wenn er mir in die Augen blickte, verschwand die ganze Welt um mich herum und ich spürte einen Schwarm Schmetterlinge durch meinem Körper surren.

Paul war ein großartiger Tänzer und erwies sich als ein ebensolcher Kavalier. Sein Bemühen um mich fühlte sich so gut an. Ich hatte sofort Vertrauen zu ihm, obwohl ich ihn doch erst so kurz kannte. Ihm schien es ebenso zu ergehen, wir fühlten uns einfach jetzt schon irgendwie verbunden. Eine Erklärung hierfür konnte ich mir nicht geben, ich spürte es einfach!

Als wir im Garten etwas spazieren gingen und allein waren, gestand er mir, dass er sich beim ersten Blick in mich verliebt hätte und küsste mich mit einer Zärtlichkeit, wie ich sie noch nie erfahren hatte. Es war nach Oskars mein zweiter richtiger Kuss und er ergriff mich so sehr, dass es mir ganz schwindelig wurde. Niemals werde ich dieses Gefühl vergessen. Was hatte ich für ein Glück, an diesem Abend Deinem Vater zu begegnen! Von diesem Abend an spürten wir, dass wir zusammengehören.

In der darauffolgenden Zeit stellte ich ihn meinen Eltern vor, die am Anfang Skepsis zeigten. Besonders mein Vater war gar nicht angetan davon, dass ich so plötzlich mit einem Freund vor ihm stand, da er mich einfach zu jung dafür hielt. Aber schließlich gelang es Paul, meine Eltern von der Ernsthaftigkeit seiner Gefühle zu überzeugen und sie merkten auch, dass wir nicht zu trennen waren.

Die Tatsache, dass er einen ähnlichen Beruf ergreifen wollte wie mein Vater, eröffnete Gesprächsstoff zwischen den beiden Männern und irgendwann verstanden sie sich sogar ziemlich gut. Von da an war er gern gesehener Gast in meinem Elternhaus.

Nach Abschluss seiner Ausbildung war er zunächst Lehrer und Kantor in Leipzig. Am 30. März 1876 heirateten wir und wurden letztendlich hier in Mutzschen, wo Du mit Deinen beiden Schwestern aufgewachsen bist, sesshaft. Hier bekam Dein Vater dann auch seine Oberlehrerstelle. Wir liebten uns sehr und waren glücklich, bis Dein Vater, mein geliebter Paul, viel zu früh an einer schweren Krankheit verstarb. Die Jahre jedoch, die wir zusammen verbringen durften, sowie Deine und die Geburten Deiner Schwestern Trude und Elsa, waren die schönsten Zeiten in meinem Leben!

Ich bin froh, lieber Friedrich, dass ich Dich und Deine zwei Schwestern noch habe, obwohl ich Elsa nur noch selten zu sehen bekomme, da sie so weit entfernt lebt. Ihr alle und natürlich Euer Vater wart für mich das größte Geschenk meines Lebens. Eines Tages, so hoffe ich, werden sich meine und Pauls Seele wieder begegnen!

Heute Abend werde ich früh zu Bett gehen, da ich mich jetzt müde fühle. Trotzdem war es schön, Dir gerade über diese, mir so liebe Zeit, zu berichten.

Bald werde ich Dir von den Tagen erzählen, die mir noch bleiben. Ich werde jetzt noch einen Schlaftrunk nehmen und dann zu Bett gehen.

Greta schreibt weiter

Nun ist es schon einige Zeit her, seitdem ich Dir das letzte Mal berichtet habe. Die Aufzeichnungen über meine Kindheit und Jugend haben einen langen Teil in Anspruch genommen. Ich denke jedoch, diese Zeit hat sich in doppeltem Sinne gelohnt, sowohl für Dich als auch für mich. Sicher können wir beide daraus etwas Nützliches und Erfüllendes schöpfen. Mir hat es Freude gemacht, mich zu erinnern und Dir zu berichten und Du kannst aus meinen Erfahrungen lernen und auf meine Worte zurückgreifen. Ich habe ein gutes Gefühl, Dir dies hinterlassen zu können, weil ich vielleicht bald nicht mehr da bin. Ich hoffe, Dir damit immer gegenwärtig zu bleiben und nicht zu fehlen. Das wünsche ich mir für Dich!

Heute bin ich wieder einmal ohne meine Trude. Sie ist bei ihrer Freundin Ilse zum Geburtstag eingeladen, zu dem eigentlich auch ich mitkommen sollte. Aber das Wetter ist momentan so grässlich, dass ich mich bei diesem Wind und Regen nicht wage, vor die Tür zu gehen. Zu leicht könnte ich mich wieder erkälten. Ich muss mich nach meiner letzten Erkältung doch noch sehr schonen.

Neulich besuchte mich und Trude Herr Drösch, ein befreundeter Maler, und klagte darüber, wie schwer es im Moment für Handwerker ist, finanziell durchs Leben zu kommen. Zum Sparen kommt überhaupt keiner mehr. Aber das ist nur eine der Tatsachen, die uns große Besorgnis bereiten. Momentan ist alles in Aufregung wegen der Geschehnisse in Österreich. Der Einmarsch der deutschen Truppen wurde vom österreichischen Volk ja sehr umjubelt. Wir sind erleichtert, dass alles in Ruhe und Frieden abgegangen ist.

Nun sind wieder Wochen vergangen und es geht mir momentan ganz gut, nachdem ich Trude allein zu Geburtstagen und anderen Einladungen gehen lasse. Da mich immer wieder Freunde besuchen, habe ich des Öfteren Abwechslung und Unterhaltung. Die Mattigkeit ist etwas von mir gewichen. Aber was kann man bei diesem ständigen Witterungswechsel schon anderes verlangen?

In den letzten Tagen sind leider wieder zwei meiner Bekannten gestorben. Das macht mich sehr traurig. Die paar Freunde, die ich noch habe, werden immer weniger!

An meinem 62. Hochzeitstag, der wie jedes Jahr, sehr ruhig verlief, ließ es sich Trude nicht nehmen, für mich den Kaffeetisch zu decken und diesen mit einem herrlichen Blumenstrauß zu schmücken. Die gute Trude! Ein Segen für mich, ein Leben lang eine so liebe Tochter um mich haben zu können.

An diesen Tagen denke ich dann immer zurück und es zieht so vieles aus der Vergangenheit in meiner Erinnerung vorüber. Ich höre niemals auf, Deinen Vater, meinen geliebten Paul zu vermissen und wünsche mir, dass wir in einem anderen Leben wieder vereint sein dürfen!

Diese Woche war der wichtigste Gesprächsstoff die anstehende Wahl. Morgen wollen wir hingehen. Trude hat heute wieder Dienst bei den Samaritern und ich weiß gar nicht, wann sie nach Hause kommt.

Die Zeit rennt immer schneller. Nun haben wir schon Mai 1938. Vor einigen Tagen war fünfundsiebzigstes Kriegerfest bei uns im Ort. Da gab es viel zu sehen. Leider konnte ich die Geschehnisse nur von meinem Fenster aus beobachten. So zeigten die Reiter der

Reitschule Wermsdorf ihre Künste auf der Straße. Ich sah sie hier vorbeireiten und freute mich über zwei ganz weiße Pferde, die mir aufgrund ihrer besonderen Schönheit und Grazie sofort auffielen. Es waren so viele Menschen da. Da ist Kirmes nichts dagegen!

Dazu war auch noch Muttertag. Ich beobachtete die Kinder, die vor der Tür des Nachbarn standen und beratschlagten, was sie ihren Müttern kaufen könnten und wie weit hierfür ihr Geld reichen würde. Da taten mir diejenigen schon leid, die aufgrund ihrer Armut wieder abziehen mussten. Das ist traurig für so ein armes Kind!

Du, lieber Friedrich, warst damals schlau. Du holtest Dir einen Kreisel bei den Goldauers, nachdem Dir die Kinder gesagt hatten, dort kriege man Kreisel umsonst. Somit hattest Du ein Geschenk für mich am Muttertag. Ich habe diesen Kreisel übrigens immer noch!

Ich werde nun ein wenig aussetzen mit dem Schreiben. Wie Du merkst, wiederholt sich vieles in meinem Alltag. Aber ich berichte Dir weiter, wenn ich denke, dass es für Dich von Interesse ist oder ich einfach das Bedürfnis habe zu schreiben.

Greta schreibt weiter

Nun schreiben wir bereits Anfang Juni 1938 und ich frage mich, ob ich es noch einmal wagen könnte, mit Trude auf Reisen zu gehen, um Euch in Grüna zu besuchen? Dieses Vorhaben ist natürlich von meiner Gesundheit abhängig.

Heute kann ich Dir berichten, dass es mir momentan recht gut geht. So haben Trude und ich uns entschlossen, die Reise zu Euch doch anzutreten.

Greta nach ihrer Rückkehr

Wieder sind Wochen vergangen und unsere Reise liegt längst zurück. Es war richtig, dass wir die Reise zu Euch unternommen haben und es machte mich so glücklich, dass Elsa dazukam und mir von meiner Enkelin Christel erzählen konnte. Das kostete auch

Trude aus, da sie ihre Schwester so lange nicht gesehen hatte. Meine lieben beiden Töchter! Wie schön, sie wieder einmal zusammen zu erleben! Ich zehre noch immer von den Erlebnissen der fast fünf Wochen bei Euch. Und es war so nett von Christian, uns dann mit dem Auto nach Hause zu fahren! Schade, dass es schon wieder Vergangenheit ist, das macht mich ein wenig wehmütig. Aber noch größer ist meine Dankbarkeit, mit der ich an den Aufenthalt bei Euch zurückdenke. Wie schön es war! Wir konnten bei stets herrlichem Wetter in Eurem Garten unter den großen Haselnussbäumen sitzen. Es hat mir unendlich wohlgetan und ich vermisse das alles hier so sehr! Die täglich frische Luft ist mir so gut bekommen. Ebenso Eure Liebe und Fürsorge.

Nun, nachdem bereits der September angebrochen ist, denke ich, ob Ihr wohl wieder Besuch habt in Grüna? Und ob dabei der Teewagen mit unterwegs ist? Leider ist Trude nicht bei Euch, sie könnte so schön mit dem Tablett nebenher gehen.

Und leider ist es schon wieder soweit, dass wir den Ofen anheizen und unsere Filzschuhe anziehen müssen und den kalten Winter auf uns zukommen sehen. Aber ich muss positiv denken, vielleicht bekommen wir ja noch einen schönen Herbst.

Am Sonntag war Kirmes und herrliches Wetter. Die Straße war voller Menschen. Ich brauchte gar nicht hinauszugehen, da ich das ganze Treiben wieder von meinem Fenster aus beobachten konnte. Es ist immer eine Freude für mich, wenn etwas Abwechslung in mein Leben kommt, da ich fast gar nicht mehr aus dem Haus gehen kann und alle jetzt nur noch über Krieg sprechen, was mich zutiefst beunruhigt.

Der September ist zu Ende und die erste Oktoberwoche hat bereits angefangen. Ich konnte meinen Geburtstag noch einmal feiern und kann es kaum glauben, dass ich schon 88 Jahre alt geworden bin. Wo ist nur meine Lebenszeit hingegangen? Ich habe das Gefühl, die Zeit rast von Jahr zu Jahr schneller. Trotzdem erfüllt mich große Dankbarkeit für das, was ich alles erleben durfte.

Stell Dir vor, nach Dir und Bertha waren noch achtzehn andere Geburtstagsgratulanten da. Unter anderem konnte ich meine Elsa mit ihrer Christel, eine betagte Freundin und frühere Bekannte aus

Leipzig begrüßen. Aber ganz besonders habe ich mich natürlich über Euren Besuch gefreut.

Nun warten sechsundzwanzig Briefe und Karten, die ich erhielt, auf ein Dankesschreiben von mir. Da habe ich noch einiges zu tun.

Wieder sind die Tage wie im Fluge vergangen. Heute habe ich durch Trude erfahren, dass uns der Frieden momentan doch erhalten bleibt und wir atmen alle durch! Jedoch leben wir weiterhin in Ungewissheit und Angst vor einer Kriegsgefahr.

Es geschieht derzeit so viel Unrecht und die Haltung unserer derzeitigen Regierung kann auf die Dauer nichts Gutes bewirken. Es ereignen sich so viele Vorfälle, dass ich den Verdacht nicht loswerde, dass in unserem Land irgendetwas gegen die jüdische Bevölkerung im Gange ist.

So hat mir Esther, eine Freundin aus einer jüdischen Familie erzählt, dass die Reisepässe ihrer ganzen Familie mit einem »J« versehen worden sind. Das soll angeblich eine Kennzeichnung für Menschen mit jüdischer Abstammung sein. Es wird gemunkelt, dass sich alle Mitbürger mit jüdischem Hintergrund in Deutschland dieser Prozedur unterziehen müssen. Ich würde gerne wissen, was sich da gegenwärtig zusammenbraut und warum. Das macht mich alles sehr traurig, jetzt am Ende meines Lebens!

Jetzt haben wir bereits November 1938 und ich muss Dir unbedingt von einer wichtigen Begebenheit berichten.

Als Trude neulich in den Keller ging, um Brennmaterial heraufzuholen, hörte sie plötzlich ein eigenartiges Knistern. Sie erleuchtete den Raum und verhielt sich ganz ruhig. So verharrte sie einige Zeit und lauschte. Nichts bewegte sich, aber es lag irgendetwas in der Luft. Sie hatte das Gefühl, nicht allein zu sein. Auf Zehenspitzen schleichend durchsuchte sie vorsichtig den Raum.

Plötzlich hörte sie hinter dem aufgeschichteten Holz etwas umfallen. Sie erschrak fürchterlich und rief: »Ist hier jemand?«

Wieder rührte sich nichts. Und als sie sich langsam an den Holzstoß herantastete, bemerkte sie auf dem Boden eine menschliche Gestalt, die sich vor Angst zusammenkrümmte. Daneben lag eine größere Tasche, die offensichtlich umgefallen war. Als sie näher kam sah sie, dass es ein Mann war. Sie erkannte, dass sie sich ganz allein mit einem Fremden im Raum befand. Bleich vor Schreck wollte sie weglaufen. Aber sie nahm ihren ganzen Mut zusammen, sprach ihn an und sah seine weit aufgerissenen Augen.

Sie drängte ihn, ihr sofort zu sagen, wer er sei und was er hier mache. Da weiteten sich die Augen des Mannes noch mehr und er suchte nach Worten. Trude fühlte, dass er voller Angst war und dadurch kein Wort herausbringen konnte.

Zwischen Skepsis und Mitleid hin- und hergerissen machte sie ihm klar, dass er keine Angst vor ihr zu haben brauche, da sie nicht die Absicht hätte, ihm zu schaden. Sie versuchte, ihn dazu zu bewegen, endlich zu sprechen und ihr zu erzählen, wovor er solche Angst hätte und was ihm geschehen sei. Das beruhigte ihn ein wenig und er schien zu begreifen, dass er Glück gehabt hatte, an sie geraten zu sein.

Allerdings sah sie ihm auch an, dass er ebenso einzukalkulieren schien, dass sie falsch spielen könnte. Er schien jetzt aber begriffen zu haben, dass er nur die eine Möglichkeit hatte, nämlich Trude rasch eine Erklärung für seine Anwesenheit im Keller abzugeben. Er entschied sich dafür, zu sprechen.

Trude hörte von ihm, dass er von den deutschen Behörden verfolgt würde, weil er Jude sei, obwohl er sich nie etwas hatte zuschulden kommen lassen. Jemand hätte ihn davor gewarnt, dass Männer der SS ihn abholen und verhaften wollten. Er erzählte, er hätte Schreckliches gesehen und gehört und sei daher bei Nacht und Nebel mit nur dieser Reisetasche geflüchtet. Da es Abend wurde und die Haustür offenstand, wäre er eingetreten, um sich ein Versteck zu suchen. Dieses fand er im Keller hinter dem Holzstoß, wo Trude ihn jetzt entdeckt hatte.

Trude rührte diese Geschichte und ihr Misstrauen war nun endgültig in Mitleid umgeschlagen. Sie fragte ihn, ob er hungrig sei, was er bejahte. Er erzählte ihr, dass er den ganzen Tag ohne Essen gelaufen sei und sich zwischendurch immer wieder verstecken musste.

Da gab es kein Halten mehr für Trude. Sie bot an, ihn mit hinauf in die Wohnung zu nehmen, wo ich, ihre alte Mutter auf sie warten würde. Er müsse aber keine Angst vor mir haben. Sie gab ihm zu verstehen, dass ich eine gute, alte Frau sei und er bei uns beiden sicher wäre. Wir hätten genug Platz für ein Nachtlager und auch ein warmes Essen für ihn.

Dankbar erhob sich der Mann daraufhin langsam und half ihr noch, Holz in den Korb zu füllen. Dann nahm er seine Tasche und folgte Trude.

Als beide eintraten, war ich im Moment mehr erschreckt als erstaunt über den unverhofften fremden Gast, den Trude da mitgebracht hatte. Trude beruhigte mich sogleich und erzählte mir die ganze Geschichte. Sie bekräftigte noch einmal, dass er grauenhafte Dinge erlebt hätte.

Der Mann trat nun vor und entschuldigte sich bei mir, weil er uns Aufregung und Umstände bereiten würde. Doch erst einmal stellte er sich mit seinem Namen Jonathan Goldstein vor und bezeugte uns seine Dankbarkeit, weil wir ihn aufgenommen hatten.

Ich erwiderte ihm, dass ich das für selbstverständlich erachten würde nach allem, was mir Trude gesagt hatte und bot ihm Platz an unserem Tisch an. Trude wies mich darauf hin, dass er sehr hungrig sei und verschwand sogleich in der Küche, um Essen zuzubereiten.

Ich bemerkte, wie Anspannung und Angst, die ihn während der ganzen Flucht geplagt hatten, langsam von ihm wichen. Als ich ihm dann auch noch ein Nachtlager in unserem Gästezimmer anbot, sah ich ihm an, dass eine tonnenschwere Last von seinen Schultern fiel. Und er konnte uns seine Dankbarkeit gar nicht oft genug aussprechen.

Bei aller Anteilnahme war mir in meinem Inneren klar, dass es fatale Folgen für uns haben könnte, einen jüdischen Flüchtling aufzunehmen und ich war nicht ohne Angst, dass wir entdeckt würden. Dieses Gefühl ließ ich aber bei mir. Weder Jonathan noch Trude sollten etwas davon bemerken. Mein Wille, dem Mann zu helfen, war stärker als die Angst um sie und mich.

Es dauerte nicht lange, da kam Trude mit einer Erbsen-Würstchensuppe, frischem Brot und Getränken zurück. Ich hatte inzwischen den Tisch gedeckt und nun aßen wir uns alle satt.

Herr Goldstein bat uns, ihn Jonathan zu nennen und begann zu erzählen. Er schilderte uns, dass er Tage zuvor ganz Schreckliches erlebt hätte:

Als er am 9. November im Waschraum seines Wohnhauses, der im Souterrain liegt, mit seiner Wäsche hantierte, hätte er plötzlich Lärm von mehreren ankommenden Autos gehört und daraufhin vorsichtig aus dem Fenster nach oben auf die Straße geblickt. Dort seien viele schwarz gekleidete Männer in hohen Stiefeln ausgestiegen, wovon einige ins Haus gestürmt wären, andere sich vor dem Haus positioniert hätten. Darauf hörte er lautes Getrampel im Treppenhaus und kurze Zeit darauf herzzerreißendes Menschengeschrei!

Seine Nachbarsfamilie jüdischer Herkunft, mit ihrem kleinen Mädchen, wäre von den Männern aus dem Haus gezerrt worden. Die Kleine namens Rachel, die er so sehr mochte, hätte ein Köfferchen bei sich gehabt. Nachdem sie die Männer unsanft vorwärts schubsten, hätte sich ihr Köfferchen geöffnet und irgendetwas sei klappernd zu Boden gefallen. Bevor sie sich bücken konnte, um es wieder aufzuheben, hätte einer der Männer dem Ding mit seinem Stiefel einen kräftigen Tritt versetzt, so dass es in hohem Bogen gegen Jonathans Kellerfenster geknallt war und vor diesem zu liegen kam.

Die Kleine weinte fürchterlich und blieb stehen. Ihre Mutter hätte daraufhin die Hand nach ihr ausgestreckt und sie weitergezogen, wobei Jonathan sie mehrmals Rachels Namen rufen hörte. Die Familie sei daraufhin weggezerrt und in einen offenen Wagen verfrachtet worden, in dem sich bereits andere Personen befanden. Danach sei das Auto aus seinem Sichtbereich verschwunden.

Jonathans Augen füllten sich mit Tränen, während er uns diese Geschichte erzählte. Es hätte ihm das Herz gebrochen, was er da gesehen hat. Er wäre sich bis heute völlig im Unklaren darüber, was dieser Familie und den anderen Menschen auf dem Auto angetan werden sollte und die Sorgen darüber fräßen ihn förmlich auf. Und es hätte ihn furchtbar traurig gemacht und er fände seitdem keine Ruhe mehr. Allerdings sei ihm auch klar, dass er selbst unglaubliches Glück gehabt hatte, dass er nicht in seiner Wohnung gewesen und unentdeckt geblieben war.

Jonathans Augenwinkel zuckten und mehrmals versagte seine Stimme während er weiter berichtete, dass er erst, als es wieder ganz ruhig gewesen sei, bemerkt hätte, dass er am ganzen Leib gezittert habe. Nach einer Weile des Verharrens in Bewegungslosigkeit hätte er blitzschnell das Fenster geöffnet und das Ding von der Straße zu sich nach innen gezogen. Der Gegenstand aus dem Köfferchen der kleinen Rachel entpuppte sich als eine Marionette, deren Gesicht ihn beim ersten Anblick rührte.

Da Jonathan schon Tage zuvor von mehreren Freunden gewarnt worden war, dass auch er in großer Gefahr ist, wäre er unverzüglich mit der Tasche, die jetzt zu seinen Füssen stand, geflüchtet.

Trude und ich waren zutiefst erschüttert, als wir diese Geschichte gehört hatten. Jonathan saß da und hatte sein Gesicht in den Händen vergraben. Es wurde still.

Ohne ein Wort zu sagen, stand er plötzlich auf und öffnete seine Tasche. Wie einen behüteten Schatz holte er vorsichtig die Marionette hervor und legte sie vor uns auf den Tisch ins Licht der Lampe.

Uns standen die Tränen in den Augen, als wir in das Gesicht der Puppe blickten. Sie war von mädchenhafter, schmächtiger Gestalt und in Fetzen gekleidet. Ihre großen Augen verrieten viel Liebe, aber es war auch etwas Ängstliches in ihrem Blick. Die Schramme über der Stirn, die ihr der SS-Mann mit seinem Stiefel verpasst hatte, war deutlich erkennbar. Die Puppe rührte mich und erinnerte mich zugleich an meine Kindheit und ich fragte mich: ›Kann das alles Zufall sein?‹

Totenstille lag über dem Raum. Jonathans Blick verlor sich in der Leere. Irgendetwas in mir drängte mich danach, dieses Schweigen, das ich so schmerzend empfand, zu unterbrechen und so begann ich behutsam zu erzählen. Dass meine Eltern ein Marionetten-Theater besessen hatten, von unseren vielen schönen Marionetten und von meiner bewegten Kindheit. Dabei schien es mir, als hätte ein winziger Lichtstrahl den Weg in Jonathans Seele gefunden und ich spürte, wie dies ihm wie auch uns gut tat.

Jonathan erzählte uns, dass er früher einmal Förster gewesen sei. Er wäre einst mit einem Onkel, bei dem er aufgewachsen sei, nach Deutschland gekommen. Seine Eltern seien früh bei einem Unglück ums Leben gekommen und der Onkel lebe jetzt auch nicht mehr. Nun sei er ganz allein, auf der Flucht und in seine Wohnung könne er auch nicht mehr zurück. Er wolle zu einem Freund, der in einer abgelegenen Gegend ein Gehöft hätte. Dieser würde ihm bestimmt Zuflucht und Versteck gewähren und er hoffe darauf, dass er in der Abgeschiedenheit des Hofes, wo vermutlich keine häufigen Kontrollen durchgeführt werden, in Sicherheit sei. Außerdem könne er sich dort gegebenenfalls im Wald verstecken und ein wenig nützlich machen.

Ich riet ihm, sich erst einmal richtig auszuschlafen und den Morgen abzuwarten. Dann könnten wir gemeinsam weiter nach einer Lösung suchen. Wir boten ihm an, ihn so lange zu beherbergen, bis sich eine günstige Gelegenheit bieten würde, dass er zu seinem Freund weiterreisen kann. Mir fielen meine guten Kontakte zu einem Pastor ein, der ein ehrlicher Mann war und dem man vertrauen konnte, ebenso seiner Familie. Sein Sohn besaß ein Auto. Ich nahm mir vor, so schnell wie möglich mit ihm zu reden und zu fragen, ob er uns bei Jonathans Weiterbeförderung helfen kann. Jetzt bemerkten wir erst, wie spät es schon geworden war.

Jonathan konnte seine Dankbarkeit nicht in Worte fassen. Er kam mit der Marionette auf mich zu, um sie mir zum Dank für unsere Gastfreundschaft und Hilfe als Geschenk zu überreichen. Ich sah ihn an und sagte, dass ich dieses Geschenk nicht annehmen könne. Daraufhin blickte er mir ernst in die Augen und bat mich eindringlich, die Puppe anzunehmen. Er sei sich sicher, dass sie bei mir in den allerbesten Händen sei und dass es für die kleine Rachel sicher eine Beruhigung wäre, sie bei mir zu wissen. Außerdem hätte er das Gefühl, dass es kein Zufall gewesen sei, dass er ausgerechnet in unserem Haus Schutz gefunden hatte.

Da nahm ich die Puppe an mich, spürte eine riesige Freude in mir, aber auch eine ebenso starke Verpflichtung. Ich fühlte ganz deutlich, dass etwas Seltsames in der Luft lag, aber ich konnte nicht sagen, was es war!

Trude hatte das Bett für Jonathan gerichtet und alles für unsern Gast bereitgestellt, was er benötigte. Müde schlüpften wir alle in unsere Betten und schliefen in den nächsten Tag hinein.

Am Morgen fanden wir uns am Frühstückstisch wieder, den Trude bereits gedeckt hatte. Zusammen mit Jonathan tranken wir Kaffee und sammelten neue Energie, um zu beratschlagen, was nun zu tun sei.

Wir saßen alle drei mit ernsten Gesichtern am Tisch. Die Luft fühlte sich so dick an, als könnte man sie schneiden. Die Mienen verrieten, dass die Gedanken jedes Einzelnen auf Hochtouren liefen. Da schnitt ich das alle bewegende Thema an. Es fühlte sich an wie eine Verschwörung unter Gleichgesinnten, bei der jeder auch über die Konsequenzen nachdachte, wenn wir auffliegen sollten. Ein innerer Kampf, den jeder für sich allein austragen musste.

Ich sprach mit Trude ab, zusammen den Pastor aufzusuchen, um ihn zu bitten, uns bei unserem Plan zu helfen. Dabei mussten wir einkalkulieren, dass er Nein sagen würde, da unser Vorhaben ein sehr gefährliches für alle Beteiligten darstellte. Und wir waren uns im Klaren darüber, dass wir in jedem Fall Verständnis für seine Entscheidung zeigen müssten, egal wie sie ausfallen würde.

Jonathan sollte inzwischen in der Wohnung bleiben, wo er sicher aufgehoben war. Das Wetter draußen war erträglich und so zogen wir gleich nach dem Frühstück los, um den Pastor aufzusuchen.

Als wir ihn ins Vertrauen gezogen hatten, sagte er uns, dass er die Einöde kenne, wo sich das Gehöft von Jonathans Freund befände. Dort hätte er schon einige Male zu tun gehabt. Der Bauer sei ein netter Mann und hätte ihm immer Eier und selbstgebackenes Brot mitgegeben. Es wären anständige Leute und er glaube auch, dass Jonathan dort eine weitgehend sichere Zufluchtsstätte hätte. Es gäbe um das Gehöft herum auch zahlreiche Möglichkeiten, um sich verstecken zu können.

Der Pastor bot an, mit dem Auto seines Sohnes am Nachmittag aufzubrechen und unseren Jonathan dorthin zu bringen. Er schlug vor, bei uns vorbeizukommen und sich mit dem Auto neben die Tür am Hinterausgang zu stellen, dort, wo die Treppe zum Keller hinabführte, weil er der Meinung sei, dass wir da am sichersten wären. Da die Sache eilte, riet er, dass wir das Vorhaben nicht aufschieben sollten. Als zeitlichen Termin vereinbarten wir zwei Uhr nachmittags. Das schien uns ideal, da Jonathan dann noch mit uns das Essen einnehmen konnte, bevor der Pastor mit ihm losfahren würde.

Wir waren beide überglücklich, dass uns der Pastor seine Hilfe zugesagt hatte und eilten nach Hause, um Jonathan die gute Nachricht zu überbringen.

Dann nahm alles seinen Lauf. Jonathan hatte seine Tasche gepackt. Wir gaben ihm noch eine üppige Wegzehrung mit, damit er nicht hungern und dursten musste. Und obwohl wir ihn so kurz kannten, fiel uns der Abschied schwer, so sehr hatten wir ihn ins Herz geschlossen. Es schien, als wären wir in dieser kurzen Zeit Freunde geworden. Wir blickten dem Wagen nach, bis er aus unserem Sichtfeld verschwunden war und waren einerseits hoffnungsvoll, auf der anderen Seite doch auch sehr traurig und besorgt, da wir uns große Gedanken um Jonathans Zukunft machten.

Der Pastor berichtete uns später, dass er Jonathan bei dessen Freund sicher abgeliefert hätte. Von Jonathan haben wir jedoch bisher nichts mehr gehört. Wir können nur hoffen und beten, dass er ein Leben ohne Angst und Schrecken weiterleben kann und dass er eines Tages wieder Glück und eine sichere Zukunft findet.

Die Marionette, die so unverhofft in mein Leben geschneit ist und mir jeden Tag bereichert, habe ich über dem kleinen Tischchen aufgehängt, auf dem Dein Foto und das Deines Vaters stehen. Sie ist mir sehr wertvoll geworden und ich werde sie stets in Ehren halten.

Die Geschichte Rachels und ihrer Eltern ist mir immer gegenwärtig, wenn ich in das Gesicht der Marionette blicke. Und jedes Mal bin ich wieder von ihrem Zauber ergriffen.

Greta an Friedrich

Nun werde ich Dir aus meinem Alltag berichten, der so eine alte Frau, wie ich es jetzt bin, mehr und mehr gefangen hält. Ich möchte mich nicht über die auftretenden Unzulänglichkeiten beschweren, die sich immer mehr einstellen, denn es gibt ja noch so vieles, was mich tagtäglich erfreut. Ich bin einfach nur dankbar dafür, dass ich noch auf dieser Erde sein darf.

Wieder habe ich das Gefühl, dass meine Tagesabläufe, die sich in meinem Alter ständig wiederholen, uninteressant für Dich sind. Daher berichte ich Dir jetzt in zeitlich größeren Abständen und werde mich ein wenig beschränken. Zudem spüre ich zusehends Anstrengung bei übermäßig langem Schreiben. Ich weiß, Du wirst das verstehen.

Greta schreibt erneut

Nun hat die erste Dezemberwoche angefangen und Gott sei Dank ist das Wetter jetzt freundlich mit sehr viel Sonnenschein. Ich hoffe, dass der Winter nicht zu streng wird. Je älter man ist, desto mehr freut man sich auf jeden schönen Tag. Und es geht mir jetzt wieder besser, nur früh fällt mir alles sehr schwer. Aber anstatt zu klagen, sollte ich lieber froh und dankbar sein, dass ich noch auf dieser Welt sein darf. Ich habe das Leben immer so sehr geliebt!

In einigen Tagen ist schon wieder Weihnachten. Wir haben bereits ein Bäumchen gekauft und die Päckchen an Euch alle sind auch schon verschickt. Es ist ein schönes Gefühl, wenn man sich vorstellt, wie die Lieben in der Ferne die Pakete auspacken und an einen denken. Und wir machen das genauso. Wir öffnen sie zur gleichen Zeit wie ihr und denken an Euch. So sind wir wenigstens im Geiste vereint!

Wie habe ich mich gefreut, als Du und Christian nochmals vor Weihnachten mit dem Auto vorbeikamt und mir den schönen Rosenstrauß mitbrachtet. Und das Schönste war, wie Du und Christian vor der Marionette standet und auch ihrer Magie erlegen seid. Sie fesselt uns alle mit ihrem Blick und ihrer Geschichte. Euren Rosenstrauß habe ich auf dem kleinen Tischchen unter ihr platziert. So habe ich alle Dinge, die ich so liebe, auf einem Fleck beisammen.

Nachdem ich mir sicher bin, wie sehr Du den Wert der Marionette zu schätzen weißt, habe ich mir Gedanken gemacht. Ich möchte gerne, dass sie ihren neuen Platz bei Dir findet und sie Dir zu Weihnachten schenken. Du bist der Mensch, der das richtige Gefühl für dieses zarte, sensible Wesen besitzt und ich denke, bei Dir hat sie eine gute, neue Heimat, wenn ich nicht mehr da bin. Mein leben kann ja an jedem Tag zu Ende sein.

Nun ist wieder viel Zeit vergangen. Weihnachten ist vorüber und der März 1939 ist auch schon bald Vergangenheit. Gott sei Dank verabschiedet sich der Winter, vor dem ich mich immer so sehr fürchte, da er mit seinem schlechten und wechselhaften Wetter stets Krankheiten mit sich bringt. Das alte Reißen in meinen Gliedern hat sich wieder eingestellt, aber ich hoffe auf schöneres Wetter, dann wird sich auch mein Leiden verbessern. Positive Einstellung hilft sehr und noch besser geht es mir, wenn meine Gedanken bei Euch sind. Euch Grünaer zieht es sicher ins Erzgebirge nach Sehma in Berthas Heimat. Hierbei erinnere ich mich an meine Kindheit und an den Satz »Wie schön ist es für den, der eine Heimat hat!«

Endlich, Ende April, ist der Frühling endgültig eingezogen, obwohl das Wetter noch leidlich ist und sich meine Gliederschmerzen immer noch nicht gebessert haben. Heute Abend findet ein Kirchenkonzert statt, aber ich werde nicht mitgehen können, obwohl ich Trude gern dorthin begleitet hätte. Mein Zustand und die Furcht vor einer Erkältung verbieten es mir. Schade, da ich Musik doch so liebe. Zusätzlich quält mich erneut die große Sorge vor einem Krieg. Wenn man die »Blätter« liest, wird einem angst und bange. Hoffentlich bleibt der Friede erhalten!

Nun ist es jetzt bereits Mitte Mai und wir erhielten dieser Tage die Nachricht von Christians Verlobung mit Magdalene. Darüber haben wir uns unendlich gefreut! Wir wünschen von ganzem Herzen, dass die beiden recht glücklich zusammen werden. Ich hoffe, wir können seine Magdalene bald einmal kennenlernen.

Jetzt hatten wir einige Tage wunderschönen Sonnenschein, allerdings regnet es heute wieder. Diese Veränderung macht sich bei mir sofort mit Gliederschmerzen bemerkbar. Aber statt zu jammern habe ich mir, so Gott es will, vorgenommen, noch einmal zu Euch zu verreisen, um meine Kinder und Enkel vielleicht ein letztes Mal zu sehen.

In diesem Monat stehen zudem einige Geburtstage an, die ich vielleicht in Eurer Gesellschaft mitfeiern kann. Ich möchte Euch aber keinen zu langen Besuch zumuten, da ich weiß, dass Ihr durch Eure Kinder fortwährend Gäste habt und zudem genügend Personen im Haus seid. Ich freue mich aber so sehr auf Euren Garten! Nur allzu oft sehe ich mich in Gedanken darin sitzen!

Es ist jetzt bereits Ende Juli und unser Aufenthalt bei Euch schon wieder Erinnerung. Wir sind wieder glücklich von unserem Grüna-

Besuch nach Hause gekommen und erleben noch einmal rückwirkend in Gedanken die schöne Zeit bei Euch. Wie viel Arbeit haben wir Euch wieder gemacht! Aber ich weiß, Ihr habt sie gern getan, zumal es wahrscheinlich das letzte Mal war, dass ich Euch besuchen konnte. Sogar Beeren und Rosen aus Eurem Garten habt Ihr mir noch mitgegeben. Der schöne Strauß ziert jetzt noch das kleine Tischchen. Nach meiner Reise wurde ich zwar ein paar Tage krank, aber das ging schnell vorüber.

Nachdem es heute sehr heiß ist, war Trude noch baden gewesen, aber jetzt ist sie wieder zu Hause. Wir wollen noch ein wenig hinaus in die Anlagen gehen, um frische Luft zu schnappen und das Grün zu genießen, daher schreibe ich ein andermal weiter.

Es ist wieder einige Zeit vergangen und wir schreiben bereits September 1939. Jetzt ist das Schreckliche, das wir alle nicht wollten, doch eingetreten. Adolf Hitler ist in Polen einmarschiert. Es ist der dritte Krieg, den ich miterleben muss.

Momentan sieht man viele Soldaten im Ort. Aus den Familien wurden alle verfügbaren Männer eingezogen und mussten fort in den Krieg. Da gab es unendlich viel Leid und Tränen. Besonders traurig macht mich, dass auch Christian eingezogen wurde und ins Feld ziehen musste. Ich denke immer an ihn, Gott möge ihn beschützen! Und seine Magdalene wird furchtbar um ihn bangen. Was ist das nur für eine grauenhafte Zeit? Und was wird noch aus unserem Land werden?

Letzthin erfuhren wir, dass auf Adolf Hitler in München ein Attentat verübt wurde, das er aber überlebt hat. Es ist zu hoffen, dass er dadurch vielleicht zum Nachdenken kommt und einen anderen Kurs einschlägt. Im Moment geschieht so viel Unrecht!

Aber es gibt auch leider so viele Menschen, die jetzt von Gott nichts mehr wissen wollen. Sie denken, es gehe auch ohne ihn. Genauso viele aber werden ihn jetzt suchen und ich hoffe, er wird ihnen eine Stütze sein!

Nochmals durfte ich diesen Monat Geburtstag feiern, es war der 89.! Trotz dieser schwierigen und traurigen Zeit, die wir erleben müssen, bin ich dankbar, noch auf der Welt zu sein. Es wurde mir wieder so viel Liebe geschenkt und ich denke immer noch ›Wie ist es schön zu leben!‹

Zu meiner Freude bekam ich heute Post aus Grüna. Aus Eurem Brief sprechen jedoch allerlei Sorgen und Nöte. Die größten Sorgen werden jedoch die Gedanken an Eure Söhne Christian und Ernst sein, die jetzt beide im Feld ihr Leben einsetzen müssen. Da sie so friedfertige Menschen sind, wird es für sie doppelt so hart sein. Aber so wird es vielen gehen, die zu diesem Dienst gezwungen werden. Ich hätte sehr gerne gewusst, ob Ihr Nachricht von den beiden bekommen habt. Es würde mich sehr beruhigen, zu wissen, ob einer von ihnen wieder geschrieben hat. Meine Gedanken sind auch bei Lene, die jetzt sicher vor Sorgen umkommt.

Nun habe ich lange nichts geschrieben. Das Weihnachtsfest ist wieder einmal vorüber und der Januar 1940 geht auch schon dem Ende zu. Dieser war heuer so dermaßen hart wie selten zuvor. Die Kälte will gar nicht abnehmen. Sehr schlimm muss das für die armen Soldaten sein, die jetzt da draußen im Feld kämpfen müssen. Alles was geschieht ist besser als dieser unsinnige Krieg und all dieses Unrecht!

Du schriebst mir ja, dass Du krank warst. Zum Glück geht es Dir jetzt wieder besser. Der harte Winter hat viele Menschen krank gemacht und alle müssen zusehen, dass sie wieder gesund und einsatzfähig werden. Zu Deiner Besserung hat sicher auch die Ankunft Deines Christians aus dem Feld beigetragen. Ich fühlte mich dadurch erleichtert. Es war ein befreiendes Gefühl zu hören, er habe verhältnismäßig gut ausgesehen, wenn man bedenkt, was die Soldaten jetzt da draußen alles erleiden müssen. Meine Gedanken sind immer bei ihnen und natürlich bei Dir!

Hier ein Gedicht für Dich:

Ich schreibe Dir hier diese Zeilen nieder,
s‘ist kein Gedicht und s‘sind keine Lieder.
Es soll nur ein Gedenken sein
Von Deinem alten Mütterlein.
Dass Du gedenkst der schönen Stunden
die ich in Eurem Garten stets gefunden.

Weit war der Weg, den der Herr ließ mich gehen,
doch war er bei mir, ließ mir nichts geschehen.
Wie oftmals lagen Steine im Weg,
doch fand ich immer den richtigen Steg.
Wie viele Tränen hab ich da geweint
und doch hat`s der Herr immer gut gemeint!
Wie oft kann man den Vater nicht verstehen,
doch werden wir hernach es richtig sehen.
Wenn alt man ist, wird Manches klar,
ob´s richtig oder unrecht war.
Nun stell ich ganz mich in Gotteshut,
wie all die Menschen und so ist es gut.
Nun hoff ich nach all dem Weltgeschehen,
dass bei Gott wir uns alle wiedersehen.
Dies wünscht und hofft
Deine alte Mutter!

Der Krieg beherrscht im Moment mein ganzes Denken! Mein Mitgefühl gilt allen, die gegen ihren Willen hinausziehen mussten, um zu kämpfen und Leid und furchtbare Kälte ertragen müssen. Wenn sie nur alle wieder gesund und glücklich heimkehren könnten! Für sie steigen gewiss viele Gebete zum Himmel.

Ich denke aber auch an all jene Menschen, die unschuldig verfolgt werden und denen furchtbares Unrecht angetan wird. Und an alle, die mutig ihr Leben einsetzen, nicht wegsehen und handeln. Für sie alle möchte ich jetzt beten!

Das waren Gretas letzte Gedanken und Worte, die sie zu Papier brachte. Sie wollte vermutlich gerade beginnen zu beten.

Aus späteren Erzählungen erfuhr Sofie, dass ihr der Stift entglitten war und man sie zusammengesunken tot vor ihrem Büchlein am Schreibtisch fand. Ein krakeliger Strich am Ende ihres letzten Eintrages zeugt davon, dass sie während des Schreibens an ihren Sohn Friedrich am 13.3.1940 verstarb. Die Seelen Gretas und ihres geliebten Ehemannes Paul waren nun für immer im Tode vereint.

Das gedämpfte Licht in Sofies Arbeitszimmer verbreitete eine düstere Atmosphäre im Raum. Sie hielt für geraume Zeit an ihrem Schreibtisch inne und war gerührt von dieser Frau, die sie leider nie kennenlernen konnte.

Sie hatte das Gefühl Luft zu brauchen, Luft zum Atmen. Draußen stürmte es, aber sie öffnete trotzdem die Schiebetür zur Terrasse. Sie atmete tief. Ein Windstoß erfasste einige Blätter auf ihrem Schreibtisch und wehte sie zu Boden. Sie eilte, um sie aufzuheben und zu ordnen.

Darunter fand sie einen kleinen, gelben Zettel, auf den sie eine handschriftliche Notiz gekritzelt hatte. Sie las:

»Vaters Familiendokumente, Beginn: 9. November 2013«.

Das war die Nacht, in der sie begonnen hatte zu schreiben und in der sie diese seltsame Unruhe und Stimmung ergriffen hatte.

Sie hielt inne und plötzlich fiel es ihr wie Schuppen von den Augen. Genau zum 75. Male jährte sich am 9. November 2013 der Tag, an dem Rachel mit ihren Eltern aus dem Haus getrieben und verschleppt wurde. In jener Nacht vom 9. auf den 10. November 1938 ereigneten sich die schrecklichen Gräueltaten der Reichskristallnacht, in der unzählige Unschuldige furchtbares Leid ertragen und viele ihr Leben lassen mussten, vermutlich auch Rachel und ihre Eltern!

Sofie hielt die Luft an und hob langsam ihren Blick hinauf zu ihr, die sie mit großen Augen ansah und deren Herkunft und Geschichte sie nun kannte. Es war ein magischer Moment und sie war ergriffen!

»Ich kann dich spüren, kleine Rachel!«, hörte sie sich plötzlich zu ihr sprechen und ihre Haut kräuselte sich.

Und es schien ihr, als hätte in diesem Moment eine kleine Seele nun endlich ihre Ruhe gefunden. Eine Ruhe, die auch ihre Ruhe war!